삼국지

삼국지 9

1판 1쇄 인쇄 2009년 1월 25일
1판 1쇄 발행 2009년 1월 30일

옮긴이 박종화 **펴낸이** 김영곤 **펴낸곳** 달궁
전략영업본부장 이양종 **영업** 최창규 이종률 서재필
출판등록 2000년 4월 10일 제16-1646호
주소 (우413-756) 경기도 파주시 교하읍 문발리 파주출판단지 518-3
대표전화 031-955-2100 **팩스** 031-955-2151
이메일 eclio@book21.co.kr **홈페이지** http://www.eclio.co.kr

값 10,000원
ISBN 978-89-5877-311-5 04820
(세트) 978-89-5877-302-3 04820

나관중 원작

월탄 박종화

9

죽은 제갈양이 산 사마의를 쫓다

삼국지

달궁

三國志

사마의는 맹달을 생금하다

신의申儀의 가신家臣은 목소리를 낮추어 고했다.

"맹달이 반란을 일으킬 태세를 취하고 있습니다."

사마의는 얼굴빛을 고쳤다. 이마에 손을 얹고 말했다.

"이것은 황상皇上 폐하陛下의 하늘 같으신 홍복洪福이시다. 지금 제갈양의 군사는 기산祁山에 있어 안팎으로 시살해 들어오니, 사람들은 모두 담이 떨어져서 벌벌 떨고 있는 판이다. 이제 천자께서 장안까지 나오셨다 하는데 만약 나를 쓰지 아니하셨던들 맹달이 한번 군사를 움직이는 날 양경兩京은 다 결딴이 날 것이다. 이 자는 필연코 제갈양하고 통모通謀했을 것이다. 먼저 이 자를 잡는다면 제갈양은 담이 써늘해서 저절로 군사를 물릴 것이다."

옆에 있던 큰아들 사마사가 아뢰었다.

"아버지께서는 급히 천자께 표를 올리시어 맹달 칠 것을 허락 맡으십시오."

"표를 올려서 성상聖上의 윤허允許를 기다린다면 적어도 사람이 가고 오는 동안, 달포는 더 걸릴 것이다. 이리된다면 일이 불급不及될 것이다."

사마의는 즉시 영을 내렸다.

"군대와 말은 곧 길을 떠나라. 하루에 갑절을 달리라. 만약 더디 행동하는 자가 있다면 서서 목을 베리라."

군령을 내린 후에 다시 참군參軍 양기梁畿에게 격문檄文을 주어 신성新城에 있는 맹달한테 전하고 기병할 차비를 차리라 했다. 그로 하여금 의심치 않도록 하자는 계획이었다.

양기는 앞을 가고 사마의 군대는 뒤를 따랐다.

기정起程한 지 이틀 되는 날, 사마의는 한곳 산 아래 당도하니, 앞에 멀리 군마가 나타났다. 바라보니 우장군右將軍 서황徐晃이 거느린 군사였다.

서황은 사마의를 보자 말에 내려 인사한 후에,

"천자께서는 지금 장안으로 납시어 친히 촉병을 토벌하려 하십니다. 도독께서는 어디로 가십니까?"

사마의는 목청을 낮추어 가만히 말했다.

"지금 맹달이 반했다 하므로 이 자를 토벌하러 가는 길이오."

서황이 깜짝 놀라 말했다.

"맹달이 반기를 들었습니까? 고이한 자올시다. 제가 선봉이 되어 맹달을 사로잡겠습니다."

사마의는 기뻤다.

서황의 군대와 합병合兵한 후에 서황으로 선봉을 삼고 사마의 자신은 중군中軍이 되고 두 아들 사마사와 사마소는 후군을 인솔하게 했다.

다시 행군한 지 이틀째 되는 날, 전군前軍 초마哨馬는 맹달의 심복을 잡았다. 공명의 회답하는 편지를 품 안에 품고 오는 도중에 잡힌 것이었다.

몸을 수색해서 공명의 회답하는 서신을 찾아냈다.

곧 사마의한테 잡아 대령시켰다.

사마의는 맹달의 심복을 문초하기 시작했다.

"너를 죽이지 아니할 테니 자초지종을 자세히 토설하라."

맹달의 심복은 공명과 맹달이 서신으로 왕복하던 일을 일일이 고백했다.

사마의는 공명이 맹달한테 보내는 회답을 보고 큰소리로 탄식했다.

"세상에 능하다는 사람의 의사는 매일반이로구나. 나는 공명의 꾀를 먼저 알고 기선機先을 제어했으니 이것은 천자께서 복이 계시어 내가 이 소식을 얻게 된 것이다. 이제 맹달은 내 손에 죽을 것이다."

사마의는 말을 마치자, 밤을 도와 앞으로 나갔다.

한편 맹달은 신성新城에서 금성 태수 신의와 상용上庸 태수太守 신탐申耽과 함께 거사할 것을 굳게 약속하고 날짜 오기만 기다리고 있었다.

신의, 신탐 두 사람은 거짓 허락한 후에 매일 군사와 말을 조련시키면서 위병이 오기만 하면 내응이 될 것을 생각하면서, 맹달한테는 군기와 양초가 아직 완비되지 못하여 약속한 날짜에 기병을 못하니 잠깐 참아 달라 했다. 맹달은 의심치 아니하고 있었다.

홀연,

"참군參軍 양기梁畿가 왔습니다."

하고 보고가 들어왔다.

맹달은 성중으로 맞이해 들이니, 양기는 사마의의 장령將令을 전했다.

"사마 도독께서 천자의 조서를 받들고 제로 군마를 일으켜 촉병을 물리치게 되었습니다. 태수께서는 본부 군마를 회동하시어 지시에 따라 조견調遣하라 하십니다."

맹달이 물었다.

"도독께서는 어느 날 출발한다 하십니까?"

"아마 지금쯤은 완성을 떠나서 장안으로 향하여 가셨을 것입니다."

맹달은 양기의 말을 듣자 마음속으로 가만히 기뻐했다.

'나의 큰일이 성공되는구나!'

곧 잔치를 베풀어 양기를 대접한 후에 성 밖으로 내보내고, 일방 신의와 신탐에게 연락을 취하여 내일 거사를 하는데, 군사들의 기호旗號를 대한大漢으로 바꾸고 제로 군마는 일시에 낙양洛陽으로 나가라는 전령을 내렸다.

맹달이 막 영을 내렸을 때, 홀연 성 밖에 티끌이 자욱하면서 한 떼 병마가 쳐들어왔다. 어디서 오는 군대인지 알 수가 없었다.

맹달은 급히 말을 채쳐 성 위에 올라 보니, 바람에 퍼뜩이는 깃발엔 우장군 서황徐晃이라 썼다. 나는 듯이 성 아래로 달려왔다.

맹달은 크게 놀랐다. 급히 적교吊橋를 달아 올렸다.

서황은 성 아래 호壕 앞으로 달려와 맹달을 꾸짖었다.

"반적 맹달은 빨리 성에 내려 항복하라."

서황의 꾸짖는 반적 소리를 듣자 맹달도 노기가 충천冲天했다. 번쩍 활을 들어 살을 먹였다.

화살은 소리치며 날았다. 서황의 이마를 정통으로 쏘아 맞혔다.

위장魏將들은 급히 서황을 구하여 떠메고 달아났다.

성 위에서는 난전亂箭이 어지럽게 비 오듯 쏟아졌다. 위병들은 비로소 물러갔다.

맹달은 성문을 열고 급히 위병의 뒤를 쫓으려 할 때 사면에서 정기旌旗는 햇빛을 가리고 북소리 산수를 울리면서 사마의司馬懿의 대군이 당도했다.

맹달은 비로소 하늘을 우러러 탄식했다.

"과연 공명의 소료所料에 벗어나지 않는구나!"

맹달은 급히 성문을 닫아걸고 굳게 지키고 있었다.

한편 서황은 맹달이 쏜 화살에 이마를 상한 후에 아장들의 구원을 입어 영채로 돌아가 화살을 빼고 의약의 치료를 받았으나 그날 밤으로 몸이 죽으니, 나이 59세였다.

사마의는 관곽을 갖추어 낙양으로 돌아가 안장安葬하게 했다.

다음 날 맹달이 성에 올라 형세를 살펴보니 사면팔방이 모두 위병인데 철통같이 에워쌌다.

맹달은 좌불안석坐不安席을 했다. 놀란 혼을 진정치 못하고 있을 때 홀연 양로병이 쏟아져 왔다.

기에는 대서특필해서 대장들의 이름을 썼는데 한편에는 신의요, 또 한편에는 신탐이었다.

맹달은 신의, 신탐의 구원병이 온 줄로만 알았다. 곧 본부 군사를 거느리고 성문을 열어 달아나려 했다.

신탐, 신의는 맹달을 꾸짖었다.

"반적은 달아나지 말고 빨리 죽음을 받으라."

맹달은 비로소 일이 변한 줄 알았다. 급히 말 머리를 돌려 성중을 바라보고 달아났다.

그러나 성상에서는 난전이 쏟아졌다.

이보李輔와 등현鄧賢이 성 위에서 꾸짖었다.

"우리들은 이미 성지城地를 바쳤느니라."

맹달은 하는 수 없었다. 급히 길을 앗아 달아났다. 신탐은 달아나는 맹달의 뒤를 따랐다. 신탐의 장창은 맹달을 찔러 말 아래 떨어뜨렸다.

곧 머리를 베어 효수梟首하니 나머지 군사는 모두 다 항복했다.

이보, 등현은 크게 문을 열고 사마의를 맞아들였다.

사마의는 성에 들어가 삼군을 호궤하고 백성들을 무마한 후에 사람을 위왕 조예한테 보내니 조예는 크게 기뻤다.

맹달의 수급을 낙양으로 보내서 백성들한테 보이게 하고 신탐과 신의는 관직을 올려서 사마의를 따라 정진征進하라 하고 이보, 등현은 신성과 상용을 지키라 했다.

한편 사마의는 군사를 이끌고 장안성 밖에 당도했다.

사마의는 성에 들어가 조예한테 뵈니, 조예는 기쁨을 이기지 못하여 사마의의 손을 잡고 말했다.

"짐朕이 한때 판단을 잘못 내려서 반간 치는 계교 속에 빠졌으니 뉘우친들 소용이 있는가. 경卿이 맹달을 제어하지 아니했던들 장안과 낙양 두 서울은 맹달의 손으로 돌아갔을 것이다."

사마의가 아뢰었다.

"황공무지惶恐無地한 말씀을 아뢰겠습니다. 처음 신은 신의가 맹달의 반정反情을 밀고했을 때 마음으로도 폐하께 곧 아뢰고 싶었으나, 원체 길이 멀어서 가고 오는데 지체되는 일이 많사옵기에 성지聖旨를 기다리지 아니하고 정벌하는 길에 나섰던 것입니다. 만약 성지를 기다려 맹달을 치기로 했던들 영락없이 제갈양의 계교에 떨어질 뻔했습니다."

사마의는 말을 마치자 품 안에서 공명이 맹달한테 보내는 밀서를 조예한테 바쳤다.

위왕 조예는 밀서를 받아 본 후에 병긋병긋 웃으며 사마의를 격려하였다.

"경의 학식은 손孫, 오吳[1]보다도 낫다. 경에게 황금월부黃金鉞斧 일대一對를 주노니, 다음에 만약 중대한 기밀이 있다 해도 반드시 주문奏聞할 것 없이 편의하도록 행사行事하라."

조예는 다시 칙령을 내렸다.

"사마의에게 출관出關 파촉破蜀하는 군사 행동을 맡긴다."

---

1) 손, 오 : 손빈孫臏과 오기吳起 두 사람.

사마의가 다시 아뢰었다.

"신이 선봉대장감을 한 사람 천거하겠습니다."

"어떠한 사람인가?"

"우장군右將軍 장합張郃이 이 임무를 맡을 만합니다."

조예는 빙긋 웃으며 대답했다.

"나도 또한 그를 쓰려 했던 것이다."

조예는 좌우에 명하여 장합으로 전부前部 선봉先鋒을 삼아 사마의를 따라 장안을 떠나 촉병을 격파하라는 칙지勅旨를 내리라 했다.

조예는 또 영을 내렸다.

"신비辛毗와 손례孫禮 두 사람은 오만 군마를 거느리고 조진曹眞을 도와주라."

두 사람은 조칙을 받들어 출전했다.

既有謀臣能用智
又求猛將助施威

이미,
모략 있는 신하 있어
지혜를
잘 썼고,
또다시,
맹장을 구해서
위엄을 떨치네.

한편 사마의는 호호탕탕 20만 대군을 거느리고 관關에 나가 영채를 정한 후에 장합을 청하여 의논하였다.

"제갈양은 평생에 근신하고 조심하는 사람이라 결코 위태한 짓을 아니 하는 사람입니다. 내가 만약 용병用兵을 한다면 먼저 자오곡子午谷에서 곧바로 장안長安을 취했을 것입니다. 그러나 지난번에 공명이 자오곡子午谷에서 출병하여 장안長安을 취하자는 위연의 계교를 쓰지 아니한 것은 그가 꾀가 없어 그리한 것이 아니라, 혹여나 실수가 있을까 하여 험한 짓을 아니하자는 까닭입니다. 만약에 자오곡에서 장안으로 쳐들어온다면 시간적으로 많은 이익을 보았을 것입니다. 이번에 우리는 미곡郿谷으로 나와서 미성郿城을 치고 미성을 취한 후에는 군사를 두 길로 나누어 일로군은 기곡箕谷을 취해야 할 것입니다. 나는 이미 격문檄文을 띄워서 자단子丹으로 미성을 지키라 했습니다. 그리고 적이 오더라도 응전하지 말라 했습니다. 한편 손례孫禮와 신비辛毗한테도 영을 내려서 기곡箕谷 길을 끊고 있다가 적이 오거든 기병奇兵을 내어 격파하라 하였소이다."

장합이 물었다.

"그렇다면 도독께서 거느리신 대군은 어느 곳으로 진병進兵을 하실 텝니까?"

"나는 전부터 진령秦嶺 서편에 길이 있는 것을 알고 있소. 땅 이름을 가정街亭이라 하오. 옆에 성이 있는데 이름을 열류성列柳城이라 부릅니다. 이 두 곳이 다 한중漢中의 목구멍(咽喉處)과 같은 곳입니다. 제갈양은 자단子丹의 준비 없는 것을 알고 필연코 이리로 나올 것이 분명하오. 나는 그대와 함께 먼저 가정을 취해 버린다면, 양평관陽平關은 바로 바라볼 수 있는 곳입니다. 가정街亭 요로의 양도糧道를 토막토막 끊어 버린다면, 공명은 농서隴西 일대를 평안히 지킬 수 없을 것입니다. 필연코 밤을 도와 한중漢中으로 돌아갈 것입니다. 이때 돌아가는 제갈양을 우리 군사가 소로小路에 매복해 있다가 두들겨 부순다면 전승全勝을 얻을 것입니다. 제갈양이 만약 한중으로 돌아가지 않는다면 나는 각처에 배치한 장수에게 영을 내려서 모조리 작은 길을 끊어 놓고 한 달가량만 지킨다면 촉병들은 양식이 떨어져 굶어 죽을 것입니다. 이때 나는 제갈양을 사로잡을 것입니다."

장합은 크게 깨달았다. 땅에 엎드려 사마의한테 넙죽 절을 올렸다.

"도독께서는 과연 신산神算이십니다."

사마의는 다시 말했다.

"비록 이같이 한다 해도 제갈양은 맹달이 유가 아닙니다. 장군은 선봉 대장이라 해서 가볍게 나가서는 아니 됩니다. 모든 장수와 긴밀하게 연락을 취해서 산서山西 길을 따라서 행군하십시오. 복병이 없는 것을 미리 탐지한 후에 비로소 나가게 하십시오. 조금이라도 태만한다면 제갈양의 꾀에 넘어갑니다."

장합은 사마의의 지시를 받들어 곧 행군을 개시했다.

가정의 큰 싸움

한편 공명은 이때 기산에 유진留陣하고 있었다. 신성으로 정보를 탐지하러 나갔던 세작 간첩이 들어와 아뢰었다.

"사마의가 배도倍道 행군行軍해서 팔일 만에 벌써 신성에 도착되었고, 맹달은 조수불급措手不及이 된 데다가 신탐, 신의, 이보, 등현 들이 내응이 된 까닭으로 난군 중에 죽었습니다. 지금 사마의는 군사를 거두어 장안으로 가서 위주를 만나 보고 크나큰 찬양과 격려를 받은 후에 대도독이 되어 장합으로 선봉대장을 삼아 우리 군사를 막으러 관문關門을 나섰습니다."

공명은 깜짝 놀랐다.

"맹달은 일을 주밀하게 차리지 못해서 패해 죽은 것은 당연한 일이지만 지금 사마의가 출관出關했다 하니 반드시 가정街亭을 취해서 나의 인후지로咽喉之路를 끊으려 할 것이다. 누가 한번 군사를 거느려 가정을 지키겠느냐."

공명의 말이 채 떨어지기 전에 참군參軍 마속馬謖이 아뢰었다.

"소장이 원컨대 가정으로 나가서 적을 무찌르겠습니다."

공명이 마속을 향하여 말씀하였다.

"가정은 비록 작은 곳이기는 하나, 관계가 많은 중요한 곳이다. 만약 가정을 잃는다면 우리 큰 군대는 모두 다 결딴이 날 것이다. 네가 비록 병서를 읽어서 병략을 잘 안다 하나 조심하지 아니하면 아니 될 것이다. 이곳에는 성곽城廓도 없고 험한 곳도 없으니 지키기 극히 어려운 곳이다."

마속이 대답했다.

"소장은 어려서부터 익히 병서를 읽어서 병법을 제법 짐작합니다. 가정 한 곳쯤을 어찌 지키지 못하겠습니까!"

"사마의는 등한한 사람이 아니다. 여기다가 다시 선봉에 장합이 있다. 장합은 이름난 장수다. 모르면 모르되 네가 능히 대적을 못할 것이다."

마속이 아뢰었다.

"말씀하십시오. 사마의와 장합은 조예曹叡 밑에 있는 사람이올시다. 조예가 친히 온다 해도 두려울 것이 없습니다. 만약 실수가 있다면 소장의 전全 가구家口의 목을 베십시오."

공명은 엄숙한 얼굴로 마속을 바라보며 말했다.

"군중에는 희언戲言이 없는 법이다."

마속이 아뢰었다.

"군령장軍令狀을 두어 다짐하겠습니다."

공명은 비로소 허락했다.

"정 가고프다면 군령장을 두고 가거라."

마속은 시각을 지체치 아니하고 군령장을 써서 바쳤다.

공명은 비로소 허락을 내렸다.

"나는 너한테 이만 오천의 정병과 일원 상장上將을 주어 너를 돕게 할테다. 각별 조심해서 작전 계획을 세우라."

공명은 말씀을 내리자, 곧 왕평王平을 불러 분부했다.

"나는, 네가 항상 조심하고 근신하는 줄 아는 고로 특별히 너한테 이 중임重任을 맡겨서 정중하게 부탁하는 바이다. 너는 조심해서 이곳을 지켜야 한다. 영채를 배치하는 것도 꼭 적당한 요소에 두어서, 적병들이 나가지 못하도록 하라. 영채를 세운 후에는 너는 지도를 그려서 나한테 보이도록 하라. 범사를 상의해서 처리하고, 경솔하고 쉽게 처리하지 말라. 이곳을 잘 지키는 일은 장안을 취하는데 첫째가는 공로가 될 것이다. 삼가고 조심해서 처리하라.”

마속과 왕평은 공명께 절해 뵌 후에 군사를 거느려 물러갔다.

공명은 두 사람을 보낸 후에도 그래도 미흡했다.

다시 고상을 불러 일렀다.

“가정街亭 동북편에 한 성이 있는데, 이름을 열류성이라고 한다. 궁벽한 산속 소로小路 변邊에 있다. 이곳이 한번 둔병屯兵할 만한 곳이다. 너한테 만 명 군사를 줄 테니, 가서 둔병해 있다가 만약 가정이 위태롭거든 달려가 구원하라.”

고상이 공명의 명을 받들어 절하고 물러갔다.

공명은 고상을 보내 놓고도 그래도 미흡했다. 아무리 생각해 보아도 고상은 장합의 적수가 아니었다. 꼭 일원 대장을 얻어서 가정 우편에 둔병을 해 두어야만 위병을 막아 내겠다고 생각되었다.

곧 위연을 불렀다.

“장군은 장군의 본부병을 이끌고 가정 후편에 둔병하고 있으라.”

위연이 아뢰었다.

“노장老將은 선봉대장의 자격이 있다고 자신합니다. 모르면 모르되 다른 사람들도 그렇게 생각하리라고 믿습니다. 그러하온데 노장을 한가한 곳으로 배치시키시니 섭섭한 마음 비할 데 없습니다.”

공명이 껄껄 웃으며 대답했다.

“선봉이 되어 적을 파하는 일은 편장偏將이나 비장裨將도 할 수 있는 일이고, 내가 지금 장군에게 맡기는 가정 일은 당양평관當陽平關의 요충도로

要衝道路를 맡기는 일이다. 이것은 한중漢中의 인후지지咽喉之地를 맡기는 일이니 얼마나 큰 임무이냐. 어찌해서 안한安閒한 일이라 하는가. 그대는 등한하게 보지 말라."

위연은 공명의 말을 듣자 비로소 크게 기뻤다. 곧 군사를 거느리고 나갔다.

공명은 겨우 마음이 놓였다. 다시 조운과 등지를 불러 분부하였다.

"이번 사마의의 출병은 전일과 다르다. 그대들 두 사람은 각각 일지 병마를 거느리고 기곡箕谷으로 나가서 기병이 되어 혹 싸우기도 하고 달아나기도 해서 적의 마음을 산란케 하라. 나는 대군을 거느리고 사곡으로 나가서 미성을 공격할 것이다. 만약 미성만 취한다면 장안은 문제가 없다."

두 장수도 명을 받고 물러갔다.

공명은 강유로 선봉을 삼아 사곡斜谷으로 나갔다.

한편 마속과 왕평 두 사람은 군사를 거느려 가정에 당도하자, 지세를 살폈다.

마속이 웃으며 왕평을 향하여 말했다.

"승상께서는 어찌 그리 다심하신가. 이 같은 궁벽한 산골 속으로 위병이 어찌 감히 온단 말인가."

왕평이 대답했다.

"설혹 위병이 감히 오지 못한다 하더라도 이곳 오로총구五路總口에 영채를 배치해서 군사들로 나무를 베어 목책木柵을 둘러서 오래 있을 계획을 차립시다."

"길을 당면해서 어떻게 영채를 세운단 말이오. 앞에 보이는 산은 사면이 끊어졌을 뿐 아니라 나무와 숲이 무성하니, 이것은 천연의 요새라 하겠소. 이곳에 둔병하는 것이 좋겠소."

왕평은 고개를 가로흔들었다.

"참군參軍의 생각은 틀립니다. 아무리 길을 면해서 하채下寨로 한다 해도 성을 쌓고 담을 둘러 논다면 비록 적병이 십만이라 하나 이곳을 뚫고 나가지 못할 것입니다. 만약에 이곳을 버리고 산 위에 영채를 짓는다면 적병은 홍수처럼 밀려와서 사면으로 포위할 테니 무슨 수로 막아 내겠소."

마속은 깔깔 웃으며 말했다.

"당신은 참 여자 같은 소견이오. 병법에 말하기를 높은 곳에서 아래를 내려다보며 공격한다면 그 형세는 대나무를 쪼개는 듯 쉽다 했소. 만일 적병이 오기만 한다면 나는 적의 갑옷투구를 모조리 부수어 조각조각 내서 그대로 돌려보내지 아니하리라."

왕평은 계속해서 반대했다.

"나는 여러 번 승상을 모시고 다녔소. 그때마다 승상께서는 진 치는 방법을 자세히 가르쳐 주셨소. 지금 이 산 형세를 보니 이것은 절지絶地입니다. 만일 위병이 우리의 물 길어 먹을 길을 끊는다면 군사들은 싸우지 아니해서 먼저 어지러워질 것입니다."

마속은 왕평을 나무랐다.

"쓸데없는 말 작작하오. 『손자병법孫子兵法』에 이르기를 치지사지이후생置之死地而後生이라 했소. 만일 적병이 우리의 급수汲水하는 길을 끊는다면, 촉병은 목숨을 내걸고 죽도록 싸울 것이오. 한 사람이 백 사람을 당할 수 있소. 나는 병서를 읽었을 뿐 아니라 승상께서도 모든 일을 나한테 물어 처리하시는 것 아니오. 어찌해서 나의 뜻을 막으오."

왕평은 마속한테 간청하였다.

"만약 장군께서 정 산상에 하채하시고 싶다면, 나한테 분병分兵을 해 주십시오. 산 서편 아래 작은 채를 세워서 의각지세犄角之勢를 이루었다가 적병이 오거든 서로 응해서 대항하겠소이다."

마속은 마침내 왕평의 주장을 허락하지 아니했다.

마속은 고집하여 영채를 산 위에 세웠다.

산중에 사는 백성들이 성군작대成群作隊해서 나는 듯이 달려와 고했다.

"위병들이 쳐들어옵니다."

"사마의가 위병을 지휘하여 지금 수십만 병마가 기치창검을 휘두르며 조수 물밀듯 쳐들어옵니다."

왕평은 마속과 행동을 함께하기 싫었다.

"나는 가겠소이다."

마속한테 인사를 하고 물러 나가려 했다.

마속이 왕평한테 말했다.

"그대는 내 명령을 듣지 아니하니 하는 수 없다. 오천 군사를 줄 테니 따로 가서 행동하라. 그리고 적병을 내가 격파한 후에 승상 앞에서 논공행상論功行賞할 때 그대는 공功을 이야기 못하리라."

왕평은 마속이 주는 5천 병마를 거느리고 산에서 내려와 10리 밖에 영채를 세운 후에 지도를 그려서 주야배도하여 공명께 바치고 마속이 고집해서 산상에 영채 세운 일을 자세하게 아뢰었다.

한편 사마의는 군중에서 둘째 아들 사마소司馬昭에게 분부를 내렸다.

"너는 가정街亭 앞 큰길로 나가 보라. 만약 적병이 있어서 지키고 있거든 군사를 멈추고 나가지 말라."

사마소는 아버지의 영을 받들어 가정으로 나갔다. 곧 돌아와 아버지 사마의한테 고했다.

"가정에 파수 보는 적병이 없습니다."

사마의는 사마소의 보고를 받자 큰소리로 탄식했다.

"제갈양은 과연 신인神人이다. 내가 따르지 못하겠다."

사마소는 아뢰었다.

"아버님께서는 어찌해서 스스로 높으신 뜻을 떨어뜨리십니까? 소자의 생각에는 가정을 취하기는 극히 쉬운 일이라 생각합니다."

"네 어찌 그런 호언장담을 하느냐."

사마소는 공손히 손을 모아 대답했다.

"소자가 친히 목도해 보니 당도當道해서 영채가 없고, 군사들은 모두 산상에 둔병하고 있습니다. 그런고로 적을 파하기 쉽다고 생각합니다."

사마의는 아들 사마소의 말을 듣자 크게 기뻐했다.

"과연 촉병이 산 위에만 있다면 이것은 하늘이 나를 성공시켜 주시는 것이다!"

사마의는 곧 옷을 갈아입고 백여 기를 거느려 친히 진세를 살피러 나갔다.

이날 밤에 하늘은 개고 달은 밝았다. 사마의는 산 아래 당도하자 촉진 한 바퀴를 돌아갔다.

마속이 산 위에서 사마의를 바라보고 크게 웃으며 말했다.

"제가 목숨을 보존하려면, 산을 포위하지 아니하리라."

마속은 말을 마친 후에 모든 장수들에게 전령을 내렸다.

"만약 앞으로 적병이 오거든, 산정山頂 위에 붉은 기가 흔들리는 것을 군호로 하여 장령들은 군사를 거느리고 일제히 산 아래로 내려가라."

자리를 떠난 왕평王平을 제외한 모든 장령들은 마속의 명령을 지키고 있었다.

한편, 사마의는 촉진 형세를 살피고 돌아온 후에 탐마探馬에게 촉진의 어떤 장수가 가정을 지키는가를 탐지하라 했다.

탐마가 돌아와 보했다.

"마량의 아우 마속이라 합니다."

사마의는 웃으며 말했다.

"허명虛名만 가졌을 뿐, 용렬한 재목이니라. 공명이 어찌 이런 사람을 쓴단 말인가. 제가 패하지 아니하고 도리가 없으리라."

사마의는 혼삿말하고 다시 물었다.

"가정 좌우편에 또다시 다른 군사가 있더냐?"

"산에서 훨씬 떨어져서 십 리쯤 가면 왕평이란 장수가 진을 치고 있습니다."

사마의는 탐마의 말을 듣자 곧 선봉대장 장합을 불러 영을 내렸다.

"장 장군은 한 떼 군마를 거느리고 왕평의 오는 길을 끊어라."

장합이 청령하고 나간 후에 신탐, 신의를 불러 영을 내렸다.

"두 신 장군은 양로병兩路兵을 인솔하고 촉병들의 급수로汲水路를 끊어 버려라. 그래서 촉병들이 목이 타서 소란을 떨 때 승세해서 공격하라."

이때 밤은 이미 깊었다. 모든 병졸들은 내일 출전할 준비에 분망했다.

날이 환하게 밝았다.

위국 선봉 장합은 군사를 거느려 등 뒤로 쳐들어가고 사마의는 친히 대군을 몰아 마속이 진 치고 있는 높은 산을 사면팔방으로 에워싸 들어갔다.

마속이 산 위에서 바라보니 위병들이 만산편야滿山遍野해서 나오는데 정기旌旗와 대오가 정제하고 엄숙했다.

촉병들은 위병의 엄숙하고 정제한 행진을 바라보고 모두 다 담이 떨려서 감히 산 아래로 내려가지 못했다.

마속은 홍기紅旗를 번쩍 들어 휘둘렀다. 그러나 장수들은 서로들 미루면서 감히 한 사람, 움직이는 이가 없었다.

마속은 크게 노했다. 칼을 빼어 들어 친히 두 장수의 목을 후려쳤다.

"이놈들, 군령을 어기느냐."

두 장수의 목이 떨어지는 것을 보자 여러 장령들은 소름이 쭉 끼쳤다. 비로소 군사를 휘동하여 산에서 내려 위병 앞으로 돌진했다.

그러나 위병들은 꼼짝도 하지 아니하고 당당하게 짓쳐 나왔다. 촉병들은 다시 산상으로 기어올랐다.

마속은 일이 뜻같이 되지 않는 것을 보자 황망히 전령을 내렸다.

"긴하게 영채 문을 지켜라. 구원병이 오기를 기다리는 수밖에 없다."

이때 촉장 왕평은 위병이 오는 것을 보자, 군사를 거느려 시살하다가 위장 장합과 만났다.

수십여 합을 싸우는 중 왕평은 힘이 부치고 형세가 외로웠다. 군사를 거두어 물러갔다.

위병은 진시辰時서부터 술시戌時까지 온종일 촉병을 포위했다.

마속이 지휘하고 있는 산 꼭두에서는 군사들이 종일 싸우는데 물 한 모금 얻어먹을 수 없었다.

진중은 크게 소란하기 시작했다. 한밤중이 되었다. 군사들은 목이 타서 배겨 날 수 없었다. 군사들은 산 남편부터 뭉그러지기 시작했다. 활짝 영문을 열어젖히고 산 아래로 내려가 위병한테 항복했다.

마속은 미칠 듯했다. 칼을 빼어 들고 소리치며 달아나는 군사를 막았다. 그러나 홍수같이 터져 달아나는 군사를 막을 길이 없었다.

한편 사마의는 급히 전령을 내렸다.

"군사들은 일제히 산에 불을 질러라."

삽시간의 일이었다. 화광은 충천하면서 마속의 영채는 불바다 속으로 넘어박혔다.

　마속은 하는 수 없었다. 자욱한 연기와 맹렬한 불꽃을 헤치고 군사를 몰아 산길을 헤치고 서편을 향해 달아났다.

　사마의는 일부러 한줄기 큰길을 열어 주어 마속을 달아나게 하는 한편 장합으로 뒤를 쫓게 했다.

　장합이 달아나는 마속을 쫓아 30리쯤 달렸을 때, 홀연 전면에서 고각鼓角 소리 산천을 진동하면서 한 떼 군마가 나타났다.

　달아나는 마속과 촉병에게 길 비켜 주면서 위병의 쫓아오는 길을 가로막았다.

　장합이 보니 앞에 선 대장은 위연이었다.

　칼을 빼어 들고 곧 장합을 취하려 했다.

　장합은 크게 놀랐다. 군사를 돌려 달아났다.

　위연은 승세하여 다시 가정을 탈환한 후에 50여 리나 짓쳐 들어갔다.

　촉병의 환성이 높았을 때 홀연 고함 소리 천지를 진동하면서 양편 길에서 복병이 쏟아져 나왔다.

　좌편에는 사마의요, 우편에는 사마소였다.

　좌우편으로 들어와 위연을 에워쌌다.

　위연은 포위 속에 빠져 곤하기 짝이 없을 때 쫓겼던 장합이 다시 쫓아 들어 세 길로 에워싸 들어가니 위연은 좌충우돌하면서 용기를 다하여 싸웠으나 군사는 태반이나 꺾였다. 위연은 죽는 줄 알았다.

　한참 위급한 판국에 일지 군마가 위병을 시살해 들어왔다. 위연이 바라보니 왕평이 거느린 군사였다.

　위연은 크게 기뻤다.

　"내가 이제 살았구나!"

큰소리로 고함쳤다. 곧 군사를 한곳으로 모아 크게 일진을 시살하니 위
병들은 비로소 후퇴하기 시작했다.

위연, 왕평 두 장수는 위병을 격퇴한 후에 황망히 영채로 돌아가 보니
모두 다 위병의 정기가 바람에 펄럭였다.

두 장수는 깜짝 놀라 어찌할지 모를 때 신탐, 신의가 영채 속에서 위병
을 몰아 짓쳐 나왔다.

위연과 왕평은 하는 수 없어 열류성列柳城으로 달아나 고상高翔한테 투
신投身하려 했다.

이때 고상은 가정을 잃었다는 소식을 듣고 열류성의 군사를 함빡 일으
켜 구원하러 나오다가 길에서 위연, 왕평 두 장수를 만났다.

고상은 두 장수한테 마속이 말을 듣지 아니해서 결딴이 난 사실을 자세
히 듣고 말했다.

"오늘 밤에 위채魏寨를 습격해서 다시 가정을 탈환합시다."

세 사람은 의논이 정해졌다. 해가 저물기를 기다려 세 길로 분병分兵하
여 쳐들어가기로 했다.

위연이 먼저 군사를 거느리고 가정으로 나갔을 때 위병들은 자취를 감
추고 군사 한 사람 보이지 아니했다.

위연은 크게 의심했다. 와짝 나가지 못하고 길 어귀에 군사들을 숨겨서
매복하고 있을 때 고상의 군사가 당도했다.

"웬일인지 위병의 모습이 보이지 아니하니 의심스럽소."

"왕평이 거느린 군사도 오지 아니하니 어찌 된 까닭인가."

두 사람이 서로 이야기하고 있을 때, 돌연 일성 포향을 군호로 하여 북
소리 요란하면서 위병이 일제히 쏟아져 나와서 위연과 고상을 에워싸 버
렸다.

두 장수는 해심垓心 속에 들어 곤하기 짝이 없었다.

말을 놓아 칼을 두르며 좌충우돌했으나 포위망 속에서 탈신脫身할 길이 없었다.

두 장수는 정히 위급할 무렵, 홀연 산 뒤에서 고함 소리 우레같이 들리면서 한 떼 군마가 쫓아와 두 장수를 구해 냈다.

왕평의 군대였다.

세 장수는 일제히 열류성으로 향하여 치달렸다.

성 아래 당도했을 때, 일지 군마가 길을 막았다.

앞을 바라보니 바람에 기가 펄펄 날렸다.

'위도독魏都督 곽회郭淮'라고 먹글씨로 뚜렷이 써 있었다.

원래 곽회는 조진曹眞과 상의하고 사마의가 혼자 전공을 차지할까 해서 가정으로 군사를 거느려 나왔다가 가정이 사마의 손으로 넘어간 것을 알자, 군사를 돌려 지름길로 열류성을 취하러 나왔다가 세 장수를 만난 것이었다.

곽회의 거느린 위병은 크게 촉병을 시살해서 죽고 상하는 자가 수를 셀 수 없이 많았다.

위연은 양평관陽平關마저 뺏기면 큰일이라 생각했다. 고상, 왕평 두 장수와 의논하고 급히 양평관을 향하고 말을 달렸다.

한편 곽회는 쟁을 쳐 군사를 거둔 후에 좌우에 시립한 아장들을 돌아보며 말했다.

"내가 비록 가정은 얻지 못했으나 열류성을 취했으니 큰 공이 아니냐."

호쾌한 큰소리로 한번 떠들어 대고 성 아래 당도하여 문을 열라 했다.

"문 열어라, 나는 도독 곽회다. 빨리 문을 열어라."

곽회의 말이 채 떨어지기 전에 성 위에서 일성 포향이 일어나면서 무수한 정기가 일제히 들렸다. 그중 앞에서 들려진 큰 기에는 '평서도독平西都督 사마의司馬懿'라 굵은 글씨로 써 있었다.

기 아래 사마의가 나타났다.

공판空版 달고 호심목護心木 놓고 난간에 의지하여 크게 웃으며 말했다.

"곽 장군은 어찌 이리 늦게 오는가?"

곽회는 깜짝 놀랐다. 사마의가 벌써 와 있지 아니한가.

"사마중달司馬仲達의 기막힌 신기神機는 내가 당할 수 없구나."

곽회는 곧 성으로 들어가 사마의를 만났다.

인사를 마친 후에 사마의가 먼저 말을 꺼냈다.

"지금 제갈양은 가정을 잃었으니 반드시 달아나고 말 것이오. 공은 빨리 자단子丹과 함께 밤을 도와 쫓으시오."

곽회는 사마의의 지시대로 부랴부랴 군사를 거느려 성 밖으로 나갔다.

곽회가 나간 후에 사마의는 장합을 불러 말했다.

"곽회와 자단은 내가 큰 공을 혼자 세우는 것을 시기하여 열류성을 취하러 왔던 것이다. 내가 본시 욕심이 많아서 공을 혼자 세우려 한 것이 아니라 요행, 운이 좋아서 그리된 것이오. 내 생각에는 필연코 위연, 왕평, 마속, 고상들이 먼저 양평관을 차지할 것이 분명하오. 그런데 내가 만약 양평관을 취하러 간다면 제갈양은 반드시 뒤에서 나를 엄습할 테니 이리 되면 제갈양의 계책에 떨어지고 말게 되오. 병법에 말하기를 귀사물엄歸師勿掩, 궁구막추窮寇莫追라 하였소. 쫓겨 가는 몸을 쫓아가면 독살이 나서 반격을 하게 되고, 궁한 도둑을 잡는다면 살기를 내어 최후의 발악을 하는 법이니, 그대는 작은 길로 기곡으로 질러 나가고, 나는 친히 군사를 거느리고 사곡斜谷으로 나가서 촉병과 대결하겠소. 이리해서 만약 제갈양이 피해 달아난다면 더 쫓지 말고 중도에서 촉병의 달아나는 길을 끊는다면 치중輜重을 함빡 얻을 것이다."

장합은 사마의의 분부를 듣고 군사를 거느려 나갔다.

사마의는 곧 사곡을 취하고 서성西城으로 나갔다.

서성이란 곳은 비록 산이 궁벽한 작은 곳이나, 촉병들의 양식을 쌓아둔 곳일 뿐 아니라 남안南安,·천수天水, 안정安定 삼군의 총로總路였다.

이곳 세 성만 점령하는 날은 세 고을을 얻는 셈이었다.

이 까닭에 사마의는 신탐, 신유로 열류성을 지키라 하고 스스로 대군을 인솔하고 사곡으로 진발進發했던 것이다.

한편 제갈공명은 마속 등에게 가정을 지키라고 신신당부한 후에 마음이 놓이지 아니했다. 유예猶豫하고 있을 때, 왕평이 사람을 보내서 지도를 바친다 했다. 공명은 곧 지도 가져온 사람을 불러들였다. 좌우의 시자들이 도본圖本을 바쳤다.

공명은 책상 위에 지도를 올려놓고 한동안 보다가 문득 책상을 주먹으로 치며 큰소리로 외쳤다.

"마속이 무지해서 우리 군사들을 함정에 빠뜨리는구나?"

좌우 시자가 물었다.

"승상께서는 어찌해서 크게 놀라십니까?"

공명은 탄식하며 말했다.

"가정 지도를 보니 마속은 산 위에다 모조리 진을 쳤구나. 만약 위병이 와서 사면으로 산을 에워싸고 물 길어 올리는 길을 끊는다면, 이틀이 못 가서 군사들은 자중지란이 날 것이다. 만약 가정을 잃어버린다면 우리들의 갈 곳이 없구나!"

장사長史 양의楊儀가 아뢰었다.

"제 비록 재주 없습니다마는 마속을 대신해서 갔다 오겠습니다."

공명은 허락했다. 양의를 불러 안영安營한 방법을 일일이 지시해 주고 군사를 거느려 막 떠나려 할 즈음 홀연 탐마가 와서 고했다.

"가정과 열류성을 모두 다 위병한테 뺏겼습니다."

공명은 발을 동동 굴러 장탄식했다.

"대사를 놓쳐 버렸구나! 내 잘못이다."

급히 관흥, 장포를 불러 분부하였다.

"너희 두 사람은 각각 삼천 정병을 거느리고 무공산武功山 소로로 가서 위병을 만나거든 큰 싸움을 하지 말고 북 치고 떠들어서 적을 놀라게 하라. 위병이 놀라 달아나더라도 절대로 쫓아가서는 아니 된다. 그리하여 적병이 다 물러간 후에 양평관으로 나가게 하라."

공명은 또다시 장익을 불러 영을 내렸다.

"너는 검각劍閣을 말끔하게 수리해서 군대의 귀로歸路에 대비케 하라."

공명은 또다시 영을 내렸다.

"전 군대는 암암리에 행장을 수습해서 기정起程할 때를 기다리고 있으라."

공명은 또다시 마대와 강유를 불러 분부하였다.

"그대들은 적병의 뒤를 끊어 먼저 산골 속에 매복해 있다가 모든 군사가 물러난 후에 군마를 거두라."

공명은 또다시 심복 사람을 천수天水와 남안南安과 안정安定 세 고을로 나눠 보내서 관리와 군민軍民은 모조리 한중漢中으로 들어오라 분부를 내리고, 또 따로 심복을 기현冀縣으로 보내서 강유의 늙은 어머니를 한중으로 오도록 기별했다. 분별이 끝난 후에 공명은 먼저 5천 병마를 거느리고 서성西城으로 나가서 양초糧草를 운반하고 있었다.

이때 탐마가 나는 듯이 달려와 아뢰었다.

"사마의는 대군 십오만을 인솔하고 서방으로 향하여 쳐들어옵니다."

탐마의 알리는 급한 보고는 뒤를 이어 계속되었다.

"급합니다. 위병은 호호탕탕 서방으로 향하여 쳐들어옵니다."

"일이 매우 급합니다. 적병은 무인지경처럼 물밀듯 쏟아져 들어옵니다."

탐마는 바짓가랑이에 비파 소리가 나도록 10여 차례나 말을 달렸다.

이때 공명의 신변에는 무관 대장은 한 사람도 없고, 다만 일반 무관이 영솔하고 있는 5천 군이 있을 뿐이었다. 그나마 반수는 군량을 운반하러 나가고 다만 2천5백 군사가 성중에 있을 뿐이었다.

모든 문관들은 탐마병의 고하는 급한 소식을 듣자 대경실색했다.

공명은 성에 올라 바라보니 과연 누른 티끌이 하늘에 가득한 속에 위병은 두 길로 나누어 짓쳐들어오는 것이었다.

공명은 급히 영을 내렸다.

"성에 꽂아 놨던 기는 모두 감춰 버리라. 그리고 활짝 사대문四大門을 열어 놓아라. 문마다 스무 명씩 군사를 풀어서 백성의 맨드리를 해서 길을 청소하라. 비록 위병이 온다 할지라도 태연히 길만 쓸고 있으라. 내가 따로 계책이 있으리라."

공명은 분부를 마치자 학창의에 윤건 쓰고, 두 날 동자에게 거문고를 들려서 성상에 오른 후에 난간에 의지하여 향을 사르고 거문고를 타고 있었다.

사마의 선봉이 성 아래 당도하여 성상을 바라보니 성문은 활짝 열렸는데 제갈양은 신선의 옷을 입고 유유하게 거문고를 타고 있었다.

위장은 겁이 더럭 났다. 앞으로 나가지 못하고 급히 본진으로 돌아가 사마의한테 보했다.

"제갈양은 사대문을 열어 놓고 윤건 쓰고 도포 입고 태연히 앉아서 거문고를 타고 있습니다."

"그게 무슨 소리냐. 그럴 리가 있느냐."

사마의는 웃고 믿지 아니했다. 삼군의 진격을 중지시킨 후에 말을 달려 성 앞으로 나갔다. 사마의는 성 앞에 당도하여 멀리 바라보니, 과연 공명이 성 위에 높이 앉아서 향을 사르고 거문고를 타는데 얼굴에는 웃는 듯 화평한 모습이 화사했다.

좌편에는 청의동자가 보검寶劍을 받들어 섰고, 우편에는 홍의동자가 먼지떨이를 잡고 섰는데, 성문 안팎에 20여 명의 백성들이 머리를 숙여 쓰레질을 하고 있는데 여유작작한 태도는 과연 방약무인傍若無人한 태도였다.

사마의도 더럭 겁이 났다. 급히 중군中軍으로 돌아가 영을 내렸다.

"뒤에 있는 후군後軍은 전군前軍이 되고, 앞에 있는 전군前軍은 후군後軍이 되어 북산北山을 향하여 물러가라."

둘째 아들 사마소가 아뢰었다.

"그것은 제갈양이 군사가 없는 까닭에 짐짓 그 같은 태도를 지어서 우리를 의심하도록 한 짓이온데 아버님께서는 왜 군사를 물리라 하십니까?"

사마의는 고개를 가로저으며 말했다.

"제갈양은 평생에 조심하는 사람이다. 위험한 짓은 아니할 사람이다. 이제 크게 성문을 열고 거문고를 태연하게 타고 있는 것은 반드시 군사를 매복해 두고 우리 군사를 유인하려는 수작이다. 만약 진군을 한다면 제갈양의 계교에 떨어지는 것이다. 너희들이 제갈양의 묘한 뜻을 어찌 짐작하겠느냐. 빨리 퇴병시켜라."

이리하여 사마의의 15만 대병은 조수 물 빠지듯 물러갔다.

공명은 위병들이 멀리 물러간 후에, 손바닥을 어루만지며 크게 웃었다.

"하, 하, 하, 하."

모든 관원들은 깜짝 놀라지 않을 수 없었다.

공명한테 물었다.

"이거 어찌 된 일입니까? 사마의는 위국에 명장입니다. 이제 십오만 정병을 거느리고 이곳까지 왔는데 멀리 승상의 모습을 바라보자 황황하게 달아났으니 웬일입니까?"

공명이 대답했다.

"이 사람은 내가 평생을 조심해 지내서 위험한 짓을 절대로 아니하는 줄 아는 까닭에, 꼭 복병이 있는 줄 알고 물러간 것이니라. 내 어찌 위험한 짓 하기를 좋아하겠느냐. 부득이해서 이 계교를 쓴 것이다. 이 사람은 필연코 산 북편 소로를 취하여 갔을 것이다. 나는 벌써 저곳에 관흥關興, 장포張苞 두 사람을 대기시켜 놓았느니라."

모든 사람들은 경복驚服하지 않을 수 없었다.

"승상의 신기는 꼭 귀신도 측량치 못할 것입니다. 저희들 같으면 성을 버리고 달아날 뿐입니다."

공명은 대답했다.

"내 군사는 다만, 이천오백밖에 없다. 성을 버리고 달아난대야 멀리 가지 못하고 사마의한테 사로잡히고 말았을 것이다."

공명은 말을 마치자 손뼉을 쳐 크게 웃으며, 다시 말을 계속했다.

"내가 만약 사마의라면 반드시 물러가지 아니했을 것이다."

공명이 거문고 한 곡조로 사마의의 15만 대병을 물리친 데 대하여 뒷세상 시인들은 감탄하여 시를 지었다.

瑤琴三尺勝雄師

諸葛西城退敵時

十五萬人回馬處

士人指點到今疑

삼척금三尺琴 거문고

응사보다 낫구나.

공명이 서성에

적 물리칠 때 일일세.

15만 대병

말(馬) 돌리던 곳,

토인들, 가리키며

고개 갸우뚱.

공명은 곧 서성 백성들에게 영을 내렸다.

"백성들은 군인을 따라서 한중漢中으로 들어오라. 사마의는 반드시 다시 올 것이다."

공명은 영을 내리자, 곧 서성을 떠나 한중으로 달렸다. 천수, 한정, 남안 삼군三郡의 관리와 군민郡民들은 공명의 뒤를 따라 속속 한중으로 들어갔다.

한편 사마의는 무공산武功山 작은 길로 향하여 달아나는데 홀연 산 뒤에서 살기 띤 고함 소리 하늘에 연했고, 북소리 종소리는 땅을 뒤덮는 듯했다.

사마의는 당황했다. 두 아들을 돌아보며 말했다.

"내가 만약 달아나지 아니하면 제갈양의 꾀에 넘어가고 말 것이다."

이때 큰길에는 한 떼 군마가 시살해 달려왔다.

사마의가 돌아보니 깃발 위에 '우호위사右護衛使 호익虎翼 장군將軍 장포張苞'라 크게 썼다.

위병들은 깜짝 놀랐다. 어마뜨거라 하고 갑옷과 창을 버리고 달아났다.

위병들은 숨이 턱에 차서 한 마장쯤 달아날 때, 홀연 산골 속에서 또다시 함성이 땅을 흔들고 고각 소리 소란했다. 큰 기가 나타났다. '좌호위사左護衛使 용양龍驤 장군將軍 관흥關興'이라 크게 썼다.

산골 속에서 일어나는 고함 소리는 촉병들의 많고 적음을 판단할 수가 없었다.

위병들은 버썩 의심이 났다.

병장과 군기와 말과 수레를 모조리 버리고 급히 달아났다.

관흥과 장포는 공명의 장령대로 더 쫓지 아니했다. 고함 소리 고각 소리로 사마의의 군사를 엄포만 했다.

사마의는 산골 속에 촉병들이 가득히 매복되어 있는 줄 알았다. 더 나가지 못하고 군사를 물려 가정으로 돌아갔다.

관흥과 장포는 사마의의 군사가 버리고 달아난 많은 군기와 양식과 말과 수레를 얻어 돌아왔다.

사마의가 가정으로 물러간 후에 그를 시기하는 위장 조진曹眞은 공명이 군사를 물렸다는 소식을 듣고 급히 한중으로 가는 공명의 뒤를 쫓았다.

한 고개를 지났을 때, 홀연 산 너머에서 일성 포향이 일어나면서 촉병들이 만산편야滿山遍野해서 쏟아져 나왔다. 위수 대장은 강유와 마대였다.

조진은 대경실색했다. 급히 군사를 물리려 할 때 선봉 진조陳造는 벌써 어느 틈에 마대의 후려치는 칼 아래 외로운 혼이 되어 버렸다.

조진은 머리를 싸안고 졸개 군사를 재촉하여 달아났다.

촉병들은 밤을 도와 한중으로 달음질쳐 돌아갔다.

한편 조자룡과 등지는 기곡箕谷 도중에 복병하고 있다가 공명의 전령을 받고 군사를 철수撤收하기 시작했다.

조자룡이 등지한테 말했다.

"위병들이 우리 군대가 퇴군하는 것을 안다면 반드시 뒤를 쫓기 십상팔구입니다. 나는 먼저 일지 병마를 거느리고 후면에 매복해 있을 테니, 공은 나의 기호를 앞세우고 서서히 퇴군하는 것이 좋겠소. 나는 한 걸음한 걸음 뒤따르면서 당신을 호송護送하리다."

한편 위장 곽회는 군사를 거느리고 두 번 기곡으로 오는 도중이었다.

선봉 소옹蘇顒을 불러 분부하였다.

"촉장 조자룡은 영용이 무적한 사람이다. 너는 조심해서 일을 처사해야 한다. 조자룡의 군사가 물러가는 것은 반드시 곡절이 있는 일이다."

소옹은 흔연欣然히 대답했다.

"도독께서 후원만 해 주신다면 저는 조운을 생금生擒하겠습니다."

소옹은 곧 전부 군사 3천 명을 거느리고 기곡으로 돌입해서 촉병의 뒤를 살폈다.

홀연 산 뒤에서 기가 번뜻 나타나면서, 흰 글씨로 '상산常山 조운趙雲'이라 크게 썼다.

소옹은 깜짝 놀랐다. 혼비백산이 되었다. 급히 군사를 돌려 물러갔다.

두어 리를 채 가지 못했을 때, 함성이 크게 들리면서 일지 군마가 나타났다. 앞에 대장이 나타나며 큰소리로 꾸짖었다.

"네 이놈, 조자룡을 알아보겠느냐?"

소옹은 또 한 번 깜짝 놀랐다. 간담이 서늘했다.

"웬일이냐. 동에 번뜻 서에 번뜻 여기 또 상산 조자룡이 있단 말이냐."

소옹은 미처 손을 놀릴 사이가 없었다.

조자룡이 높이 든 한 창은 마침내 소옹을 찔러 마하에 떨어뜨렸다.

남은 군마들은 머리를 싸안고 달아났다.

곽회의 선봉대장 소옹의 목을 벤 상산 조자룡은 천천히 군사를 거느려 앞으로 전진할 때 등 뒤에서 또 한 군대가 쫓아왔다.

곽회의 부장 만정萬政이었다.

조자룡은 위군의 추격이 급한 것을 보자 말을 멈추고 창을 비껴들고 길 어귀에 버티고 섰다.

촉병들은 조운의 힘을 입어 30여 리나 앞으로 나갔다.

위장 만정은 길어귀에 서 있는 장수가 상산 조자룡인 것을 알자 감히 앞으로 나오지 못했다. 상산 조자룡은 날이 황혼黃昏이 되자 겨우 말 머리를 돌려 천천히 나갔다.

곽회의 군사도 당도했다. 만정은 곽회한테 말했다.

"조자룡의 용맹이 여전하므로 감히 가까이 가지 못했습니다."

곽회는 곧 전령을 내렸다.

"무슨 비겁한 소리냐. 빨리 조자룡을 쫓아라."

만정은 수백 장사와 함께 말 타고 조운의 뒤를 쫓았다.

한 굽이 큰 숲 속을 지났을 때, 홀연 등 뒤에서 대갈일성 꾸짖는 소리가 떨어졌다.

"이놈 반장 만정아, 상산 조자룡이 이곳에서 너를 기다렸다."

위병들은 크게 놀랐다. 혼비백산이 되었다.

"에구머니나, 상산 조자룡이 여기 또 있구나."

군사들은 서로들 짓밟으며 달아났다.

말에 떨어져 죽는 자가 백여 명이나 넘었다. 남은 병졸들은 모두 고개를 넘어 산지사방 달아났다.

만정萬政은 달아날 수도 없었다. 발발 떨며 조자룡을 향하여 창끝을 겨누었다가 조자룡의 한 대 쏘는 화살이 만정의 투구 끈을 맞혔다.

만정은 시냇물 속으로 놀라 떨어졌다.

조자룡은 창으로 만정을 꾸짖으며 호령했다.

"내, 너의 생명을 살려줄 테니, 너는 빨리 곽회한테 가서 내 뒤를 쫓으라 일러라."

만정은 목숨을 부지해 달아나고 조자룡은 촉병의 인마와 병장과 식량을 호휘하여 한중을 바라보고 나갔다.

조진, 곽회는 천수, 남안, 안정 세 고을을 다시 찾았다. 양양자득 공을 세웠다고 자랑했다.

한편 사마의도 군사를 나누어 나오니 이때 촉병들은 말끔 한중으로 돌아갔다.

사마의는 1로군을 거느리고 다시 서성西城에 당도하여 성중 백성들과 산림에 숨어 있는 선비들을 찾아 위로했다.

그들은 사마의를 향하여 말했다.

"공명은 하늘이 낸 분입니다. 무관 대장 한 사람 없이 단지 문관이 거느린 이천오백 군사로, 매복한 일도 없이 장군의 십오만 대군을 물리쳤습니다."

다음엔 무공산武功山 백성들이 고했다.

"관흥, 장포도 단지 삼천 군마를 각기 거느렸을 뿐입니다. 이 군사를 가지고 이리저리 돌려서 산으로 납함吶喊하여 다니면서 장군을 놀라게 했습니다. 그리고 다른 수레와 장비도 없어서 시살廝殺을 하지 아니했습니다."

사마의는 백성들의 말을 듣자 뉘우쳐도 소용이 없었다.

하늘을 우러러 탄식했다.

"공명은 과연 나보다 열 곱절 낫구나!"

사마의는 곧 백성들과 관리들을 위무慰撫한 후에 군사를 거느려 장안으로 돌아가 위주魏主 조예曹叡께 뵈었다.

조예는 손을 들어 사마의를 찬양했다.

"오늘 다시 농서隴西의 모든 군현郡縣을 얻은 것은 모두 다 경卿의 공이오."

사마의가 아뢰었다.

"지금 촉병은 한중漢中으로 몰려서 아직도 다 소멸剿滅되지 못했습니다. 신에게 다시 큰 군사를 주신다면 힘을 다하여 한중을 취하여 폐하께 보답하겠습니다."

조예는 더한층 기뻤다. 사마의에게 대군을 일으켜 한중을 다시 칠 계획을 차리려 할 때 홀연, 반 안에서 딴사람이 나와 아뢰었다.

"신에게 한 가지 계책이 있습니다. 제 말을 들으신다면 가히 촉蜀을 평정하고 오吳를 항복 받을 수 있으리라 생각합니다."

모든 사람이 바라보니 상서尙書 벼슬하는 손자孫資였다. 위주 조예가 물었다.

"경은 어떠한 묘한 계책이 있는가?"

손자가 아뢰었다.

"전에 태조 무 황제(太祖武皇帝=曹操)께서 장로張魯를 평정하실 때 뒷수습을 잘하시면서 후제後濟가 어렵다 하셨습니다. 그리고 항상 군신들에게 대하여 말씀하시기를 남정南鄭이란 곳은 하늘의 옥(天獄)이라 하셨습니다. 이 중에 사곡斜谷이라 하는 길은 오백 리나 되는 석혈石穴이올시다. 용무지지用武之地가 아니올시다. 지금 만약 나라의 군사를 다 일으켜 촉을 공격한다면 동오東吳는 장안長安과 낙양洛陽의 허한 틈을 타서 반드시 쳐들어오기 십상팔구일 것입니다. 폐하께서는 현재의 군사를 분발하시어 대장에게 요새 지대를 지키라 하시고, 한편으로 정예精銳를 기르신다면 불과 수년에 우리 중국은 날마다 융성해지고 오吳, 촉蜀은 두 나라끼리 서로 티적거릴 것입니다. 이때 가서 두 나라를 도모한다면 크게 이기실 것입니다. 폐하께서 깊이 살피시어 재량裁量하옵소서."

상서尚書 손자孫資의 아뢰는 말을 듣자 위주魏主 조예曹叡는 사마의에게 물었다.

"손 상서의 의논이 어떠하오?"

사마의는 처음에 대군을 다시 일으켜서 한중을 공격하려 했으나 손자의 건의를 듣고 옳다고 깨달았다.

"손 상서의 말씀이 극히 온당합니다."

조예는 손자의 말을 들어 사마의에게 영을 내렸다.

"경은 모든 장수에게 영을 내려 긴요한 요해처에 군사를 배치시키고 촉을 공격하는 일을 보류하라."

조예는 다시 곽회와 장합을 불러, 장안을 지키라 한 후에 크게 삼군을 호궤하여 전군에 상을 내리고 수레를 몰아 낙양으로 돌아갔다.

한편 제갈공명은 한중으로 들어가 군사를 점고하니 상산 조자룡과 등지의 거느린 군사가 보이지 아니했다.

마음에 크게 근심되었다.

곧 관흥, 장포 두 장수한테 분부를 내렸다.

"거 이상하다. 조운과 등지의 군사가 보이지 않는구나. 너희들은 각기 일지 병마를 거느리고 그들을 구원해 주라."

관흥, 장포는 공명의 분부를 받고 막 몸을 일으키려 할 때 홀연 조자룡과 등지의 군대가 왔다고 했다.

공명이 급히 알아보니 두 장수는 병졸 한 명 상하지 아니하고 한 바리 치중輜重도 잃은 것 없이 돌아왔다.

공명은 크게 기뻐했다. 친히 모든 장령들을 거느리고 성 밖까지 나가 맞이했다.

조운은 공명을 만나자 황망히 말 아래 내려 땅에 엎드려 고했다.

"패군지장敗軍之將을 승상께서 어찌 이같이 수고롭게 멀리 나와 맞이해 주십니까."

공명은 황망히 조자룡을 붙들어 일으키고 손을 잡아 말했다.

"내가 현우賢愚를 가리지 못해서 장군을 이같이 고생시켰소이다. 각처의 장병들은 모두 다 군사와 병기를 잃었건만 오직 자룡께서만 한 사람의 생명과 한 필의 말도 상하지 아니하고 돌아오셨으니, 어이 된 까닭입니까?"

등지가 자룡을 대신해서 고했다.

"소장이 군마를 거느려 먼저 간 후에 조 장군께서는 뒤를 끊어 적장의 목을 추풍의 낙엽 베듯 하시어 적장은 간담이 서늘해서 머리들을 싸매고 달아났습니다. 이 까닭에 군사는 말할 것 없고 군자집물軍資什物도 하나 버린 것이 없었습니다."

공명의 입은 딱 벌어졌다. 기쁨을 이기지 못했다.

울면서 마속의 목을 베고

공명은 조자룡을 크게 칭찬하였다.

"과연 참 장군將軍이십니다."

곧 황금黃金 50근을 조자룡한테 내리고 비단 만 필을 조자룡의 군사한테 나눠 주라 명하였다.

조자룡은 받지 아니하고 사양했다.

"삼군三軍에 대하여 척촌尺寸만한 공로도 없이 상을 받는다는 것은 일이 아닙니다. 이번 패군에 대하여는 저희들도 함께 그 책임을 져야 합니다. 죄가 있으면서 상을 받는다는 것은 곧 승상의 상벌賞罰이 밝지 못한 것이 됩니다. 청컨대 고庫에 두었다가 겨울에 모든 군사한테 나누어 주셔도 늦지 아니합니다."

공명은 조운의 말을 듣자 크게 탄식했다.

"선제께서 생전에 항상 말씀하시기를 자룡은 덕이 많은 사람이라 하시더니 이제 보니 과연 그러하구나!"

공명은 자룡을 전보다 배나 존경했다.

이때 문 지키는 군사가 보했다.

"마속, 왕평, 위연, 고상 등이 왔습니다."

공명은 먼저 왕평을 장帳 안으로 불러들여 꾸짖었다.

"내 너한테 마속과 함께 가정을 지키라 했는데 어찌해서 간諫하지 아니하고 이같이 큰일을 낭패시켰느냐!"

왕평이 자상히 고했다.

"저는 두 번 세 번 가정에 토성을 세우자 했습니다. 그러나 마 참군馬參軍은 크게 노하여 제 말을 듣지 아니했습니다. 그리하여 저는 오천 명을 거느리고 산에서 떨어져서 십 리 밖에 하채下寨했습니다. 이리하와 소장은 하는 수 없이 마속과 행동을 함께하지 아니했습니다."

왕평은 대충 서두를 꺼낸 후에 일일이 지난 일을 그림 그리듯 고했다.

공명은 왕평을 꾸짖어 물리친 후에 마속을 장 안으로 불러들였다.

마속은 스스로 몸을 결박 짓고 말없이 장 앞에 엎드려 대죄하고 있었다.

공명은 얼굴빛을 변하여 마속을 꾸짖었다.

"너는 유년 시대부터 병서를 많이 읽었고, 싸우는 방법도 잘 알고 있는 터인데 어찌해서 이같이 망꼴이 되게 했느냐. 내가 여러 차례 계고戒告하지 않았던가. 가정이란 곳은 우리들 전장터의 근본인 요새 지대가 된다고 이르지 아니했더냐. 너는 전 가족의 목숨을 걸고 군령장을 두고 이 중업을 맡았던 것이다. 네 만약 왕평의 간하는 말을 일찍부터 들었던들 어찌 이런 기막힌 화를 당했겠느냐. 오늘날 패군敗軍 절장折將 실지失地 함성陷城이 된 것은 모두 다 너의 책임이다."

공명은 다시 계속해서 마속을 꾸짖었다.

"군에는 군율軍律이 있다. 만약 군법軍法을 밝히지 못한다면, 어찌 삼군三軍을 복종시키겠느냐. 너는 법을 범한 자이다. 죽어도 나를 원망하지 마라. 너 죽은 후에 너의 가족에 대해서는 내가 다달이 월급月給과 녹량祿粮을 줄 것이다. 너는 죽어 마음을 놓아라."

공명은 수죄하기를 다한 후에 좌우의 무사를 불러 마속을 형행하라 했다.

마속이 울며 아뢰었다.

"승상께서는 저를 자식같이 보셨고, 저는 승상을 아버지같이 대했습니다. 저의 죄는 도피할 도리가 없습니다. 원컨대 승상께서는 순舜이 못된 아들 곤鯀을 죽이시고, 우禹를 쓰시던 의리로 처사하신다면 마속은 비록 죽사오나 구천九泉에 한이 없겠습니다."

마속은 말을 마치자 방성대곡했다.

공명은 눈물을 뿌리며 말했다.

"내, 너하고 의는 형제 같다. 네 아들은 곧 내 아들이다. 더 부탁하지 아니해도 좋다."

좌우의 무사들은 마속을 원문轅門 밖으로 끌어내어 장차 목을 베려 할 때, 참군參軍 장완蔣琬이 성도成都에서 왔다.

무사들이 마속의 목을 베려 하는 것을 보고 깜짝 놀랐다.

손을 번쩍 들었다. 무사들에게 향하여,

"행형을 잠깐 정지하오."

큰소리로 외치고 공명을 들어가 뵈었다.

"옛적에 초楚에서 심복 장수를 한 사람 죽이니, 상대편인 문공文公은 기뻐했습니다. 지금 천하가 아직 정해 있지 아니한데 지모지신智謀之臣을 죽인다는 것은 가석한 일이 아니오니까?"

공명은 눈물을 흘리며 대답했다.

"옛적에 손무자孫武子가 천하를 제승制勝한 것은 법을 밝게 쓴 때문이오. 이제 사방이 전쟁을 하여 교병交兵을 하는 이 마당에 만약 법을 폐한다면 어찌 적을 멸하겠소. 당연히 참해야 하오."

잠깐 있으려니 무사는 마속의 수급을 계하階下에 바쳤다. 공명은 마속의 참형된 목을 향하여 소리쳐 울기를 마지아니했다. 장완이 물었다.

"승상께서는 이미 마속을 죽이시고 저렇듯 아프게 우시니 뜻을 모르겠습니다."

"나는 마속을 위하여 운 것이 아니오. 나는 선제先帝의 생각을 하고 운 것이오. 선제께서 백제성白帝城이 위급할 때 나한테 부탁하시기를, 마속은 언과기실言過其實하니 크게 쓰지 못하리라 하셨소. 이제 과연 그 말씀이 옳은 것을 알게 되었소. 나의 밝지 못한 것을 깊이 탄하면서 선제의 밝으신 것을 추사追思, 이같이 아프게 운 것이오."

공명은 스스로 벼슬을 깎다

대소 장사들은 공명의 말을 듣자 눈물을 흘리지 않는 이 없었다.
이때 마속의 나이는 39세요, 건흥建興 6년六年 여름 5월의 일이었다.
뒷사람은 시를 지어 탄식했다.

失守街亭罪不輕
堪嗟馬謖枉談兵
轅門斬首嚴軍法
拭淚猶思先帝明

가정 잃은 죄
가볍지 않다.
슬퍼라 마속은
허탕으로
병법을 말했네.
진문 밖,
참수형,
엄하게 군법을
밝힘일세.

눈물 씻어
선제의 밝음을
생각하네.

공명은 마속의 참수한 수급을 각 영문에 두루 보인 후에 머리를 시체에 꿰매서 관을 갖추어 후하게 장사 지내고 친히 제문을 지어 제 지낸 후에 마속의 가속을 무휼撫恤하여 월급과 녹미를 주어 보호했다.

공명은 표문表文을 지어 장완蔣琬에게 주고 후주後主께 상주上奏하여 스스로 승상丞相의 직위를 깎아 달라 아뢰었다.

후주가 공명의 표장表章을 뜯어보니 아래와 같았다.

신은 본시 용렬한 재목으로서 외람되이 앉지 아니할 곳에 앉아서 친히 모월旄鉞을 잡고 삼군三軍을 독려했으나, 능히 훈장訓章과 명법明法을 활용하지 못하고 일에 임하여 가정街亭에 명이 서지 못하고, 기곡箕谷에 실계한 허물이 다 신이 밝지 못하고 사람을 알아 쓰지 못한 때문이올시다. 춘추필법春秋筆法에 의하여 책임을 면할 수 없습니다. 청컨대 3등三等을 내리 깎아 신의 허물을 채질하옵니다. 부끄러움을 무릅쓰고 엎드려 명을 기다립니다.

후주는 보기를 다하자 군신에게 말했다.

"전쟁의 승부는 병가의 상사인데 승상은 어찌 이런 말씀을 하는가."

시중侍中 비위費褘가 아뢰었다.

"신은 듣자오니 나라를 다스리는 이는 반드시 법을 잘 지켜야 한다 합니다. 법이 만약 행하지 아니한다면 어찌 사람을 복종시키겠습니까. 승상이 이번 패한 일에 대하여 스스로 폄강貶降하는 일은 의당 해야 할 옳은 일이라 생각합니다."

후주는 비위의 엄정한 말을 막을 수 없었다. 공명의 자폄自貶하는 것을 허락하여 우장군右將軍으로 내린 후에 승상 일을 보게 하고 예와 같이 군마軍馬를 총독總督하라 했다.

후주는 비위費褘를 시켜 조서를 받들어 한중漢中에 있는 제갈양을 찾게 했다.

공명은 뜰에 내려 두 번 절하고 폄강貶降하는 조칙詔勅을 받들었다.

비위는 공명이 부끄러워할까 하여 하례하는 말을 보냈다.

"촉 땅 사람들은 승상께서 네 고을을 점령하신 것을 보고 무한 기뻐들 했습니다."

공명은 얼굴빛을 변하고 대답했다.

"그 무슨 말씀이오. 얻었다가 잃었으니 얻지 못한 것이나 매한가지 일입니다. 공이 이 일로 치하한다는 것은, 실은 나로 하여금 괴란愧赧하게 만드는 일입니다."

비위가 다시 말했다.

"듣자오니 승상께서는 위국魏國의 강유를 얻으셨다 합니다. 천자께서 이 말씀을 들으시고 매우 기뻐하셨습니다."

공명은 얼굴에 노기를 띠어 대답했다.

"전쟁을 해서 촌토寸土도 얻지 못하고 돌아온 것은 나의 큰 과실이고 허물입니다. 강유 한 사람쯤 얻은 것이 위국에 무슨 손해를 주겠소. 당치 않은 말씀 마시오."

비위가 또 말했다.

"승상께서는 현재 웅사雄師 수십만을 통솔하고 계십니다. 다시 위국을 치시겠습니까?"

공명이 대답했다.

"지난번 대군을 기산祁山과 기곡箕谷 사이에 둔병屯兵했을 때 우리 군사는 상당히 수가 많았소이다. 그러나 적병을 파하지 못하고 적이 도리어 우리를 파한 것은 그 까닭이 군대의 많고 적은 데 있지 아니하고 주장하는 장수의 지휘에 달린 것이라 생각하오. 이제 나는 군대와 장수의 수보다도 허물을 생각해서 벌을 밝히는 동시에 변하고 통하는 길을 생각하려 하오. 만약 그렇지 않다면 아무리 군사가 많다 한들 소용이 없소이다. 지금 이후로 국가 일에 대하여 멀리 생각하는 분들은 자기의 단처短處를 먼저 살펴서 스스로 책한다면 일은 성공이 되고, 적을 멸할 수 있고 공을 바랄 수 있으리라 생각하오."

비위 이하 모든 장수들은 공명의 말에 감탄했다.

비위는 이내 공명께 하직하고 성도成都로 돌아갔다.

공명은 한중漢中에서 백성을 사랑하고 군사를 아꼈다. 병정兵丁을 격려하여 성을 공격하고 적전敵前 도수渡水하는 기구를 만드는 한편, 양초糧草를 많이 저장하고, 떼(筏)를 준비해서 뒷일을 준비했다.

위국의 간첩은 제갈공명의 전쟁 준비하는 일을 탐지하고, 급히 낙양洛陽으로 향하여 조예한테 고했다.

조예는 곧 사마의를 청하여 서천西川 취할 일을 의논하였다.

"공명이 전쟁 준비를 한다 하니 우리가 먼저 선수를 걸어서 치는 것이 어떠한가?"

동오 주방은 속임수로 목을 찌르고

사마의가 아뢰었다.

"불가합니다. 아직 칠 수 없습니다. 지금은 여름이올시다. 일기가 한창 불같이 덥습니다. 우리가 쳐들어갔다가 촉병이 응하여 싸우지 않고, 험한 곳을 지킨다면 우리 군대는 위험한 땅으로 들어간 후에 되돌아오기 어려울 것입니다."

사마의의 반대하는 대답을 듣자, 조예는 근심하여 물었다.

"만약 촉병이 쳐들어오면 어찌한단 말인가?"

사마의가 다시 대답했다.

"신이 요량해 보았습니다. 이번에 제갈양은 한신韓信이 진창陳倉으로 가만히 건너가던 계교를 쓰려는 듯합니다. 신은 한 사람을 폐하께 천거하겠습니다. 이 사람을 시켜서 진창길 어귀에 성을 쌓아서 지키게 한다면 만무일실萬無一失일까 합니다. 이 사람의 키는 구척장신이요, 팔은 길어서 원숭이 팔 같은데 활을 잘 쏘고 꾀가 많은 사람이올시다. 비록 제갈양이 입구入寇한다 해도, 넉넉히 당해 낼 사람입니다."

조예는 사마의의 말을 듣자 크게 기뻐했다.

"그 사람은 어떤 사람인가?"

사마의가 아뢰었다.

"태원太原이 고향인데 성명을 학소郝昭라 하는 사람이올시다. 현재, 잡패雜霸 장군將軍으로 하서河西를 지키고 있습니다.”

조예는 사마의의 말을 좇아 학소에게 진서鎭西 장군將軍의 칭호를 더 주고 진창 어귀를 지키라 조칙詔勅을 보냈다.

이때, 양주楊洲 사마司馬 대도독大都督 조휴曹休가 표를 올렸다. 조예가 받아 보았다.

동오東吳의 번양鄱陽 태수太守 주방周魴이 고을을 바쳐 항복하고 비밀하게 사람을 보내서 일곱 가지 일을 진언進言하면서 동오를 격파할 수 있으니 속히 출병하는 것이 좋겠다 했습니다. 살펴 처리하옵소서.

조예는 용상에 앉아 사마의를 불러 함께 글월을 보며 물었다.

“어떠하오?”

“이 말이 가장 유리한 말이올시다. 동오를 멸할 수 있습니다. 신은 일지 병마를 거느리고 가서 조휴曹休를 돕겠습니다.”

사마의의 말이 채 떨어지기 전에 한 사람이 반열 중에서 소리치며 나와 아뢰었다.

“오나라 사람의 말은 반복불일反覆不一해서 깊이 믿을 수 없습니다. 그리고 주방은 지모智謀 있는 선비올시다. 잘 항복할 사람이 아닙니다. 잘못하다가는 군사를 그르치게 할 속임수올시다. 주의하십시오.”

모두 바라보니, 건위建威 장군將軍 가규賈逵란 사람이었다.

사마의가 옆에서 아뢰었다.

“이 말이 또한 유리한 말이올시다. 아니 들을 수도 없습니다. 그러나 기회를 또한 놓치기도 아깝습니다.”

“사마중달은 가규와 함께 가서 조휴를 도와주라.”

위주魏主 조예曹叡는 판단을 내렸다.

사마의와 가규는 조예의 명을 받들어 군사를 이끌고 나갔다.

조휴曹休는 대군을 휘동하여 완성皖城을 취하러 나가면서 모든 부서를 정했다.

가규는 전장군前將軍 만총滿寵과, 동완東莞 태수太守 호질胡質과 함께 양성陽城을 취한 후에 곧 관동關東으로 향하여 나가라 하고, 사마의는 강릉江陵을 취하라 했다.

한편 오주吳主 손권孫權은 무창武昌 관동關東에서 모든 관료들을 모아 놓고 의논하였다.

"번양 태수 주방이 비밀한 상소를 올렸는데, 위국 양주 도독 조휴가 입구한다는 소식을 듣고 속임수로 일곱 가지 일을 조휴에게 제공한 후에 위병을 유인하여 들어오니, 조정에서는 군사를 매복하여 사로잡으라 했소. 경들의 생각은 어떠하오? 지금 위병은 세 길로 싸우러 오는데, 경들은 어떠한 고견高見이 있는지 말해 보오."

고옹顧雍이 나와 아뢰었다.

"위병을 대항하려면 육손陸遜이 아니고는 대임大任을 맡을 사람이 없습니다."

손권은 곧 육손을 불러 보국輔國 대장군大將軍 평북平北 도원수都元帥에 어림대병御林大兵을 통솔하고 왕사王事를 섭행攝行하라 하고 백모황월을 주어, 문무백관은 모두 다 그의 명령과 군령을 듣게 하고 손권은 친히 육손과 함께 가지런히 채찍을 잡아 말을 타고 나가는 의식을 차리게 했다.

육손은 사은숙배謝恩肅拜하여 명을 받은 후에 오주 손권한테 아뢰었다.

"삼가 아뢰옵니다. 두 사람의 좌우 도독으로 분병分兵하여 삼로로 쳐들어오는 위병을 막겠습니다."

손권이 물었다.

"어떠한 사람으로 좌우 도독을 임명하면 좋겠소?"

"분위奮威 장군將軍 주환朱桓과 유남綏南 장군將軍 전종全琮 두 사람을 써서 보좌해 주시면 좋겠습니다."

손권은 곧 육손의 말을 들었다.

주환으로 좌도독을 삼고 전종으로 우도독을 명했다.

육손은 강남 81주州와 형호荊湖 사이의 군사 70만여를 통솔한 후에, 주환은 좌편으로 나가고 전종은 우편으로 진군하고 육손은 중군이 되어 세 길로 나가서 3로로 쳐들어오는 위병을 대항했다.

주환이 육손한테 대책對策을 말했다.

"조휴가 친히 대임을 맡았으나 그는 지용智勇을 겸한 장수가 아닙니다. 지금 주방의 꾀는 말을 듣고 험한 곳으로 걸어 들어왔으니, 이때 원수께서 공격하시면 위병은 반드시 패할 것입니다."

육손은 주환의 말을 귀 기울여 들었다.

주환朱桓은 말을 계속했다.

"조휴曹休가 패한 후에는 반드시 두 갈래 길로 달아날 것입니다. 좌편은 협석峽石이란 곳이고, 우편은 계차桂車란 곳입니다. 이 두 길은 모두 다 산중의 초로로써 가장 험준한 곳입니다. 소장은 전자황全子璜과 함께, 각각 한 떼 군마를 거느리고 산중에 숨어서 나무와 돌로 위병의 오는 길을 끊는다면, 조휴를 가히 사로잡을 것입니다. 조휴를 잡은 후에 군사를 몰아 파죽지세破竹之勢로 나간다면 단숨에 수춘壽春을 얻을 것이고, 다시 낙양洛陽을 엿볼 수 있을 것이니, 이는 만대에 한 번 있을 좋은 기회라 하겠습니다."

육손은 고개를 가로혼들었다.

"그것은 좋은 계책이라 할 수 없소. 나는 따로 묘한 방략을 가졌소이다."

육손이 듣지 아니하니 주환은 무색했다. 마음에 가득 불평을 품고 물러갔다.

육손은 주환의 말을 듣지 아니하고 제갈근諸葛瑾에게 영을 내려 강릉을 지켜서 사마의를 대항하고 모든 길의 군병을 조발했다.

한편 조휴의 군사가 완성皖城에 당도하니, 주방周魴이 나와서 맞이했다.

조휴가 물었다.

"지난번, 그대가 보낸 글월에 씌어 있는 일곱 가지 일은 대단히 유리한 일입니다. 천자께 아뢰어 이같이 세 길로 큰 군사를 진발進發했소이다. 이번에 강동江東을 얻기만 한다면 그대의 공은 적지 아니하오. 사람들이 말하기를 당신은 꾀가 많아서 속임수가 많다 합니다. 거짓말은 아니겠지요? 당신은 확실히 나를 속이지 않겠소?"

주방은 조휴의 말을 듣자, 별안간 목을 놓아 통곡하면서 급히 종자從者의 차고 있는 칼을 뺏어 목을 찌르려 했다.

조휴는 깜짝 놀라 급히 만류했다.

"이것이 무슨 짓이오!"

주방은 그제야 칼을 짚고 말했다.

"나의 일곱 가지 계책은 감히 입에 내지 못할 나의 심간心肝을 토설吐說한 것인데, 이제 장군은 도리어 나를 의심하시니, 이것은 필연코 강동 손권이 반간反間의 모략을 쓴 것입니다. 장군이 만약 이 간하는 말을 옳게 들으신다면, 나는 죽어서 나의 충심을 하늘에 표현할 뿐이오."

주방은 말을 마치자, 또다시 칼을 뽑아 찌르려 했다.

조휴는 급히 칼을 뺏고, 주방을 껴안았다.

"내가 농담으로 한 말씀인데, 당신은 왜 이 같은 행동을 취하시오."

주방은 칼로 머리털을 버썩 베어 땅에 던지며 말했다.

"나는 충성된 마음으로 장군을 대했는데, 장군은 농담의 말을 했다 하니 분하기 짝이 없소. 그러므로 부모의 끼쳐 주신 머리털을 베어 나의 충심을 표한 것이오."

주방周魴의 태도를 보자, 조휴는 깊이 믿었다.

연회를 베풀어 그를 극진히 위로했다.

주방이 물러간 후에 건위建威 장군將軍 가규賈逵가 뵙기를 청했다.

조휴는 불러서 물었다.

"왜 왔느냐?"

"동오東吳의 군대들은 지금 함빡 완성皖城에 집결되어 있습니다. 가볍게 나가지 마십시오. 저희들이 양편으로 나간 후에 협공挾攻하신다면, 적을 소탕할 수 있습니다."

조휴는 노했다.

"너는 나의 공功을 앗으려 하느냐."

가규가 말했다.

"들으니 주방이 머리를 베어 맹세했다 하니 이것은 거짓 하는 수작이 올시다. 이따위 짓을 하는 자들은 예로부터 깊이 믿을 수 없습니다."

조휴는 더한층 노했다.

"오늘 대군을 출발시키는 이 마당에, 너는 어찌 이따위 현란스런 말을 내서 군심을 태만케 하느냐."

조휴는 좌우에 영을 내렸다.

"가규를 원문轅門 밖으로 몰아내서 목을 베어라!"

모든 장수들이 조휴한테 애걸하였다.

"군대가 출발하기 전에 대장을 먼저 죽인다는 것은 군에 대하여 불리합니다. 잠깐 참형을 보류하시는 것이 좋을 듯합니다."

조휴는 모든 장수들의 청을 들어, 가규는 남아서 영채를 지키라 하고, 친히 군사를 거느려 관동關東을 취하러 나갔다.

이때 주방은 가규가 병권兵權 뺏긴 소식을 듣고 가만히 기뻐했다.

"조휴가 가규의 말만 들었더라면, 우리 동오는 패하고 말았을 것이다. 이것은 하늘이 나를 성공하게 만드신 것이다."

혼잣말하고, 곧 사람을 완성으로 가만히 보내서 육손陸遜한테 알렸다.

육손은 주방이 전한 비밀한 정보를 받은 후에 모든 장수를 불러 청령聽令케 했다.

"앞에 있는 석정石亭은 비록 산길이라 하나, 가히 군사를 매복할 만한 곳이다. 먼저 석정의 넓고 편평한 곳에 진세陣勢를 이루어 위병魏兵의 오는 길을 끊으라."

서성徐盛은 육손의 명을 받들어 선봉대장으로 군사를 거느려 나갔다.

한편 위병 측에서는 조휴가 주방周魴으로 선봉이 되어 행군하라 했다.

주방은 조휴와 함께 말고삐를 가지런히 하여 앞으로 나갔다.

행군하는 도중에 조휴는 주방한테 물었다.

"앞에 있는 땅 이름은 무엇이라 하는 곳인가?"

"앞은 석정石亭이라 합니다. 군대를 주둔시킬 만한 곳입니다."

조휴는 주방의 말을 들었다. 군대와 말이며, 모든 병기와 식량을 함빡 석정에 집결시켰다.

다음 날이 되었을 때 초마병哨馬兵이 보고를 드렸다.

"전면에 오병吳兵이 수의 적고 많은 것은 모릅니다만, 산어귀에 주둔하고 있습니다."

조휴는 대경실색했다.

"주방이 말하기를 오병이 없다 했는데, 이 무슨 소리냐!"

급히 주방을 찾았다.

아무리 찾아도 주방은 온데간데없었다. 종적을 감추어 버렸다.

조휴는 발을 동동 굴렀다. 크게 뉘우쳤으나 도리가 없었다.

"내가 적의 계교에 떨어졌구나!"

크게 탄식했다.

조휴는 다시 큰소리로 외쳤다.

"그렇지만 두려울 것은 조금도 없다!"

곧 공격할 태세를 취했다.

대장 장보張普를 선봉을 삼아, 수천 병마를 거느리고 교전을 해라 했다.

오병도 위장의 움직이는 모습을 보고 교전할 태세를 취하며 나왔다.

두 편은 둥글게 원진을 쳐서 대치하고 있었다.

장보가 말을 달려 나오며, 오병을 향하여 꾸짖었다.

"적장은 빨리 항복하라."

오진에서는 서성徐盛이 나왔다.

말을 달려 서로 싸운 지 수십 합에, 장보는 서성을 당해 낼 수 없었다. 말 머리를 돌려 달아났다.

쟁을 쳐 군사를 거두고 조휴를 찾아보고 말했다.

"서성의 용맹은 당할 수 없습니다."

"내가 기병奇兵을 써서 이겨 보리라."

다시 장보한테 영을 내렸다.

"너는 이만 군을 이끌고 석정 남편에 매복해 있으라."

장보가 청령하고 있을 때 조휴는 설교薛喬를 불러 영을 내렸다.

"너는 이만 군을 거느리고 석정 북편에 매복해 있으라. 내일 나는 일천 병을 거느리고 싸움을 돋우다가 거짓 패한 체하고 북산北山으로 달아날 테다. 그때 방포 일성이 터지거든 세 군데서 일제히 합세하여 오병을 공격한다면 반드시 큰 승리를 얻으리라."

두 장수는 조휴의 명을 받들어 각기 2만 병마를 거느리고, 어둔 밤을 타서 석정의 남쪽과 북쪽으로 향하여 나갔다.

조휴 패사

오병 측에서는 육손陸遜이 주환朱桓, 전종全琮을 불러 분부를 내렸다.

"너희 두 사람은 각기 이만 군을 거느리고 석산石山 길을 돌아 조휴의 영채에 불을 지르라. 이것을 군호로 하여 나는 친히 대군을 거느리고 중간 길로 나갈 테다. 이리한다면 조휴를 산 채로 잡을 수 있으리라."

두 장수는 지휘를 받고 당일 황혼黃昏 때 군사를 이끌고 나갔다.

이경 때쯤 되어 주환이 군사를 거느려 위채魏寨를 습격하려 할 때, 장보張普의 복병과 마주쳤다.

장보는 마주친 군대가 오병吳兵인 것을 까맣게 몰랐다.

멋모르고 쫓아가서 자기편 군대인 줄 알고 수작을 붙였다.

주환이 서리 같은 칼을 휘둘러 장보의 목을 잘라 마하에 떨어뜨렸다. 위병들은 주장을 잃고 혼구멍이 나서 달아났다. 주환은 위병의 뒤를 시살하며 불을 질렀다.

한편 전종全琮도 일지 군마를 거느리고 뒤채 뒤에 당도했다.

이곳은 위장 설교薛喬가 진 치고 있는 곳이었다. 진 속으로 물밀듯 쫓아들어가 일진을 대살大殺하니, 위병은 큰 손해를 당하고 본채로 향하고 달아났다.

주환과 전종은 합세하여 뒤를 추격하니, 위진은 크게 어지러워지면서 저희들끼리 서로 짓밟고 박차면서 협석峽石을 바라보며 달아났다.

서성徐盛은 대기하고 있다가 대군을 휘동하여 큰길에서 시살해 나가니, 위병의 죽고 상하는 수를 계산할 길이 없었다. 목숨을 구해 달아나는 위병들은 갑주 투구에 입은 옷까지 벗어 버리고 알몸뚱이로 달아났다.

조휴는 크게 놀랐다. 패세敗勢를 만회挽回하려 하여 협석을 지키면서 죽을힘을 다해 싸웠다.

그러나 뜻밖에 또 한 떼 군마가 쫓아 들었다. 바라보니 앞에서 말을 달려오는 위수 대장은 자기편 대장 가규賈逵였다.

조휴는 황망했던 마음을 가라앉히고 한숨을 길게 쉬더니 자탄自歎했다.

"내가 그대의 말을 듣지 아니해서 이같이 패했소이다."

얼굴에는 부끄러운 빛이 현연하게 드러났다.

가규가 급히 말했다.

"도독께서는 빨리 이곳에서 벗어나십시오. 만약 오병吳兵들이 나무와 돌로 길을 끊는다면 우리들은 다 위태롭게 됩니다."

조휴는 가규의 말을 듣자, 급히 말을 몰아 나갔다. 가규는 숲과 나무가 무성한 초로길에 많은 기를 꽂아 복병이 있는 듯이 꾸민 후에 뒤를 끊어 나갔다.

서성은 쫓다가 의심스러워서 더 쫓지 아니하고 조휴는 죽음을 면해 돌아갔다. 사마의도 철병을 했다.

한편 육손陸遜은 승리한 첩보捷報를 기다리고 있을 때 서성徐盛, 주환朱桓, 전종全琮이 모두 다 도착했다.

승전고勝戰鼓를 울리며 돌아온 군대들의 전리품戰利品을 살펴보니, 거장車仗, 우마牛馬, 노라驢騾, 군자軍資, 기계器械 등 그 수를 헤아릴 수 없이 많고 항복한 군사도 만여 명이 넘었다.

육손은 크게 기뻤다.

태수 주방周魴 이하 모든 장수를 거느려 승전고를 크게 울려 기세 좋게 돌아갔다.

오주吳主 손권孫權은 문무백관을 대동하고 무창성武昌城 밖까지 나가서 승리한 군사를 맞아들이고, 육손에게는 임금의 어개御蓋인 일산日傘까지 받고 들어오는 특별한 광영을 내리고 모든 장성한테는 상을 주고 벼슬을 올렸다.

손권이 주방周魴을 대해 보니 머리를 깎았다.

"경은 어찌해서 단발斷髮을 하였는가?"

육손이 옆에서 자초지종, 조휴曹休 앞에서 목을 찌르려다가 머리 베인 일을 일일이 이야기했다.

손권은 감탄하여 주방을 위로하였다.

"경의 단발로 인하여 대사大事가 이룩되었으니, 공명功名을 죽백竹帛에 기록하여 후세에 남게 하리라."

말을 마친 후에 곧 관내후關內侯를 봉하고 크게 연회를 열어 경축했다.

육손이 아뢰었다.

"이번에 조휴가 대패해서 위국魏國은 담이 떨어졌습니다. 서촉 제갈양한테 사신을 보내시어 함께 조예를 치는 것이 좋을 듯합니다."

손권은 육손의 말에 좇아 사신한테 글월을 부쳐 제갈공명을 찾게 했다.

이때는 촉한蜀漢 건흥建興 6년 가을 9월이었다. 위도독 조휴는 동오 육손한테 석정石亭에서 대패하여 거장車仗, 마필馬匹, 군자軍資, 기계器械를 깡그리 잃은 후에 황공한 마음을 금할 수 없었다. 노심초사 끝에 병을 얻어 등창이 터져 죽었다.

위주 조예는 칙령을 내려 후하게 장사 지내 주었다.

이때 사마의司馬懿도 군사를 거두어 돌아왔다.

모든 장수들이 사마의한테 물었다.

"조 도독이 패전한 것은 사마司馬 원수元帥한테도 관계되는 일인데 어찌해서 급히 회군하셨습니까?"

사마의가 대답했다.

"우리 군사가 패했다는 소식을 제갈양이 들으면 반드시 허한 틈을 타서 장안으로 쳐들어올 테니, 이같이 될 때 누가 제갈양을 막아 내겠소. 이 까닭에 나는 급히 돌아온 것이오."

모든 사람들은 사마의가 겁을 낸다고 웃으며 헤어졌다.

조운도 늙어 세상을 떠나다

동오에서 촉蜀으로 사신을 보내서 군사를 청하여 함께 위국을 치자 말하고, 아울러 이번에 조휴를 대패시킨 일을 써서, 첫째는 자국의 위풍을 자랑하고, 둘째는 화친하여 통호通好할 것을 부탁하니 후주後主 유선劉禪은 크게 기뻐했다.

한중漢中으로 사람을 보내서 공명께 알리게 했다.

이때 공명은 군사가 강하고 말은 기운찼다. 양식은 풍족해서 군수에 대한 모든 물건이 일체 완비되어 있었다. 정히 출사出師할 것을 생각하고 있을 때, 오국이 청병하는 보고가 들어갔다.

공명은 곧 연회를 베풀고 모든 장성들을 모아 출사할 것을 결정했을 때 홀연 일진一陣 대풍大風이 동북편에서 일기 시작해서 허공으로 회오리바람을 일으키면서, 뜰 앞에 서 있는 큰 소나무를 후려쳐서 와지끈 부러뜨렸다.

모든 사람들은 깜짝 놀라지 않는 사람이 없었다. 서로들 면면이 바라보며 황겁해 있을 때 공명은 점을 치기 시작했다.

괘에 말하기를,

"이 바람은 한 사람의 대장을 상할 조짐이다."

모든 장수들은 믿지 아니하고 술을 마시고 있을 때 진남 장군 조자룡의 큰아들 조통趙統과 둘째 아들 조광趙廣이 뵈러 왔다 했다.

공명은 깜짝 놀라 잡았던 술잔을 땅에 떨어뜨리며 큰소리로 외쳤다.

"자룡이 죽었구나!"

이윽고 두 아들은 공명께 재배하여 뵌 후에 아프게 울어 흐느꼈다.

"웬일이냐?"

"저의 아비, 어젯밤 삼경 때 병이 중하여 세상을 떠났습니다."

공명은 넘어질 듯 몸을 지탱하지 못하며 아프게 울며 말했다.

"자룡이 죽다니 말이 되나. 국가에서는 큰 대들보가 꺾여 졌고, 나는 한 팔을 잃었구나!"

모든 장수들도 눈물을 뿌려 슬퍼하지 않는 이 없었다.

공명은 두 아들에게 명하여 성도成都로 들어가 후주께 면보面報하라 하고 상소를 올려 조운의 일을 애도哀悼했다.

후주는 조운의 죽었다는 소식을 듣고 방성대곡하며 말했다.

"짐이 옛적 어렸을 때, 자룡이 아니었던들 난군 중에서 죽었을 것을 자룡이 나를 품에 품어 구해 냈다. 이 은혜는 백골난망이다."

곧 조서를 내려 대장군大將軍으로 추증追贈하고, 시호諡號를 순평후順平侯라 한 후에 성도成都 금병산錦屛山 동편에 장사 지내고 사당을 세워 사시에 제향을 받들게 했다.

상산 조자룡이 죽었다는 소식을 듣고 시인은 시를 지어 조상했다.

常山有虎將

智勇匹關張

漢水功勳在

當陽姓字彰

兩番扶幼主

一念答先皇

青史書忠烈

應有百世芳

상산 땅에

범 같은 장수 있었네.

슬기와 용맹

관공, 장비와 같다.

한수 싸움에

공훈이 컸어라.

아두阿斗를

품 안에 품어

성명 세 자 찬란하다.

두 번이나

어린 임금 구해 냈고,

한 가지 붉은 생각

선주께 갚는 일일세.

청사의 충렬 두 자

백세에 꽃다움을

길이 흘리리.

　후주는 조운의 옛정을 생각해서 후하게 봉장封葬한 후에 조통趙統으로 호분虎賁 중랑장中郎將을 삼고 조광趙廣에게는 아문장牙門將을 삼아 조운의 무덤을 수분守墳하라 하니 두 아들은 감읍感泣하여 돌아갔다.

때마침 좌우에 있는 시신이 후주께 아뢰었다.

"제갈 승상께서 즉일 출사出師하려 하여 군마의 분발分撥을 이미 배정해 놓았다 합니다."

후주는 모든 신하들한테 가부를 물었다.

"어떠한가, 공명 승상의 출사가?"

여러 신하들은 여출일구如出一口로 대답했다.

"경동輕動할 때가 아닙니다."

후주는 모든 장수들의 말을 듣고 유예猶豫하여 결정을 내리지 못하고 있을 때 홀연 보했다. 승상이 양의楊儀를 시켜 표를 올렸다.

후주는 곧 양의를 불러들였다. 양의는 후주께 절하여 뵌 후에 공명의 상표上表를 올렸다. 후주가 어안御案 앞에 앉아 봉장封章을 뜯어보니, 제갈 공명의 만고 명문 후출사표後出師表가 펼쳐졌다.

先帝, 慮漢賊 不兩立, 王業不偏安, 故 托臣以討賊也.

선제께서는 한과 적이 양립할 수 없는 것과 왕업에 편안치 못한 것을 염려하사 신에게 부탁하시어 적을 치라 하셨습니다.

후출사표

以 先帝之明 量臣之才故 知臣伐賊 才弱 敵强也然 不伐賊 王業亦亡 惟坐而待 亡 孰與伐之 是故托臣而弗疑也 臣受命之日 寢不安席 食不甘味 思惟北征 宜 先入南 故思五月渡瀘 深入不毛 幷日而食 臣非不自惜也 顧主業 不可偏安 于 蜀都 故 冒危難 以奉先帝之 遺意 而議者 謂非計

선제의 밝으심으로 신의 재주를 살피시어 신이 적을 치는데 재주는 약하고 적은 강한 것을 아셨습니다. 그러나 적을 치지 아니하면 왕업이 또한 망할 터입니다. 앉아서 왕업을 기다리는 것보다는 치는 것이 낫겠으므로, 신에게 부탁하시어 의심치 아니하셨습니다. 신은 명을 받던 날 잠자리에 들어도 자리가 편치 아니하고, 먹어도 맛이 없었습니다. 다만 북정을 생각하면서 먼저 남으로 들어갔습니다. 이러므로 5월에 노수를 건너 불모지로 깊이 들어가 하루 한 끼를 먹었으니, 신은 스스로 몸을 아낄 줄 모르는 바 아니건만 돌이켜 보건대 왕업이 촉군에 편안치 못할까 하여 위태롭고 어려운 것을 무릅쓰고 선제의 끼치신 뜻을 받든 것이어늘 말 좋아하는 사람들은 좋은 계책이 아니라 했습니다.

今 賊 適疲於西 又務於東 兵法乘勞 此 進趨之時也 謹陳其事如左

지금 적은 마침 서편에서 피곤한 데다가 또다시 동편에 힘을 쓰고 있습니다. 병법에 말하기를 적의 수고로운 때를 타라 했으니, 지금 나아가 볼 때라 하겠습니다. 삼가 그 일에 대하여 다음과 같이 아룁니다.

高帝 明幷日月 謀臣 淵深 然 涉險被創 危然後安 今陛下 未及高帝 謀臣 不如
良平 而欲以長策取勝 坐定天下 此臣之未解一也

고제께서는 밝으심이 해와 달 같으시고, 모신들은 못 속의 고기같이 많건마는 험하고 위태로움을 치른 후에 평안하셨습니다. 이제 폐하께서는 고제한테 미치지 못하시고 모신도 장량張良, 진평陳平만 못한 중에 장구정책으로 천하를 편안히 앉아서 정하려 하시니 신의 알 수 없는 일 중의 하나올시다.

劉繇 王朗 各據州郡 論安言計 竊引聖人 群疑滿腹 衆難塞胸 今歲不戰 明年不
征 使孫策 坐夫 遂幷 江東 此臣之未解二也

유요와 왕랑은 각기 주군을 차지해서 평안할 계책을 말할 때 성인을 빙자하니, 모든 의심은 배 안에 가득하고 여러 사람의 논란은 가슴을 뻐근케 해서 올해에도 싸우지 아니하고, 다음 해도 정벌하지 아니하다가 드디어 손책으로 하여금 앉아서 강동을 차지하게 했으니, 이 또한 신의 알지 못한 둘째 번 일입니다.

曹操 智計 殊絶於人 其用兵也 彷彿 孫吳 然 困於南陽(操與 張繡 戰於南陽) 險於 烏
巢(袁紹拒操)危於祁連(西域國名) 偪於黎陽(袁譚據之) 幾敗北山(郞伯山也 夏候淵敗 曹操爭
漢中 運來北山下 數千萬囊 趙雲遇之 乃入營閉門 曹操引去 雲雷鼓震天 以大弩射之 曹操軍驚駭 跌踐墮

漢水中) 殆死潼關(曹操討馬超 韓遂於潼關 操將北渡 與許褚 留南岸斷後 馬超 將 步騎萬餘人 來奔操 軍 矢下如雨 褚白 操云 賊來多乃扶上船非褚幾危) 然後 僞定一時爾 況 臣 才弱而欲以不危 而定之 此 臣之未解三也

조조는 슬기와 계책이 보통 사람이 아닙니다. 그의 용병하는 방법은 손오에 방불했습니다. 그러나 남양에서 곤경을 치렀고, 오소 땅에 위험했고, 기련에 위태로웠고, 여양에서 핍박을 당했고, 하마터면 북산에서 패할 뻔하고, 동관에서 거의 죽을 뻔한 연후에 거짓이나마 한때 안정 상태를 이루었습니다. 그러하온데 황차 신은 재주 없는 사람으로 평안히 위태롭지 않게 천하를 정하라 하니 신의 이해치 못할 셋째 번 일입니다.

操 五攻昌覇不下 回越巢湖不成 (魏以合肥爲重鎭 其東南巢湖 在焉 孫權圍合肥) 任用李服 李服圖之 委任夏候 而夏候敗亡 先帝 每稱 操爲能 猶有此失 況 臣駑下 何能 必勝 此 臣之未解四也

조조는 다섯 번 창패를 공격했으나 내리지 못했고, 네 번 소호를 쳤으나 성공치 못했고, 이복을 임용했으나 이복이 먹어 버렸고, 하후에게 일임했으나, 하후가 패망했습니다. 선제께서는 매양 조조가 능하다고 칭찬하였으나 오히려 이 같은 실수가 있었사온데 하물며 신같이 노둔한 사람으로 어찌 반드시 이기기를 기필하겠습니까. 신의 알지 못한 넷째 일이올시다.

自臣到漢中 中間朞年 然喪趙雲 陽群 馬玉 閻芝丁立 白壽 劉郃 鄧銅等及 曲 長屯將七十餘人 突將 無前 賓叟 青羌 散騎 武騎 一千人 此皆數十年之內 所 糾合四方之精銳 非一州之所有 若復數年 則損三分之二也 當何以圖敵 此 臣

之未解 五也

신이 한중에 온 지 겨우 1년이옵니다. 그러나 조운, 양군, 염지, 정립, 백수, 유합 등의 무리와 곡장둔장 70여 인에 돌장 무전, 빈수, 청강, 산기, 무기, 1천 인을 잃었습니다. 이는 다 수십 년 동안 사방에서 규합한 정예들이요, 한 고을에서 얻어진 것이 아닙니다. 만약 다시 수년을 지난다면 3분의 2는 손실이 될 테니, 무슨 힘으로 적을 도모하겠습니까. 이 신의 이해치 못한 다섯째 일이올시다.

今 民窮兵疲 而事不可息 事不可息 則住與行 勞費正等 而不及早圖之 欲以一州之地 與賊持久 此 臣之未解六也. 夫難乎者事也 昔先帝 敗軍於楚(先主十二年 劉琮降 先主乃將其衆 過裏陽 荊州人多歸之 到襄陽 其衆十餘萬 曹操曰 江陵有軍 實恐先主據之乃追之 先主棄妻子 與諸葛亮 · 張飛等 數十騎去 曹操 大獲其人衆 輜重濟沔水遁去) 當此時 曹操拊手 謂天下已定 然 後 先帝 東連吳越 南取巴蜀 舉兵北征 夏候授首 (斬夏候淵) 此 操之失計 而漢事將成也

지금 백성은 궁하고, 군사는 피곤하나, 일은 가히 쉴 수 없습니다. 일을 쉴 수 없다면 머물러 지키는 것이나, 행하여 가는 일의 수고로움과 소모되는 일이 똑같습니다. 일찍 도모하려 하지 아니하고, 한 고을의 땅을 가지고 적과 지구전을 취하니, 이는 신의 이해할 수 없는 여섯 번째 일입니다. 대저 어려운 것은 일입니다. 옛적에 선제께서 초楚에 패하시니, 이때를 당해서 조조는 가슴에 손을 대고 말하기를 천하는 이미 정해졌다 했습니다. 그러나 뒤에 선제께서는 동으로 오월吳越과 연합하여 파촉巴蜀을 취하시고, 군사를 일으켜 북으로 정벌하여 하후연을 베니, 이것은 조조가 계교를 잃은 것이요, 한의 사업이 장차 이루어지라 한 것입니다.

然 後 吳更違盟 關羽毁敗 秭歸蹉跌 (劉璋爲益州牧 駐秭歸) 曹丕稱帝 凡事如是 難
可逆見 臣 鞠躬盡瘁 死而後 已至於成敗利鈍 非臣之明 所能逆覩也

그러나 뒤에 오吳는 다시 맹약을 어기니 관우는 패했고, 자귀에는 차질이
생겼으며, 조비는 황제의 칭호를 참칭했습니다. 신은 국궁진췌하여 죽은
후에야 말겠습니다마는 성패와 이둔에 이르러서는 신의 총명으로는 능히
엿볼 수 없는 바입니다.

후주는 표를 본 후에 심히 기뻤다. 곧 공명의 출사하는 것을 칙명을 내
려 허락했다. 공명은 명을 받은 후에 30만 장병을 일으켜 위연魏延으로 전
부 선봉을 총독하라 한 후에 진창陳倉 길어귀로 치달렸다.
　염탐하던 위병은 재빨리 낙양洛陽으로 달려가서 변을 고했다.
　사마의司馬懿는 위주한테 아뢴 후에 크게 문무백관을 모아 회의를 열
었다.
　대장군 조진曹眞이 출반하여 아뢰었다.
　"신이 지난번 농서隴西를 지킬 때, 공은 적고 죄는 커서 항상 황공하게
지내옵니다. 이제 대군을 주신다면 곧 가서 제갈양을 사로잡겠습니다. 신
은 이 사이 일원 대장을 얻었습니다. 한번 시험해 써 보시기 바랍니다."
　"어떠한 사람인가?"
　위주 조예가 물었다.

만부부당하는 왕쌍의 유성퇴

　조진曹眞이 대답해 아뢰었다.

　"농서隴西 적도狄道 사람으로 성명은 왕쌍王雙이라 하옵고, 자는 자전子全이라 합니다. 천리千里 정완마征駬馬를 잘 달리는데 육십 근 대도大刀를 쓰고 양석철태궁兩石鐵胎弓을 허리 좌우에 차고, 세 개 유성퇴流星鎚를 몸에 감추어 백발백중하니, 만 사람이 덤벼도 당해 내지 못하는 용맹을 가진 사람입니다. 신은 이 사람으로 선봉대장을 삼기 원합니다. 그의 몸은 소장이 보증하겠습니다."

　위주 조예는 크게 기뻐했다

　곧 왕쌍을 부르라 하여 전상殿上에 오르게 했다.

　왕쌍이 전상에 올라 조예께 뵈니 신장은 9척이요, 얼굴은 검고 눈동자는 노란데 곰의 허리요, 범의 등이었다.

　조예는 기쁨을 감추지 못했다.

　벙긋벙긋 웃으며 말했다.

　"짐은 그대 같은 대장을 얻었으니 무슨 근심이 있으랴."

　곧 금포錦袍와 금갑金甲을 하사하고, 호위虎威 장군將軍에 전부前部 대선봉大先鋒을 봉하고 조진에게는 대도독大都督의 지휘권을 주었다.

　조진은 사은謝恩 출조出朝한 후에 곧 15만 정병을 거느리고 곽회, 장합과 회합하여 길을 나누어 좁은 길목을 파수하고 있었다.

한편 제갈공명의 촉병 전대의 보초는 진창陳倉에 당도하여 적진을 살핀 후에 공명한테 보고하였다.

"진창 어귀에는 벌써 한 개 성이 이루어졌고, 성안에는 대장 학소郝昭가 지키고 있는데, 성 밖에는 깊은 도랑과 높은 누壘가 두루 배치되었으며, 녹각책鹿角柵도 십분 엄하게 세워졌습니다. 승상께서는 이곳을 버리시고 태백령오도太白嶺鳥道를 취하여 기산祁山으로 나가시는 것이 좋을 듯합니다."

공명이 대답했다.

"진창陳倉 정북편은 바로 가정街亭이다. 이곳을 취하지 아니하고 어찌 군대를 진출시킬 수 있으랴."

곧 위연에게 영을 내렸다.

"장군은 곧 나가 공격하라."

위연은 명을 받고 사면으로 성을 공격했으나, 여러 날이 되어도 격파하지 못했다.

위연은 공명한테 고했다.

"성을 격파하기 어렵습니다."

공명은 피로했다.

"그대는 대도독의 중임을 맡아 가지고 이 성 하나를 격파치 못한단 말이냐. 위연의 목을 베어라!"

위연의 목숨이 경각에 달해 있을 때 홀연 장하에서 한 사람이 나와 고했다.

"제가 비록 무재하오나 승상을 모신 지 여러 해올시다. 은혜를 갚지 못했습니다. 원컨대, 진창 성중으로 가서 다시 활과 칼을 쓰지 아니하고 학소郝昭를 달래서 항복 받겠습니다."

모두 바라보니 부곡部曲 운상鄆祥이었다.

공명이 물었다.

"네 무슨 말로 학소를 달래겠느냐?"

운상이 대답했다.

"학소는 저와 동향인 농서 사람입니다. 어려서부터 사귄 친구올시다. 제가 가서 이해로 말해서 달랜다면, 반드시 와서 항복할 것입니다."

공명은 곧 가는 것을 허락했다. 운상은 말을 달려 성 아래로 나가 큰소리로 외쳤다.

"학소의 옛 친구 운상이 뵈러 왔소."

성 위에 있던 군사가 학소한테 고하니 학소는 성문을 열고 운상을 맞이해 서로 보았다.

학소는 반가웠다. 운상에게 물었다.

"어떻게 이곳까지 왔는가?"

운상이 대답했다.

"나는 지금 서쪽 제갈공명의 장하에 있어 군기軍機를 참찬參贊하고 있습니다. 대우는 상빈上賓의 예로 해 줍니다. 특별히 내가 오늘 온 것은 공을 만나 할 말씀이 있어 온 것입니다."

학소는 얼굴빛을 변하며 말했다.

"제갈양은 우리나라의 원수다. 나는 위국을 섬기고, 그대는 촉을 섬겨 각각 주인이 있는 터이다. 옛적에는 형제와 같았으나 오늘 그대와 나는 원수가 되었으니 두 번 다시는 말을 말라. 빨리 성 밖으로 나가 돌아가라."

운상이 다시 말을 하려 하니 학소는 벌떡 자리에 일어나 적루敵樓 위로 올랐다.

위병들은 운상을 향하여 어서 빨리 말을 타고 나가라 했다.

운상은 머리를 돌려 적루 위를 바라보니 학소는 호심목 난간에 의지해 앉아 있었다.

운상은 말을 타고 채찍을 번쩍 들어 학소를 가리키며 말했다.

"백도伯道 현제賢弟야, 어찌 이리 박정하냐."

백도는 학소의 자였다. 학소가 대답했다.

"위국魏國의 법도法度는 형도 짐작하는 바다. 나는 국은國恩을 받은 사람이다. 다만 죽음이 있을 뿐이다. 형은 잔말 말고 일찍이 돌아가 제갈양을 보고 쾌하게 와서 성을 공격하라 일러라. 나는 두려워하지 않는다."

운상은 하는 수 없었다. 돌아가 공명한테 사연을 고했다.

"학소는 개구도 못하도록 펄쩍 뜁니다."

공명은 다시 분부했다.

"너는 더 한 번 가서 이해를 가지고 달래 보라."

운상이 다시 성 아래로 달려갔다.

"운상이 왔소. 한 번만 더 만납시다."

학소는 운상의 외치는 소리를 듣고 적루敵樓에 나타났다.

운상이 소리쳐 외쳤다.

"백도 현제賢弟는 나의 충언忠言을 들으라."

학소가 대답했다.

"말해 보라."

"그대는 지금 외로운 한 개 성을 지켜서 수십만 대병을 대항하고 있다. 이제 일찍 항복하지 아니하면, 후회막급이 될 것이다. 또 말하거니와 대한을 배반하고 간위奸魏를 섬기는 일은 천명天命을 모르고 청탁淸濁을 분간치 못하는 일이다. 백도는 깊이 생각하라."

학소는 크게 노했다. 활을 꺼내 들고 살대로 운상을 가리키며 꾸짖었다.

"나는 이미 말을 다했다. 그대는 다시 두말을 하지 말라. 빨리 물러가

라. 그대를 쏘지 아니할 테다."

운상은 하는 수 없었다.

돌아가 공명을 뵙고 학소와 수작하던 광경을 자세하게 이야기했다.

공명은 크게 노했다.

"필부匹夫가 너무나 무례하구나. 내가 어찌 성을 공격할 공성지구攻城之具가 없어서 저에게 항복하기를 권했느냐."

곧 토인土人을 불러 물었다.

"진항 성중에 얼마만 한 군사가 있느냐?"

"정확한 숫자는 모르겠습니다마는 대략 삼천 명가량은 있을 듯합니다."

공명은 웃으며 말했다.

"이러한 작은 군사로 어찌 나의 군사를 퇴적하겠느냐. 구원하는 군사가 오기 전에 빨리 해치게 하라."

공명의 영이 한번 떨어지니, 군중에서는 백승百乘 운제雲梯를 몰았다.

운제 일승一乘에는 십수인十數人이 탈 수 있고, 주위는 나무판으로 둘러쌌는데, 군사들은 제각기 밧줄과 작은 사다리를 준비해서 가지고 있었다.

두리둥둥 울리는 북소리를 군호로 하여 촉병들은 일제히 백 대의 운제를 몰고 성으로 향하여 달려들었다.

학소가 성 위에서 바라보니 촉병들은 백 대의 운제를 어마어마하게 끌고 물밀듯 성을 에워싸 들어오는 것이었다.

곧 3천 군사한테 영을 내렸다.

"촉병의 사다리가 가깝게 오거든 너희들은 제각기 화전火箭을 가지고 있다가 사면에서 일제히 쏘아붙이라."

공명은 성중에 아무런 방비도 없는 줄 알고 운제를 많이 만들어 삼군을 총동원해서 일제히 공격을 개시했던 것이었다. 그러나 뜻밖에 성 위에서는 화전이 쏟아져 불 떼가 내렸다.

구름사다리에 불이 활활 붙었다. 촉병들은 사다리에서 떨어져 죽고 상하는 군사가 부지기수였다.

성 위에서는 계속해서 화전과 돌덩이가 비 오듯 쏟아졌다.

촉병들은 하는 수 없이 퇴각退却했다.

공명은 분함을 참을 수 없었다.

"너희들이 구름사다리를 살라 버렸으니, 이번에는 충차법衝車法을 쓰리라."

곧 성을 무찌르는 충차衝車를 밤을 새워 연일 만들었다. 다음 날, 촉병들은 충차를 몰고 고함치며 성을 무찔러 들어가려 했다.

학소는 촉병의 동정을 미리 탐지했다.

급히 큰 돌에 구멍을 뚫고 칡뿌리와 동아줄을 돌구멍에 끼운 후에 성앞에 달아 촉병이 몰고 들어오는 충차를 치니 충차는 산산조각이 나서 부서져 버렸다.

공명은 다시 영을 내렸다.

군사들을 시켜서 성 앞에 있는 도랑을 흙으로 메운 후에 요화廖化에게 3천 군사를 주어 한밤중에 가래와 삽으로 땅을 파서 굴을 만들어 가만히 성안으로 들어가라 했다.

그러나 학소는 기밀을 눈치 챘다. 슬며시 성안에 호壤를 파서 촉병들의 굴 파고 들어오는 길을 뚫어 놓았다.

이같이 해서 양편 군사는 밤낮 싸운 지 20여 일이 되었건만 승부가 나지 아니했다.

공명은 우울했다. 날마다 적을 격파시킬 것을 연구하고 있을 때 동편에서 학소의 구원병이 왔다는 소식이 들렸다.

구원병의 기호旗號에는 '위魏, 선봉대장先鋒大將 왕쌍王雙'이라 크게 써 있었다.

공명은 좌우에 있는 제장을 향하여 물었다.

"누가 나가서 맞이해 싸우겠는가."

위연이 출반하여 고했다.

"소장이 가겠습니다."

"위 장군은 선봉대장이다. 가볍게 나갈 수 없다. 위 장군을 제하고 누가 나가겠느냐."

비장裨將 사웅謝雄이 소리치며 나왔다.

"네, 소장이 나가겠습니다."

"좋다."

공명은 사웅에게 2천 군을 주어 왕쌍을 대적하라 했다.

공명은 사웅을 보내고 부족하다고 생각했다.

"누가 또 나가겠느냐?"

비장裨將 공기龔起가 소리치며 나왔다.

"소장이 나가 적을 무찌르겠습니다."

"좋다. 나가 싸우라."

공명은 허락하고 3천 군을 주어 나가게 했다.

공명은 한편으로 학소가 군사를 거느려 충격하는 것을 피하기 위하여 20리 밖으로 군사를 물려 진을 쳤다.

한편, 촉장 사웅은 3천 군사를 거느리고 앞으로 나가다가 위장 왕쌍을 만났다.

사웅은 왕쌍의 적수가 아니었다. 싸운 지 3합이 못되어 왕쌍의 한칼에 사웅의 머리가 뻐개졌다. 촉병은 패해 달아나고 왕쌍은 촉병의 뒤를 쫓았다.

공명의 명을 받고 사웅謝雄의 뒤를 이어 3천 병마를 거느리고 나왔던 공기龔起가 말을 달려 쫓아 드는 왕쌍王雙과 마주쳤다.

그러나 공기도 역시 왕쌍의 적수는 아니었다.

싸운 지 3합에 왕쌍의 법 있게 쓰는 칼은 공기를 찔러 말 아래 떨어뜨렸다.

촉병은 대패했다. 패한 군사들은 바람같이 흩어져 촉진으로 달려갔다.

공명은 크게 놀랐다.

요화, 왕평, 장의 세 사람을 불렀다.

"너희들은 빨리 나가 적을 맞아 싸우라."

세 장수는 응명하고 출전했다.

촉병과 위장들은 둥글게 진을 치고 대했다.

장의가 먼저 말을 달려 나오고 왕평과 요화는 양편에서 말을 타고 진 머리를 지키고 있었다.

위진에서는 왕쌍이 먼지를 일으키며 말을 달려 나왔다.

왕쌍의 말과 장의의 말은 어흥 소리를 치며 서로 어우러졌다.

두 장수는 칼을 들어 싸운 지 수합에 승부가 나지 아니했다.

왕쌍은 거짓 힘에 부치는 체 말 머리를 돌려 달아났다.

장의는 급히 왕쌍의 뒤를 쫓았다.

왕평이 옆에서 보다가 소리쳤다.

"왕쌍이 패해 달아나는 것은 거짓이다. 계교에 떨어지면 아니 된다. 뒤쫓지 말라."

장의는 왕평의 말을 듣고 비로소 깨달았다. 급히 말 머리를 돌리려 할 때 왕쌍의 유성퇴流星鎚가 별같이 날아 장의 등판을 후려갈겼다.

장의는 급했다. 얼른 몸을 굽혀 말안장을 부여잡고 엎드려 달렸다.

왕쌍은 계속해서 뒤를 쫓았다.

왕평과 요화는 왕쌍의 쫓아 드는 길을 끊고 장의를 구하여 돌아갔다.

왕쌍은 대군을 몰아 계속해서 시살해 나오니 촉병의 죽고 상하는 군사는 심히 많았다.

장의는 속이 상해서 피를 두어 차례나 토했다.

돌아가 공명께 전후 전말을 고했다.

"왕쌍은 영용이 무쌍한 사람입니다. 뿐만 아니라 지금 이만 대병으로 진창성 밖에 진을 치고, 사면에 책柵을 세워서 거듭 성을 쌓고 깊이 호를 파서 지키는 태세가 매우 엄중합니다."

공명은 이번 싸움에 두 장수를 꺾이고 장의 또한 등에 상처가 컸다. 다시 싸우라 할 수 없었다.

강유姜維를 불러 물었다.

"진창陳倉 길로 나갈 수 없게 되었으니, 그대는 별로 한 방법을 생각해 본 일이 있는가?"

강유가 대답했다.

"진창은 성지城池가 견고한 데다가 학소의 수성守城이 견고하고 왕쌍이 또 협조하니 취하기 극히 어렵습니다."

강유는 거짓 항서를 보내다

강유의 말을 듣자 공명이 다시 물었다.

"어렵다고만 하면 어찌한단 말인가."

"승상께서는 대장 한 사람을 선택하시어 산과 물을 의지하여 진을 쳐서 굳게 지키는 한편, 다시 양장良將을 골라서 요해처를 지켜서 가정街亭의 공격을 막게 한 후에 대군을 통솔하여 기산祁山을 습격하는 한편, 저는 약시약시하게 행동을 취한다면 조진을 사로잡을 수 있습니다."

공명은 강유의 말을 들었다. 곧 왕평王平과 이회李恢에게 군사를 주어 가정 소로小路를 지키라 하고 위연에게 일군을 주어 진창구陳倉口 어귀를 지키라 하고, 마대로 선봉을 삼고 관흥, 장포로 전후군을 삼아 지름길로 사곡斜谷으로 나가서 기산祁山을 바라보고 나갔다.

이때 조진은 낙양에 당도하자, 전번에 사마의司馬懿한테 공을 뺏긴 것을 분하게 생각했다.

곽회와 손례를 조발시켜서 동편과 서편을 파수하게 하고 진창陳倉이 위태롭다 하여 급히 왕쌍을 보내서 구원하라 했던 것이었다.

조진은 왕쌍이 큰 공을 세웠다는 반가운 소식을 듣자 크게 기뻤다.

중호군 대장 비요費耀에게 전부前部 총독總督을 권섭權攝하라 하고, 모든 장성들은 요해처의 좁은 길목을 파수하라 했다.

홀연 수문장이 고했다.

"산골 속에서 간첩 한 명을 잡아 왔습니다."

수문장은 조진의 장하帳下에 간첩을 꿇렸다.

조진이 엄하게 문초하려 할 때 잡혀 온 자가 고했다.

"소인은 간첩이 아니올시다. 기밀한 말씀을 아뢸 일이 있어 뵈러 온 길이올시다. 좌우간 있는 사람들을 물리쳐 주십시오."

조진은 잡혀 온 자의 결박을 끄르라 하고 좌우를 물리쳤다.

"말을 하라."

"소인은 강유姜維의 심복지인이올시다. 여기 밀서가 있습니다. 바치옵니다."

실로 꿰맨 내의를 뜯고 밀서를 꺼내서 올렸다.

조진은 밀서를 뜯었다.

죄장罪將 강유姜維는 백배하오며, 글월을 되도록 조曹 휘하麾下에 올리나이다. 생각하건대 대대로 위魏의 극록을 먹으면서 변성을 지켜 후은을 입었으나, 갚을 길이 없었습니다. 거번에 잘못 제갈양의 계교에 빠져서 몸이 벼랑 위 함정 속에 빠지게 되었으니 옛 나라를 생각할 때 어느 날인들 차마 잊으리오까. 이제 다행히 촉병蜀兵이 서로 나오게 되고 제갈양이 또한 의심치 아니하니 한 가지 계교를 바치겠습니다.

밀서를 읽는 조진의 입이 벙긋하고 벌어졌다.

조진은 계속해서 항서를 읽었다.

다행히 도독께서 친히 대군을 통솔하여 오셨으니, 이러한 좋은 기회가 또다시 없을 것입니다. 만약 촉병을 만나시거든 거짓 패하는 체하십시오. 불초 강유는 뒤에서 불을 질러서 이것으로 군호를 삼아서 먼저 촉병들의 양초를 불살라 태워 버리겠습니다. 이러한 후에 도독께서는 큰 군사로 엄습하신다면 제갈양을 산 채로 잡겠습니다. 강유는 공을 세워서 나라에 갚으려는 것만이 아니올시다. 실상인즉 스스로 전의 허물을 속죄하려는 것입니다. 살펴시어 속히 허락하시는 명을 보내시기 바라옵니다.

조진은 강유의 비밀한 글을 읽자 기쁨을 이기지 못했다.

"하늘이 나로 하여금 성공케 하시는 것이로구나."

곧 밀서 가지고 온 자에게 중한 상금을 내린 후에 때를 정해서 군사 행동을 취할 것을 회보했다.

조진은 강유의 밀서 가져 온 사람을 보낸 후에 비요費耀를 불러 상의하였다.

"지금 강유가 가만히 밀서를 보내서 나로 하여금 여차여차한 행동을 취하라 했는데 그대의 의향은 어떠한가."

비요가 대답했다.

"제갈양은 꾀가 많고, 강유는 슬기가 있는 사람입니다. 혹자가 말하기를 이것은 제갈양이 시킨 것이라 합니다. 두렵건대 협사가 있는 듯합니다."

조진은 고개를 가로흔들며 대답했다.

"강유는 본시 위국 사람이 아닌가. 부득이해서 촉에 항복한 것인데 무엇을 또 의심하겠소."

비요는 그래도 미덥지 못하겠다고 생각했다.

"도독께서는 가볍게 행동하여서는 아니 됩니다. 다만 본채를 안정하게 지키고 계십시오. 제가 일지군을 거느리고 가서 강유를 만나 보겠습니다.

만약 거짓이 아니고 일이 성공된다면 그 공은 모두 다 도독한테로 돌려보내 드리겠습니다. 만일 간특한 협사가 있다면 제가 담당해서 처리하겠습니다."

조진은 기뻤다. 비요에게 5만 대병을 주어 사곡斜谷을 바라보고 나가게 했다.

행군한 지 3마장쯤 가서 진을 치고 보초를 보내서 촉병의 동정을 살피라 했다.

당일 신시申時쯤 되어서 보고가 들어왔다.

"사곡斜谷 도중道中에 촉병이 나타났습니다."

비요는 황망하게 군사를 재촉하여 나갔다.

과연 촉병이 당도했다. 그러나 교전하기도 전에 퇴각해 달아났다.

비요는 군사를 몰아 뒤를 쫓았다.

쫓겨 갔던 촉병들은 또다시 몰려왔다.

비요는 진을 쳐 대결하려 할 때 촉병은 또 물러갔다.

이같이 하기를 세 번이나 반복하는 동안 날은 바뀌어 다음 날 신시 때가 되었다.

위군들은 하루낮, 하룻밤을 꼬박 새우면서 한시도 쉬지 못했다.

위병들은 촉병이 쳐들어오기 전에 밥을 지어 먹으려고 우물에서 쌀을 씻고 아궁이에 불을 지피느라고 부산했다.

홀연 사면에서 함성이 크게 진동하며 북소리 피리 소리가 요란하게 일어나면서 촉병들은 만산편야 해 쳐들어왔다.

군기가 번득이는 곳에 네 바퀴 수레가 한 대 굴러 왔다. 모두 바라보니 촉국 승상 제갈양이었다.

윤건에 학창의 입고 백우선을 들어 단정히 앉았는데 장수를 보내서 위군의 주장主將과 대화對話하기를 청했다.

비요는 말을 달려 나가면서 멀리 공명을 바라보고 마음속으로 가만히 기뻐했다. 좌우 제장을 돌아보며 말했다.

"만약 촉병들이 엄습해 오거든 덮어놓고 뒤로 후퇴하라. 그 후에 산 뒤에서 불이 일어나거든 이것을 군호로 하여 말 머리를 돌려 돌격하라. 구원하는 군사가 있을 것이니 기운차게 돌진하라."

비요는 분부를 마친 후에 말을 달려 앞으로 나가며 소리쳤다.

"패해 달아났던 제갈양이 감히 무서운 줄 모르고 다시 또 왔느냐?"

공명이 안상安詳한 목소리로 타일렀다.

"너 같은 아이들하고 대화할 말이 아니다. 조진더러 나오라 해라."

비요는 공명한테 욕설을 퍼부었다.

"조 도독은 금지옥엽金枝玉葉이시다. 어찌 너 같은 반적과 만나서 말씀을 나누겠느냐?"

공명은 대로했다. 백우선을 번쩍 들어 한번 흔들었다.

좌편에는 마대가 말을 달려 나오고 우편에서는 장의가 군사를 거느려 돌진했다.

위병들은 비요의 지휘를 받아 일제히 퇴각해 달아났다. 30리쯤 후퇴했을 때 촉병의 배후에서 별안간 화광이 충천하면서 고함 소리 악머구리 끓듯 했다.

비요는 강유와 약속한 충화衝火로만 알았다.

급히 군사를 몰아 시살해 들어갔다.

촉병은 조수 물 빠지듯 쫓겼다. 비요는 칼을 두르며 고함 소리 나는 곳으로 말을 달려 쫓았다.

불길이 일어나는 곳으로 향했을 때 고각 소리와 납함하는 소리 산천을 진동하면서 양편에서 군사들이 쏟아져 나왔다.

좌편엔 관흥이요, 우편엔 장포였다.

산상에서 나는 화살과 팔매는 비 오듯 쏟아져 내렸다. 위병들은 넋을 잃어 도망했다.

비요는 비로소 공명의 계교에 빠진 줄 알았다.

급히 군사를 몰아 산골로 향해 달아났다.

등 뒤에서는 관흥이 소리치며 급히 뒤를 쫓았다.

"이놈 비요야, 어디로 가느냐!"

관흥의 군대는 모두 다 힘찬 역사들이었다.

창과 칼로 백병전白兵戰을 시작했다.

위군들은 서로들 자기편 군사들을 치고 밟고 죽였다.

강변 물속에 떨어져 죽는 자가 부지기수였다.

비요는 단신으로 어찌하는 수가 없었다.

목숨을 구하여 달아났다. 혼이 빠져 말을 놓아 달아날 때 산모퉁이에서 한 떼 군마를 만났다. 비요가 바라보니, 강유의 거느린 5만 군사였다.

비요는 노여움이 머리 꼭두에까지 치밀었다.

크게 강유를 꾸짖었다.

"신의信義 없는 반적 강유야, 나는 불행히 너의 간계에 빠졌으니 분하기 짝이 없다."

강유는 껄껄 웃으며 대답했다.

"나는 조진을 사로잡기 위하여 너를 잠깐 되매기해 샀구나. 빨리 말에서 내려 항복하라."

비요는 아무래도 살아야겠다고 생각했다.

강유의 대답하는 틈을 타서 말을 채질하여 산골 속으로 달아났다.

산골 속으로 정신없이 달아나는 비요의 앞에는 뜻밖에 화광이 충천해 일어났다.

불길은 푸른 수해樹海를 자욱한 연기와 함께 휩싸고 있었다. 뒤에는 강유의 추병追兵이 급하고, 앞에는 나갈 수 없는 뜨거운 불지옥이었다.

비요는 말에서 내렸다. 모든 일을 각오할 수밖에 없었다.

촉병한테 항복하여 치욕의 일생을 보내느니보다 차라리 깨끗한 죽음을 취하는 길이 옳다고 생각했다. 허리에 찬 칼을 빼어 목을 찔렀다.

위병들은 비요가 숨이 진 후에 비로소 죽음을 발견했다.

주장을 잃은 위병들은 촉병한테 항복하는 길밖에 없었다.

함빡 산으로 내려가 제갈공명에게 항복했다.

공명은 큰 승리를 얻은 후에 연일연야 대군을 휘동하여 기산祁山 앞으로 나가 영채 군마를 정돈한 후에 강유에게 중한 상을 내렸다.

강유는 공명의 내리는 상을 받으며 술회述懷했다.

"이번 싸움에 조진曹眞을 잡지 못한 것이 한이올시다."

"나 역시 그렇게 생각하오. 가석한 일이오. 크게 계획한 대계大計를 적게 쓰고 말았소. 하하하."

공명은 이같이 말하고 크게 웃었다.

위연은 한칼에 왕쌍을 죽이다

비요가 자결해 죽고 위군이 대패했다는 소식은 번개같이 위병의 대도독 조진한테 전해졌다.

조진은 무한 후회했으나 소용이 없었다.

곽회를 청하여 퇴병할 일을 상의했다.

패군한 일을 속일 수는 없었다.

손례와 신비의 이름으로 성야星夜 배도倍道하여 위주 조예한테 표를 올렸다.

촉병이 다시 기산으로 나온 후에 조진은 손병절장損兵折將을 해서 형세가 심히 위급합니다.

조예는 표를 받고 크게 놀랐다. 곧 사마의를 대내로 불러들였다.

"조진이 크게 패하고, 촉병들은 기산으로 다시 나왔다 한다. 경은 무슨 대책이 있는가. 어찌하면 적을 물리치겠는가?"

사마의가 대답했다.

"신은 벌써 제갈양을 물리칠 계획을 세웠습니다. 위군들은 병기를 쓰지 아니하고도 촉병이 제풀에 달아나게 만들었습니다."

위주 조예는 사마의의 손을 잡고 물었다.

"어떤 묘계를 가졌는가?"

사마의가 아뢰었다.

"신은 항상 폐하께 말씀을 아뢰었습니다. 공명은 반드시 진창으로 나온다고……. 이런 까닭에 학소를 시켜서 진창을 지키라 한 것입니다. 이제 과연 신의 말은 맞았습니다. 제갈양이 만약 진창으로 들어온다면 양식 나르기가 심히 편합니다. 지금 다행히 학소와 왕쌍이 지키고 있어 공명은 감히 이 길로 운량을 못하고 있습니다. 나머지 작은 길이 있다 하나 양식을 운반하기 극난합니다. 신의 생각에는 촉군의 식량은 한 달밖에 지탱을 못할 것이니, 이는 급하게 싸우는 데 있고, 우리 군대는 오래 지킬수록 좋습니다. 폐하께서는 조진에게 조서를 내리시어 각처 요새처를 굳게 지켜서 한 달 동안만 싸우지 않는다면 촉병은 저절로 달아날 것입니다. 그때 가서 허함을 타서 쳐부순다면 제갈양을 사로잡을 수 있습니다."

조예가 혼연히 대답했다.

"경은 벌써 선견지명이 있으니 스스로 대군을 거느리고 나가는 것이 어떠한가?"

사마의가 대답했다.

"신이 몸을 아껴서 나가지 아니하는 것이 아닙니다. 실상인즉 이 군사로 동오의 육손을 막으려는 것입니다. 손권은 오래지 아니해서 반드시 참호칭제僭號稱帝를 할 것입니다. 만약에 천자의 존호를 참칭하게 된다면 폐하께서 친정하실 것이 분명하니, 손권은 먼저 들어와서 입구할 것이올시다. 그런 까닭에 신은 군사를 거느리고 나가지 아니하고 기다리고 있습니다."

사마의의 말이 채 끝나기 전에 들어와 아뢰었다.

"조 도독께서 군정을 주보奏報하러 왔습니다."

근시의 아뢰는 말을 듣자, 사마의가 다시 조예한테 아뢰었다.

"폐하께서는 조 도독에게 사람을 보내시어 경계하옵소서. 촉병의 허실을 보아서 깊이 중지로 들어가지 말라 하십시오. 제갈양의 계교에 빠지게 됩니다."

조예는 곧 조서를 내어서 태상경太常卿 한기韓暨한테 절을 주어 조진을 계고戒告했다.

간절히 부탁하노라. 싸우는 일보다 지키는 데 힘을 쓰라. 다만 촉병이 물러가기 시작한 후에 쫓아 나가 격파케 하라.

사마의는 그래도 미흡했다.

성 밖까지 나가서 떠나는 한기에게 전송해 보내며 부탁했다.

"내가 이번 공로는 자단子丹한테 양여讓與할 것입니다. 공은 자단을 보시거든 내 말이라고 하지 마시고 천자의 분부시라고 말씀하시오. 보수가 상책이요, 성급하게 추격하는 일은 대단 불리하다고 조서를 내리신 것이라고 하시오."

사마의는 신신당부해서 한기를 보냈다.

자단은 조진曹眞의 자였다.

한편 조진은 일선에서 장성들을 모아 놓고 군사를 의논하고 있을 때 수문장이 보했다.

"천자께서 태상경 한기에게 절을 가지고 조서를 내리러 왔습니다."

조진은 영문 밖까지 나가서 칙사를 맞이해 들여 조서를 받은 후에 딴채로 들어가 곽회, 손예들과 의논하였다.

"촉병은 쳐들어오는데 싸우지는 말고 지키고만 있으라 하니 이 무슨 말인가?"

곽회가 웃으며 대답했다.

"그것은 사마중달司馬仲達의 소견일 것입니다."

"그래 사마중달의 소견이 어떻게 옳다고 생각하나?"

곽회가 대답했다.

"이 말은 제갈양의 용병하는 술법을 깊이 알고 말한 것이올시다. 오랜 후에 촉병을 능히 어거할 사람은 반드시 중달이올시다."

조진이 물었다.

"만약에 촉병이 물러가지 않는다면 장차 어찌할 텐가?"

"왕쌍한테 가만히 기별해서 소로에서 순초를 한다면 촉병은 감히 나올 엄두도 못 먹을 것입니다. 나는 저편의 양식이 떨어진 후에 물러가는 군대를 추격한다면 완전하게 전승할 수 있습니다."

손예가 옆에서 말했다.

"내가 기산으로 가서 거짓 운량하는 계교를 차려 보는 것도 좋을 듯하오."

조진이 손예한테 물었다.

"계책을 말해 보라."

"양식을 운반하는 병거兵車에 마른 섶과 떼 풀을 많이 실은 후에 유황硫黃과 염초燄硝를 붓고 헛소문을 퍼뜨립니다. 농서에서 양식이 왔다고. 이쯤 되면 촉병들은 양식을 취하러 쏟아져 들어올 것입니다. 이때 가서 화약을 터뜨려 불을 놓고 밖에서 복병이 쏟아져 일어난다면 큰 승리를 거둘 것입니다."

조진은 곽회와 손예의 말을 듣고 기쁨을 금할 수 없었다.

"그 계교가 대단 묘하오."

말을 마치자, 곧 손예에게 군사를 주어 계교를 행하라 하고, 한편 왕쌍에게 사람을 보내어 소로에서 순초를 하는 한편 곽회는 군사를 거느리고 기곡箕谷과 가정街亭으로 왕래하면서 모든 길의 군마軍馬를 신칙하여 각처의 요해처를 파수하게 했다.

조진은 또 장요의 아들 장호張虎로 선봉대장을 삼고, 본진의 아들 악림樂琳으로 부선봉대장을 삼은 후에 함께 본영本營을 지켜 있게 한 후에 절대로 출전出戰을 허락하지 아니했다.

한편 제갈공명은 기산祁山 채중寨中에 있으면서 매일 군사를 보내서 싸움을 돋우었다.

그러나 위병들은 굳게 지키고 나오지 아니했다.

공명은 강유의 무리를 불러 상의했다.

"위병들이 굳게 지키기만 하고 나와서 싸우지 아니하니 이것은 반드시 우리들 군중軍中에 양식이 없는 것을 짐작한 것이다. 지금 진창에는 운반이 막히고, 나머지 소로小路는 험준해서 운반할 도리가 없다. 나의 생각에는 한 달이 못 가서 양곡의 용도用度가 떨어질 터이니 어찌하면 좋을꼬?"

주저하여 생각하고 있을 때 농서隴西 위군魏軍이 수천 수레로 기산 서편에 운량하는데 운량관運糧官은 손예孫禮라는 장수라 했다.

공명이 물었다.

"손예란 어떤 사람이냐?"

마침 위魏에 살던 사람이 고했다.

"손예란 사람은 일찍 위주를 따라서 대석산大石山으로 사냥을 나간 일이 있었습니다. 별안간 맹호猛虎 한 마리가 어홍 소리를 치며 어전御前으로 뛰어 들어가니 손예는 급히 말에서 뛰어내려 한칼에 범의 목을 베었습니다. 이로 인해서 상장군上將軍이 되고 조진의 심복이 된 사람입니다."

공명은 웃으며 말했다.

"위장들은 우리 양식이 떨어진 것을 알고, 이 계교를 써 보려는 것이다. 수레에 실은 것은 반드시 인화물이다. 나는 장계취계를 행해야 하겠다."

공명은 말을 마치자 곧 마대를 불러 분부를 내렸다.

"너는 삼천 병마를 거느리고 위병의 양식 쌓아 둔 곳으로 가서 들어가지는 말고 바람 부는 쪽을 향하여 불을 질러라. 만약 수레에 불이 붙는 것을 보면 위병들은 우리 영채를 에워싸리라."

공명은 다시 마충, 장의를 불러 분부를 내렸다.

"너희들은 각각 오천 군을 인솔하고 밖에서 위병들을 에워싸서 안팎에서 협공하라."

세 장수는 명을 받고 물러났다.

공명은 또다시 관흥, 장포를 불러 분부를 내렸다.

"위병의 본채는 사통오달四通五達해서 각처로 연접해 있다. 오늘 저녁때 서편 산에서 불이 일어날 것이다. 이같이 되면 위병들은 반드시 우리 영채를 습격할 것이다. 너희 두 사람은 위병의 영채 좌우편에 가만히 매복해 있다가 위병들이 나오거든 위진을 차지해 버리라."

관흥, 장포가 청령하고 물러가니 공명은 오반吳班, 오의를 불러 분부를 내렸다.

"너희 두 사람은 각기 일군씩 거느리고 영채 밖에 매복해 있다가 만약 위병이 당도하거든 돌아가는 길을 끊으라."

오반, 오의가 청령하고 물러갔다.

공명은 분발을 마친 후에 스스로 기산 높은 곳에 의지해 앉아 있었다.

위병 측에서는 촉병이 양식을 뺏으러 겁채한다는 소식을 듣고 황황히 대장 손예한테 고했다.

손예는 나는 듯이 사람을 조진한테 보내서 고했다.

조진은 첫째 영채에 있는 장호와 악림樂琳에게 오늘 밤에 서산西山에 불이 일어나거든 촉병이 올 테니 반드시 와서 구원하는데 여차여차한 행동을 취하라 분부를 내렸다.

두 장수는 계교를 받은 후에 군사들한테 영을 내려 불길 일어나는 것만 보라 했다.

한편 위장 손예는 군사를 인솔하고 산 서편에 잠복해서 촉병들이 오기만 기다리고 있었다.

이날 밤 이경 때가 되었다. 촉장 마대는 병마를 거느리고 왔다. 군사들은 입을 막아 함봉하고 말들은 재갈을 물려서 울지 못하게 했다.

슬쩍슬쩍 발자취를 죽여 가며 산길을 취해 올랐다. 앞을 바라보니 서편 산상에는 허다한 차량들을 중중첩첩하게 배치해 놓았는데, 수레에는 허장성세虛張聲勢로 영기를 벌여 세워서 군사들이 많은 듯 서남풍 불어오는 바람에 펄펄 날렸다.

마대는 군령을 내렸다.

"빨리 영채 남편으로 달려가서 수레에 불을 질러 화광이 충천케 하라."

마대의 군령이 떨어지니 촉병들은 일제히 산으로 기어올라 불을 놓았다.

화광이 충천하게 일어났다.

위장 손예는 급히 군사를 거느리고 일제히 촉병의 등 뒤로 몰려들었다.

북소리, 호각 소리, 징 소리, 꽹과리 소리는 하늘과 땅을 뒤흔들면서 양편에서 접전하려 할 때 촉군의 양로병이 달려들었다. 마충과 장의의 군대였다.

위병들은 촉병의 포위 속에 빠져 들었다. 손예孫禮는 비로소 깜짝 놀랐다. 얼굴빛이 흙빛으로 질렸다. 황황망망 어찌할지 모르고 있을 때 홀연위병들이 놀라 떠드는 소리가 떠들썩하게 들려왔다.

손예는 또 한 번 놀랐다. 바라보니 하늘과 땅이 함빡 불빛인데 화광 속에서 한 떼 군마가 쏟아져 나왔다. 앞에서 나오는 대장은 촉국의 명장 마대였다.

안팎으로 협공해 들어가니 위병은 대패했다. 불은 강하고 바람은 사나웠다. 죽어 넘어지는 자가 부지기수였다.

손예는 불길을 뚫고 연기를 무릅쓰며 달아났다.

한편 위장 장호와 악림은 영문 안에서 화광이 충천하는 것을 보자, 크게 영채 문을 열고 악림과 함께 군사를 거느려 촉진을 습격하러 달려갔다.

그러나 촉진 속에는 한 사람의 군사도 보이지 않았다. 급히 군사를 거두어 회군하려 할 때 촉장 오반, 오의 양로병이 시살해 나오면서 위병의 돌아가는 길을 끊었다.

위장 장호와 악림은 급했다. 죽을힘을 다하여 겹겹이 싸인 촉병들을 헤치고 본채로 향하여 말을 달렸다.

그러나 반갑게 맞이해 주어야 할 본채 토성 위에서는 화살이 황충蝗虫 떼 날듯 쏟아져 날았다.

원래 공명의 명을 받들어 나왔던 관흥과 장포가 벌써 장호와 악림의 본채를 점령하고 있었던 것이다.

위병은 어찌하는 수 없었다. 달음질쳐 조진의 영채로 몰렸다.

모두 다 영채 속으로 들어가려 할 때 뒤에서 한 떼 패군이 또 따랐다.

자세히 보니 손예의 패잔한 군사였다.

두 떼 패군지장은 도독 조진을 보고 제각기 공명의 계교에 떨어져 패군한 일을 말했다.

조진은 두 장수의 패군한 전말을 자세히 듣자, 다시는 출전하지 아니하고 근신하는 태도를 취했다.

한편 촉장들은 큰 승리를 얻은 후에 공명한테 돌아가 승전한 일을 쾌하게 보했다.

공명은 사람을 시켜서 위연에게 비밀히 밀계密計를 주고 영채를 뽑아 군대가 일제히 일어났다.

공명이 영채를 거두어 일어나는 것을 보고 양의楊儀가 간하였다.

"지금 우리 촉군은 크게 승리를 얻어서 위병의 예기를 모조리 꺾어 놓았는데 무슨 까닭에 군사를 거두십니까?"

공명이 대답했다.

"우리는 군사 먹일 양식이 없으므로 급하게 싸우는 곳에 이가 있었던 것이다. 지금 조진이 굳게 지키고 나오지 아니하니 이것은 우리가 뒤에 해를 당하기 쉬운 일이다. 적이 비록 잠시 패했다 하나 중원에는 남은 군대가 상당히 있는 것이다. 만약 경기輕騎를 몰아 우리의 양도糧道를 끊는다면 돌아갈 길이 없을 것이다. 지금 위병의 패한 틈을 타서 우리는 출기불의出其不意로 승기하여 물러가는 것이다. 그러나 다만 근심되는 한 가지 일이 있다. 위연의 일군이 진창陳倉에서 왕쌍王雙을 막아 대고 있다. 급히 탈신脫身을 못할 것이다. 나는 사람을 보내서 비밀히 계교를 주어서 왕쌍을 베어서 위병들이 우리의 뒤를 쫓지 못하도록 할 것이다. 행군할 때 뒷진은 선봉이 되고 선봉은 후진이 되게 하라."

모든 장수들은 공명의 명에 복종했다.

당일 밤에 공명은 금고수金鼓手만 머물러 영채에 있게 하여 군사가 있는 듯 시각 알리는 북을 치게 한 후에 하룻밤 사이에 촉병들은 모조리 물러가 버렸다. 다만 남은 것은 공산명월空山明月 밝은 달빛 아래 비어 있는 영문뿐이었다.

한편 위군 대도독 조진은 연해 패한 일을 영채 안에서 근심하고 있을 때 홀연 좌장군 장합張郃이 군사를 거느리고 왔다 했다.

장합은 말에서 내려 장에 들어가 조진을 향하여 말했다.

"장합이 성지를 받들어 전황을 살피러 왔소이다."

"사마중달司馬仲達을 만나고 왔소?"

조진이 장합한테 물었다.

장합이 대답했다.

"만나 보고 왔지요. 중달이 말하기를, 우리 군대가 승리를 하면 촉병은 가지 아니할 것이고, 만약 우리 군대가 패한다면 촉병은 반드시 군사를 거두어 갈 것이라고 말합디다. 오늘날 위병이 실리失利했으니 공명은 좌우간 어떠한 행동을 취했을 것입니다. 도독께서는 한번 제갈양의 행동을 탐지해 보신 일이 있습니까?"

조진이 대답했다.

"아직 못했소이다."

"알아보시지요."

장합이 권했다.

조진은 곧 사람을 보내서 살펴보니 공명의 진은 허영虛營만 남았는데 다만 수십 벌 군기軍旗만 벌여 있고 군대가 철수한 지는 벌써 이틀이나 지났다는 것이었다.

조진은 오뇌하고 번민했으나 뉘우쳐도 소용이 없었다.

한편 위연은 공명의 밀계를 받은 후에 당일 밤 이경二更 때 영문에서 군대를 철수하여 급히 한중으로 향했다.

위병의 첩자들은 급히 이 사실을 왕쌍한테 알렸다.

왕쌍은 기회를 놓쳐서는 아니 되겠다고 생각했다.

급히 군대를 몰아 위연의 군대를 추격했다.

20여 리쯤 쫓았을 때 위연의 기위가 앞에 보였다.

왕쌍은 큰소리로 호통을 쳤다.

"이놈 위연아, 달아나지 마라."

왕쌍이 큰소리로 욕했으나, 촉병들은 군사 한 명 돌아보는 사람이 없이 달아만 났다.

왕쌍은 말을 채쳐 급히 뒤를 쫓았다.

홀연 등 뒤에서 부하 한 사람이 왕쌍한테 고했다.

"우리 영채 안에 불이 일어납니다. 적의 간계에 빠졌나 봅니다."

왕쌍이 급히 말 머리를 돌려 바라보니, 일편一片 화광火光이 하늘을 사를 듯 자기 영문 안에 치솟았다.

왕쌍은 황망히 퇴군령退軍令을 놓아 산기슭으로 물러가려 할 때 홀연 숲 속에서 한 장수가 소리치며 말을 달려 나왔다.

"네 이놈, 왕쌍아, 위연이 이곳에서 너를 기다린 지 오래다."

왕쌍은 유성퇴를 잘 쓰는 명장이었으나, 손을 놀려 던질 틈이 없었다. 촉장 위연의 수단 높은 칼 솜씨는 한칼에 왕쌍의 급소를 찔러 말 아래 떨어뜨렸다. 주장을 잃은 위병들은 낭패했다. 뒤에 또다시 복병이 있는 줄 알고 사방으로 흩어져 달아났다.

이때 위연의 수하에는 군사가 불과 30여 기밖에 없었다. 명장 왕쌍을 죽인 맹장 위연은 겨우 30여 기의 군사를 거느리고 유유하게 한중으로 돌아갔다.

뒷사람은 시를 지어 제갈공명을 찬讚했다.

孔明妙算勝孫龐
耿若長星照一方

進退行兵神莫測

陳倉道口斬王雙

공명의 묘하고 높은 수 손빈孫臏, 방연龐涓2) 보다 낫다.

반짝하는 장경성長庚星인 양,

하늘 한곳에

쏘아 비치네.

나가고 물러가는

행군하는 법

신이라도

헤아릴 수 없네.

진창 길어귀에

왕쌍을 베었구나.

원래 위연은 공명의 밀계를 받고 30기를 왕쌍의 영문 옆에 매복시켰다
가, 왕쌍이 군사를 거느리고 촉병을 쫓았을 때, 영채에 불을 질러 왕쌍을
유인하여 출기불의로 목을 베었던 것이다.

---

2) 손빈 · 방연 : 춘추전국 때 명장들.

손권도 황제가 되고

위연이 왕쌍의 목을 베고 한중漢中으로 돌아와 공명을 뵙고 군마를 교할交割하니 공명은 위연의 공을 치하하고 크게 연회를 열어 장졸들을 위로했다.

한편 장합은 촉병을 쫓다가 더 쫓지 아니하고 본채로 돌아왔다.

진창성에 있는 학소가 사람을 보내서 슬픈 보고를 올렸다.

"왕쌍이 피참被斬되었습니다."

조진은 듣고 감창해서 마음이 상했다. 이내 시름해서 병이 들었다.

낙양으로 돌아가 누워 버렸다.

위주 조예는 곽회, 손례, 장합에게 조서를 내려 장안長安의 제도를 지키라 했다.

이때 오왕 손권孫權은 조회를 열고 있을 때 정보를 맡은 관원이 보했다.

"촉의 제갈 승상이 두 번 출병을 해서 크게 이기고, 위 도독 조진은 대패해서 장수가 죽고 군사가 꺾였습니다."

군신들은 소식을 듣자, 일제히 손권한테 아뢰었다.

"이 김에 군마를 일으켜 위를 정벌하여 중원을 도모하옵소서."

손권이 유예미결하고 있을 때 장소가 아뢰었다.

"이 사이 소문이 자자합니다. 무창武昌, 동산東山에 봉황이 내려와 춤을 추고, 대강大江 중에는 황룡黃龍이 여러 차례 나타났다 합니다. 주공께서는 덕이 당우唐虞를 짝하시고 밝으심은 문무文武와 어깨를 겨루실 만합니다. 당연히 황제皇帝가 되실 만합니다. 곧 제위에 나가신 후에 군사를 일으켜 참제僭帝 조예曹叡를 토멸하옵소서."

장소의 아뢰는 말을 듣자, 모든 신하들이 아뢰었다.

"장소의 아뢰는 말씀이 옳습니다."

손권은 마침내 황제 위에 나가는 것을 허락했다.

4월 병인丙寅에 무창武昌 남교南郊에 단壇을 쌓고, 군신들은 손권을 단에 오르게 하여 황제 위에 나가게 했다.

황무黃武 8년이라는 오국의 연호年號를 고쳐서 황룡黃龍 원년元年이라 하고, 손권의 아버지 죽은 손견에게 시호를 올려 무열武烈 황제皇帝라 하고, 어머니 오 씨는 무열武烈 황후皇后라 하고, 죽은 형 손책은 장사長沙 환왕桓王의 시호를 올리고 아들 손등은 황태자를 봉하고, 제갈근의 장자 제갈각諸葛恪으로 태자太子 좌보左輔를 삼고, 장소의 둘째 아들 장휴로 태자 우필을 삼았다.

제갈근의 아들 제갈각의 자는 원손元遜이라 하는데, 신장이 7척이나 되고 극히 총명 영리한 중에, 말을 잘해서 응구첩대應口輒對하는 재주가 있었다.

손권은 항상 각을 사랑했다. 각의 나이 겨우 여섯 살밖에 아니 되었을 때 일이었다.

정부에 연회가 있었다.

각은 아버지를 따라서 연회에 참예해 있었다.

손권은 농을 하고 싶었다. 제갈근의 얼굴이 긴 것을 보고 환관을 불러 영을 내렸다.

"노새(驢)를 한 필 끌고 오너라."

환관은 노새를 끌고 왔다.

손권은 다시 명령을 내렸다.

"노새 얼굴에 분필粉筆로 제갈자유諸葛子瑜라 쓰라."

자유는 제갈근의 자였다.

환관은 노새 얼굴에 분필로 '제갈자유'라 썼다.

만조백관들은 깔깔 웃어 댔다.

여섯 살 먹은 제갈각이 벌떡 자리에 일어나 노새 앞으로 갔다. 환관이 쓰고 난 분필을 잡았다.

노새 얼굴에 쓴 '제갈자유諸葛子瑜'란 밑에 '지로之驢' 두 자를 썼다.

'제갈자유의 노새'라고 되었다.

제갈자유가 노새가 된 것을, '제갈자유의 노새'라 했으니 재치 있게 아버지의 욕먹은 것을 기지機智로써 슬며시 풀어놓은 것이었다.

만좌는 깜짝 놀랐다. 여섯 살 먹은 소년의 깜찍스런 천재적 혜두彗頭에 탄복하지 아니할 수 없었다.

손권은 크게 칭찬한 후에 소년 각에게 노새를 주었다.

또 하루는 손권이 크게 연회를 열어 관료들을 대접했다.

손권은 각에게 잔을 잡아 술을 돌리라 했다.

각은 잔을 잡아 순배巡杯 술을 장소 앞에 돌렸다.

장소는 마시지 아니하고 탄해 말했다.

"이것은 양로養老하는 예가 아니니라."

손권이 각에게 분부했다.

"네 능히 장자포張子布한테 억지로 마시게 할 수 있느냐?"

각은 손권의 말을 받들고 장소 앞에 다시 나가 말했다.

"옛날 강태공은 연치가 구십이 되었어도 절월節鉞을 잡아서 늙었다는 말씀을 아니하였습니다. 황차 지금은 적과 대진하려 하는 임진지일臨陣之日이올시다. 선생을 대접하여 뒤에 있게 하고, 음주지일飮酒之日엔 선생을 대접하여 먼저 드리옵니다. 이 어찌 양로養老하는 예법이 아니라 하십니까."

장소는 대답할 말이 없었다. 잠자코 술잔을 들어 마시었다.

손권은 이후부터 항상 각을 사랑했던 것이다.

이리하여 각의 나이 성장하니 태자를 도우라 했다.

손권은 제갈각에게 태자太子 좌보左輔의 임무를 맡긴 후에 장소는 지위가 삼공三公 위에 있는 인물이었다. 이러한 까닭에 그의 아들 장휴로 태자太子 우필右弼을 삼았던 것이었다.

손권은 다시 고옹으로 승상을 삼고, 육손으로 상장군을 삼아 태자를 도와 무창을 지키라 한 후에 손권은 다시 건업으로 돌아와 군신을 소집하여 위를 공격할 방책을 의논케 했다.

장소가 출반하여 아뢰었다.

"폐하께서 처음 보위寶位에 오르셨는데 동병을 한다는 것은 불가한 줄 아뢰오. 다만 문을 닦고 무를 기르며, 학교를 증설해서 백성의 마음을 평안케 하는 한편 서천으로 사신을 보내서 촉과 동맹한 후에 천하를 나누어 서서히 도모하는 것이 좋을 성싶습니다."

손권은 장소의 말을 들었다.

곧 사신을 주야배도하여 후주께 뵌 후에 상세한 말씀을 아뢰었다.

후주는 곧 백관을 불러 상의했다.

"손권이 참람되이 황제라 자칭하니 맹호盟好하자는 수작을 퇴해 버리십시오."

모든 신하들은 반대했다.

장원이 아뢰었다.

"승상께 사람을 보내서 묻는 것이 좋겠습니다."

후주는 곧 주야배도하여 한중에 있던 제갈양한테 물었다.

공명이 대답했다.

"예물을 가지고 사신이 가서 손권한테 치하한 후에 육손으로 흥사벌위 興師伐魏하도록 하라. 이리한다면 위국에서는 사마의를 명해서 막으라 할 것이다. 사마의가 만약 남하해서 동오의 육손을 막는다면 나는 다시 기산 으로 나가서 장안을 도모할 것이다."

공명의 명을 받들어 돌아온 사자는 곧 후주한테 공명의 지시를 품달했다.

후주는 공명의 지시대로 따랐다.

태위 진진陣震에게 천리 준마와 옥대, 금주金珠, 보패寶貝를 가지고 오국 에 가서 치하하라 했다.

진진이 동오에 당도하여 손권을 보고 국서를 바치니 손권은 크게 기뻐 했다. 연회를 베풀어 대접한 후에 촉으로 돌아가게 했다.

손권이 육손을 불러서 촉과의 맹약을 하고 군사를 일으켜 위국을 칠 것 을 승낙한 사실을 말하니 육손이 아뢰었다.

"이것은 공명이 사마의가 두려워서 이 같은 방책을 낸 것입니다. 그러 나 기왕 허락했으니 아니 좇을 수 없습니다. 겉으로 기병起兵하는 성세를 크게 일으켜 멀리서 촉과 더불어 대응이 되도록 하고, 공명이 전력을 다 하여 사마의를 공격하는 틈을 타서 우리는 그들의 허세를 이용하여 중원 을 취하면 될 것입니다."

공명은 진창서 대승하다

손권은 육손의 말을 듣고 곧 형주와 각처 도읍에 단련된 군사를 뽑아 택일하여 기병하라는 군령을 내렸다.

한편 진진은 한중으로 돌아와 공명한테 동오와 동맹이 성공된 것을 고했다.

공명은 아직도 진창에 경솔하게 진출하기 어려운 것을 느꼈다.

먼저 정보 맡은 사람을 보내서 형편을 살피라 했다.

정보망이 돌아와 고했다.

"진창성을 지키고 있는 학소가 병이 들어 자못 중태라 합니다."

공명은 손뼉을 쳤다.

"대사가 이뤄지겠구나!"

곧 위연, 강유를 불러 분부했다.

"너희 두 사람은 오천 군을 거느리고 밤을 도와 진창성으로 달려가서 불이 일어나는 것이 뵈거든 힘을 다하여 성을 함락하라."

두 장수는 공명의 말을 깊이 믿지 아니했다.

진창성 안에 불이 일어날 까닭이 없는 때문이었다. 물러갔다가 다시 고했다.

"어느 날 떠나는 것이 좋겠습니까?"

"준비하는 기간은 삼 일간이다. 모든 일이 완비되거든 나를 보지 말고 떠나도 좋다."

두 사람은 공명의 지휘를 받고 물러갔다.

공명은 다시 관흥, 장포를 불렀다.

귀에 입을 대고 어떤 계교를 가만히 주었다.

관흥, 장포는 비밀한 계교를 받고 물러났다.

한편 위국 곽회는 학소의 병이 중한 것을 보고 장합과 의논했다.

"학소의 병이 중하다 하니 큰 걱정이오. 장 장군은 빨리 가시어 학소를 대신하여 군사를 처리하시오. 나는 천자께 표를 올려 아뢴 후에 별로 행동을 하겠소."

장합은 곧 3천 병마를 거느리고 급히 진창성으로 나가 학소와 교체했다.

이때 학소는 병이 위중했다.

밤에 신음하고 있을 때 촉병이 성 아래 당도했다고 소란하게 떠들었다.

학소는 급히 장졸들에게 분부하여 성을 파수하라는 명령을 내렸다.

그러나 웬일인지 돌연 성안 각 문마다 불이 일어나 불길이 맹렬했다.

성중은 크게 혼란이 일어났다. 학소는 이 소식을 듣고 놀라서 기겁이 되어 죽었다. 촉병은 홍수같이 진창성 안으로 거침없이 쏟아져 들어갔다.

촉병이 진창성 안으로 들어가기 직전의 일이었다.

위연과 강유가 공명의 분부를 받고 군사를 거느리고 진창성 앞에 당도하니 한 사람의 군인도 없고, 기치창검도 보이지 아니했다. 두 사람은 놀라고 의심하여 감히 성을 공격하지 못하고 있었다.

위연, 강유가 주저하고 있을 때 홀연 성상에서 일성 포향이 일어나면서 사면에서는 기가 일제히 세워졌다.

두 사람은 깜짝 놀라 다시 눈을 씻고 보니 한 사람이 윤건綸巾 우선羽扇에 학창도포鶴氅道袍 입고 큰소리로 꾸짖었다.

"너희들은 어찌해서 더디 오느냐."

공명이 분명했다.

두 사람은 황망히 말에서 내려 땅에 엎드려 절하고 고했다.

"승상께서는 참말 신神이십니다."

공명은 촉병을 입성시키고 조용히 두 장수한테 말했다.

"내가 학소의 병이 중하다는 말을 듣고, 그대들에게 삼 일간에 준비를 하라 한 것은 민심과 군심을 늦추어 학소로 하여금 준비가 없도록 한 것이다. 한편 나는 관흥과 장포에게 출병을 시킨 후 군사 틈에 변복하고 주야배도하여 적으로 하여금 조병할 틈을 주지 못하게 하고, 한편 간첩을 시켜 성중 도처에 불을 붙이고 고함을 쳐서 경황케 한 것이다. 군사는 주장主將이 없으면 반드시 어지러운 법이다. 나는 이 이치를 통해서 손바닥을 뒤집듯 진창성을 취한 것이다. 병법에 말하기를 출기불의出其不意요, 공기무비攻其無備라 했다. 내가 이번에 취한 군사 작전은 정히 이 방법을 쓴 것이다."

위연과 강유는 공명한테 엎드려 절했다.

공명은 학소의 죽음을 불쌍하게 생각해서 그의 처자들이 영구를 호위하여 위국으로 돌아가게 하여 그의 충군 애국하는 지성을 표하도록 했다.

공명은 다시 위연과 강유한테 분부했다.

"너희 두 사람은 갑옷을 벗지 말고 곧 군사를 거느리고 가서 산관을 습격하라. 우리 군사가 가는 것을 보면 파수하던 군사들은 놀라 달아날 것이다. 만약 늦게 행동을 취한다면 위병이 와서 함락하기 어려울 것이다."

위연, 강유는 공명의 명을 받고 군사를 이끌어 산관으로 향했다.

과연 파수 보는 군사들은 바람같이 달아났다.

두 사람은 관에 올라 마음 놓고 갑주 투구를 풀려 할 때 멀리 바라보니 관 밖에 누른 티끌이 자욱하게 일어나면서 위병이 몰려드는 것이었다.

두 사람은 공명의 귀신같이 밝은 판단을 탄복하지 아니할 수 없었다.

"승상의 신산은 가히 헤아릴 수 없구려."

탄식했다.

급히 누에 올라 보니 위병 앞에 달려오는 장수는 위장 장합이었다.

두 장수는 급히 군사를 나누어 요해처를 지켰다.

장합은 촉병이 요해처에 배치되어 있는 것을 보자 군대를 뒤로 물렸다. 위연은 장합의 물러가는 군대를 돌격하니 위병은 대패해 달아났다.

위연은 산관으로 돌아온 후에 군사를 보내서 공명한테 전말을 보냈다.

공명은 친히 군사를 거느리고 진창陳倉 사곡斜谷으로 나와서 건위建威 후면을 취하면서 육속陸續 진발進發해 나갔다.

후주는 쾌한 보고를 받자, 대장 진식陳式을 보내서 돕게 했다.

공명은 대군을 몰아 다시 세 번째 기산으로 나가서 영채를 안정시켰다.

공명은 중장을 불러 분부하였다.

"내가 두 번 기산에 나왔으나 이를 보지 못했다. 이제 나는 세 번째 기산에 왔다. 위병들은 전에 승리했던 곳이다. 예와 같은 곳에 진을 쳐서 우리를 대적할 것이다. 적은 우리가 옹주雍州와 미주를 취할 줄 알고 반드시 굳게 파수할 것이다. 내 생각에는 음평과 무도는 한수漢水와 연접한 곳이다. 우리는 이 두 성을 차지한다면 위병의 세력을 분산시킬 것이다. 누가 한번 나가서 취해 보겠는가."

강유가 나와 아뢰었다.

"제가 가겠습니다."

강유의 말이 떨어지기도 전에 왕평이 나와 아뢰었다.

"제가 가겠습니다."

공명은 대회大喜했다. 강유에게 1만 명의 군사를 주어 무도를 취하라 하고 왕평에게 1만 명의 군사를 주어 음평을 취하라 했다.

일변 위장 장합은 대패한 패졸을 거느리고 장안으로 돌아가 곽회, 손례와 만나 패전한 전말을 말했다.

"진창은 실함되고 학소도 죽었소. 산관도 촉병한테 뺏겼는데, 지금 공명은 다시 기산으로 나와서 길을 나누어 파죽지세로 쳐들어옵니다."

곽회는 대경실색했다.

"만약 이같이 된다면 옹주와 미주를 취할 것이 분명하오. 장 장군은 이곳 장안을 지켜 주시오. 손 장군은 곧 군사를 거느리고 나가서 옹주를 지켜 주시오. 나는 주야배도해서 미성郿城을 수호하겠소."

곽회는 보발을 정한 후에 곧 조예한테 상소를 올려 전말을 고했다.

조예는 크게 놀라 어찌할지 모르고 있을 때, 만총한테서 상소가 또 들어왔다.

"동오 손권이 황제라 참칭하고 서촉과 함께 동맹을 하여 지금 육손은 무창에서 크게 군사를 조련하고 있습니다. 오병吳兵의 입구는 아침이 아니면 저녁일 것입니다."

조예는 양처의 위급한 보고를 받고 보니 손과 다리가 떨려서 거조가 당황했다.

이때 조진은 아직도 병이 낫지 아니했다.

곧 사마의를 불러 의논했다.

조예가 물었다.

"제갈양은 세 번 기산으로 나와서 결국 진창 산관을 취한 후에 미주, 옹주로 호탕하게 나오고, 동오 손권은 참칭 황제가 된 후에 서촉과 동맹하여 육손이 대도독이 되어 크게 군마를 조련하여 북진을 꾀한다 하니 어찌하면 좋단 말인가?"

사마의가 아뢰었다.

"신의 우견에는 동오에서는 반드시 거병을 아니할 것입니다."

조예가 물었다.

"경은 어찌 그리 소상하게 아는가?"

사마의가 아뢰었다.

"공명은 항상 효정猇亭의 실패한 것을 설욕하려 하는 것이요, 오국을 먹으려는 것은 아닙니다. 그러므로 우리의 허한 틈을 타서 중원을 공격하자는 것이 목적입니다. 육손도 또한 공명의 뜻을 아는 까닭에 겉으로는 촉과 동맹하여 군사를 일으키는 체하나, 실상인즉 앉아서 위와 촉의 성패를 구경하자는 것입니다. 폐하께서는 오를 막을 생각을 마시고 촉만 방어하십시오."

조예는 사마의 말에 감탄했다.

"경의 높은 견식에 감탄하지 아니할 수 없다."

말을 마치자 곧 사마의로 대도독을 삼아서 농서 제도의 군마를 총섭하라 하고, 일변 근신을 조진한테로 보내서 총병의 장인을 거두어 오라 했다.

사마의가 아뢰었다.

"따로 사신을 조진한테 보내실 것 없습니다. 신이 가서 거두겠습니다."

조예는 허락했다.

사마의는 조예한테 사은숙배한 후에 조정에서 나와 조진부를 찾았다.

먼저 사람을 보내서 연통한 후에 문병을 했다.

인사가 끝난 후에 사마의가 먼저 말을 꺼냈다.

"장군께서는 동오와 서촉이 동맹하여 군사 일으킨 일을 아십니까? 지금 제갈공명은 다시 기산으로 나와서 둔병을 했소이다.”

조진이 놀라며 말했다.

“집사람들이 내가 병이 중하므로 일부러 나한테 알리지 아니했구려. 만약 이것이 사실이라면 국가가 위급하게 되었소이다. 천자께서는 대피해서 중달로 도독을 삼아서 촉병을 물리치라고 분부를 내리지 아니하셨습니까?”

사마의는 슬며시 조진의 뜻을 거스르지 아니하려 했다. 거짓말을 꺼냈다.

“저 같은 자는 재주가 없고 지식이 부족해서 대임을 맡을 수가 없습니다.”

“천만의 말씀이오.”

조진은 병상에서 고개를 가로흔들었다.

공명은 위병을 대파하고

조진은 좌우에 모여 있는 시자를 불렀다.

"대장의 인을 가져오너라."

시자는 조진의 대장인을 받들어 올렸다.

조진은 친히 사마의한테 전했다.

"중달은 나를 대신해서 적병을 토벌하시오."

사마의는 대장인을 받지 아니하고 사양해 말했다.

"도독께서는 환후 중에 과히 염려 마십시오. 저는 도독을 도와서 한 팔 힘을 다하겠소이다. 그리고 전하시는 대장인은 감히 받지 못하겠습니다."

조진이 병상에서 벌떡 일어나 말했다.

"사마중달이 이 임무를 맡지 아니한다면 위국은 위태로울 것입니다. 내 비록 병이 있다 하나 황제께 뵈옵고 보를 두어 천거하리라."

사마의는 그제야 사실대로 숨기지 아니하고 말했다.

"천자께서 이미 은명恩命을 내리었으나, 사마의는 힘이 부족한 자올시다. 감히 받지 못하겠습니다."

사마의는 두 번 세 번 사양했다.

조진은 사마의의 태도에 크게 기뻤다.

"중달이 이제 대임大任을 맡았으니 촉병을 반드시 격퇴하고 말 것이오."

사마의는 대장의 인뒤웅이를 비로소 조진한테 받은 후에 군사를 거느리고 공명과 결전하러 장안으로 향했다.

때는 촉한蜀漢 건흥建興 7년 여름 4월이었다.

제갈양은 기산에 군사를 세 곳으로 나누어 진을 치고 위병이 오기만 기다리고 있었다.

한편 사마의는 군사를 거느리고 장안에 당도하여 장합과 만난 후에 합으로 선봉대장을 삼고, 대릉으로 부장군을 삼아 10만 대병을 영솔하고 기산 아래 위수渭水 남편에 진을 쳤다.

곽회와 손예가 영문에 들어가 사마의에게 뵈니 의가 물었다.

"그대들은 전에 촉병과 대전해 본 일이 있는가?"

"없습니다."

두 사람이 대답했다.

사마의는 두 장수를 향하여 말했다.

"촉병은 천 리를 걸어왔으니 무한 피곤할 것이다. 우리는 그들의 피곤한 틈을 타서 속히 싸우는 것이 이롭다. 이제 그들이 와서 싸우지 않는 것은 어떠한 계책이 있는 것이다. 그대들은 혹시 농서隴西 제도諸道의 소식을 들어 알았는가?"

곽회가 대답했다.

"정탐들이 벌써 각 읍과 각 군의 일을 알아 왔습니다. 십분 주의해서 낮과 밤으로 제방을 튼튼히 하고 있고, 다른 특별한 일은 없습니다. 다만 무도와 음평陰平 두 곳에만 아직 회보가 없습니다."

사마의는 다시 분부를 내렸다.

"나는 사람을 보내서 제갈양과 교전을 할 테다. 그대 두 사람은 급히 소로를 취하여 말을 달려 무도武都, 음평陰平 두 골을 구하라. 그리하여 촉병의 뒤를 엄습한다면 저들은 자중지란이 일어나 달아날 것이다."

두 사람은 사마의의 계책을 받고 5천 병마를 거느려 농서 소로를 취하여 무도와 음평 두 골을 구하여 촉병의 후면을 끊었다.

곽회가 길에서 손예를 향하여 말했다.

"사마중달司馬仲達은 공명에 비하여 어떠한가?"

"공명이 중달보다 훨씬 낫지."

손예가 대답했다.

곽회가 말했다.

"공명이 비록 낫다 하지만, 이번에 낸 중달의 계교는 사마중달이 보통 사람이 아니라는 것을 증명하고도 남는단 말일세. 촉병이 무도, 음평 두 골을 공격했을 때 우리가 그 후면을 엄습한다면 저희들이 어지럽지 아니하고 배겨 낼 수가 있겠나?"

두 사람이 말을 주고받을 때 홀연 초마가 달려와 고했다.

"음평은 벌써 촉장 왕평이 점령했고, 무도는 강유가 함락시켜 버렸습니다."

손예가 보고를 듣고 말했다.

"촉병이 성지를 함락시켰다면 어찌해서 군사들을 밖에 벌여 둔단 말인가? 반드시 협사挾私가 있는 일이니 속히 물러가는 것만 못하오."

곽회는 손예의 말을 좇았다.

곧 퇴군 명령을 내릴 때 돌연 일성 포향이 산 뒤에 일어나면서 일지 군마가 기세 좋게 달려 나왔다.

번뜩이는 깃발이 '한 승상 제갈양'이라 썼는데, 중앙에 사륜거 한 대가 굴러 나오며 수레 위에는 공명이 단정히 앉아 있었다.

좌편에는 관흥이 적토마를 타서 호위해 나오고, 우편에는 장포가 흑다리를 타고 공명을 호위해 나왔다.

곽회와 손예는 공명을 바라보자 대경실색했다.

공명은 껄껄 웃었다.

"곽회와 손예는 달아나지 말라. 사마의의 계교가 어찌 나를 속이겠느냐. 나는 매일 너희들한테 싸우기를 청했다. 그러나 결과에 가서는 너희들한테 우리 군대의 뒤를 엄습하라고 가르쳐 준 셈이 되었구나. 그러나 무도와 음평은 내가 이미 취해 버렸다. 너희 두 사람은 빨리 항복하라. 그렇지 않다면 나하고 한번 결전을 해 보겠느냐?"

곽회와 손예는 공명의 말을 듣자, 황황망망하여 어찌할지 모르고 있었다.

홀연 등 뒤에서 고함 소리 하늘을 흔들며 한 떼 군마가 또 달려들었다.

두 장수가 바라보니 왕평, 강유가 군사를 거느려 시살해 나오고 관흥, 장포가 전면으로 나와서 앞뒤로 협공해 들어왔다.

위병, 촉병은 어우러져 싸웠으나, 위병은 대패해 달아났다.

곽회, 손예 두 위장도 말을 버리고 산으로 기어올라 달아났다.

이 모양을 보자 장포가 가만두지 아니했다. 말을 달려 뒤를 쫓았다.

그러나 장포는 급히 적을 쫓다가 말이 미끄러져 시냇물로 떨어져서 말과 사람이 다 함께 머리가 깨어졌다.

공명은 장포를 성도로 보내서 치료케 했다.

곽회와 손예는 이 틈을 타 목숨을 구해 달아났다.

돌아가 사마의를 보고 말했다.

"무도, 음평 두 골은 벌써 촉병한테 뺏겼고, 공명은 요로에 매복해 있다가 앞뒤로 시살하는 바람에 크게 패해서 말까지 버리고 걸어서 도망쳐 왔습니다."

사마의가 위로했다.

"너희들의 허물이 아니다. 공명의 지혜는 나보다 훨씬 앞서 있다. 너희들은 다시 군사를 이끌고 옹주, 미주 두 성을 파수하라. 그리고 절대로 나가 싸우지 말라. 나는 스스로 적을 파할 계책이 있다."

두 사람은 절하고 물러갔다.

사마의는 또 장합, 대릉을 불러 분부했다.

"이제 공명이 무도, 음평을 얻었으니 필연코 백성을 무마하기 위하여 영문 안에 있지 아니할 것이다. 너희 두 사람은 각기 일만 정병을 거느리고 오늘 밤에 기신起身해서 촉병의 영문 뒤를 엄습하여 일제히 쇄도하라. 나는 군사를 거느리고 앞에 진을 치고 있다가 촉병의 형세가 어지럽게 되면 크게 군마를 몰아 공격할 것이다. 이리하여 두 편에서 힘을 합한다면 촉진을 대파할 것이다."

두 장수는 영을 받고 물러갔다.

대릉은 좌편에 있고, 장합은 우편에 있었다. 각각 작은 길을 취하여 깊이 촉병의 등 뒤를 찌르고 들어갔다.

30여 리쯤 갔을 때 앞의 군사가 가지 못했다.

두 장수는 말을 놓아 달려가 보니 수백 채 차량이 가로 길을 막고 있었다.

장합이 대릉보고 말했다.

"이것이 필시 준비가 있는 일이니 급히 군사를 돌리는 것이 가하오."

곧 전령을 내려 퇴군하려 할 때 앞을 보니 별안간 산에 가득 불길이 일어나 낮같이 밝으면서 북소리, 징 소리가 천지를 진동했다.

두 장수는 혼비백산이 되어 어찌할 바를 몰랐다.

촉병들은 함성을 지르며 장합, 대릉 두 장수를 포위했다.

공명은 기산 위에서 큰소리로 위장을 꾸짖었다.

"대릉, 장합은 내 말을 들으라. 사마의는 내가 무도와 음평서 백성을 무마하느라고 영문에 없을 줄 미리 짐작하고 나의 영채를 겁탈하려 했으나 너희들은 오히려 내 계교에 빠지고 말았다. 너희들은 이름 없는 아래 장수들이라 죽이지 아니할 테니 빨리 말에서 내려 항복하라."

공명의 말을 듣자 장합은 노했다.

손을 들어 공명을 가리키며 욕설을 퍼부었다.

"너는 산야 촌부로 감히 우리 국경을 침범하면서 감히 이따위 말을 함부로 하느냐. 내 만약 너를 잡는다면 시체를 부숴서 만 조각을 내리라."

말을 마치자 장창을 비껴들고 말을 달려 기산으로 뛰어올랐다.

산상에서는 화살과 팔매 던지는 돌이 비 오듯 쏟아졌다.

장합은 산으로 오를 수 없었다.

일변 말을 채질하고 일변 장창을 둘러 에워싼 촉병들을 좌충우돌했다.

촉병들은 당해 내는 사람이 없었다.

이때 대릉은 촉병한테 겹겹이 포위되어 목숨이 경각에 달려 있었다.

장합은 오던 길로 돌아가 대릉을 찾았으나 보이지 아니했다.

다시 몸을 돌려 겹겹이 둘러싼 포위병을 뚫고 대릉을 구하여 돌아갔다.

공명이 산상에서, 장합이 1만 군사를 초개草芥같이 헤치며 좌충우돌하여 영용이 무쌍한 행동을 보자, 좌우를 돌아보며 탄식했다.

"전에 장익덕이 장합과 싸우는 것을 보고 사람들이 놀라고 두려워했다 하더니 오늘 보니 과연 맹장이다. 비로소 그의 용맹을 알겠다. 만약 이 사람을 그대로 둔다면 반드시 촉에 대하여 해로운 인물이다. 내 마땅히 제거하리라."

공명은 혼잣말하고 군사를 거두어 영채로 돌아왔다.

한편 사마의는 진세를 벌인 후에 촉병의 패군들이 난동되기만 기다리고 있었다. 때를 타서 대군을 몰아 일제히 쳐들어갈 계획이었다.

홀연 장합과 대릉이 숨이 턱에 차서 급히 달려와 고했다.

"공명이 선손을 쓴 때문에 대패해 돌아왔습니다."

사마의는 깜짝 놀랐다.

"공명은 과연 신이다. 퇴군하는 것만 같지 못하다."

곧 대군은 모두 다 본채로 돌아가라는 전령을 내렸다.

한편 공명은 크게 이겨서 얻은 바 기계와 병기, 마필 들이 불게 기수였다. 크게 승전고를 울리며 본채로 돌아가 날마다 위연을 보내서 싸움을 돋우었다.

그러나 위병은 꼼짝도 아니하고 나오지 아니했다.

위병은 내리 반달이 넘었건만 응전을 하지 아니했다.

공명은 장중에서 적을 파할 계획을 생각하고 있을 때 천자가 시중侍中 비위費褘를 시켜서 조서를 써 보냈다는 기별이 들어왔다.

공명은 천사를 영접하여 영중으로 들어와 분향하여 예를 마친 후에 조서를 받들어 읽었다.

가정 전쟁 때 허물이 마속한테 있건만, 그대는 스스로 책임을 느껴서 깊이 자폄自貶하니 경의 뜻을 거역하기 어려워서 순하게 받아들였던 것이다. 지난해는 촉군의 위엄을 떨쳐서 왕쌍을 베었고, 금년에는 곽회를 정벌하여 도망하게 하고, 강병을 항복 받아 2군을 부흥시켜서 위엄이 흉포한 데까지 미쳐서 공훈이 현연하다. 방금 천하가 소연한 중원악을 제거치 못했다. 그대는 대임大任을 받아서 나라의 중대한 일을 보던 중이다. 오래 손역하는 것은 홍렬광복洪烈光復하는 일이 아니다. 이제 그대에게 승상의 직위를 복구復舊하니 그대는 사양치 말라.

공명은 조서를 다 읽은 후에 비위한테 말했다.

"나는 아직 국사國事를 성공치 못했소이다. 어찌 승상의 직위를 회복하리까."

굳이 사양하고 받지 아니했다.

비위가 말했다.

"승상이 만약 받지 아니한다면 천자의 뜻을 거역하는 것이 될 뿐 아니라, 장병들의 마음을 냉담케 하는 것입니다. 원도로 잠깐 받으십시오."

공명은 사양타 못하여 겨우 받았다.

비위가 돌아간 후에 공명은 사마의가 여전히 응전하지 않는 것을 보고 한 가지 계교를 생각했다.

각처에 전령을 내렸다.

"모두 다 진을 거두어 일어나라."

위국의 정보병은 곧 사마의한테 보했다.

"공명이 영채를 뜯고 군사를 거두어 물러갑니다."

사마의는 곧 판단을 내렸다.

"공명은 대모大謀가 있는 사람이다. 경동輕動을 못할 것이다."

장합이 물었다.

"제갈양이 군사를 물리는 것은 양식이 떨어져서 가는 것입니다. 어찌해서 뒤를 쫓지 아니합니까?"

사마의가 대답했다.

"내 요량에는 공명이 상년에도 추수를 많이 했고, 금년에도 보리가 익어서 양식이 풍부하오. 운반이 비록 어렵다 하나 넉넉히 반년은 지탱하리라 생각하오. 그가 가는 것은 우리가 연일 응전하지 아니하니 계교를 써서 우리를 유인하자는 것이오. 군사를 보내서 멀리 초탐哨探해 보기로 합시다."

곧 초탐하는 군사를 보내서 제갈양의 동정을 살피라 했다.

초탐군이 탐지하고 돌아와 보했다.

"공명은 삼십 리 밖에 하채下寨하고 있습니다."

사마의가 말했다.

"내 말이 어떤가. 공명은 아주 가지 아니했네. 굳게 진을 지키고 가볍게 나가지 말라."

그럭저럭 열흘이 지났다. 아무런 소식도 없었다. 촉병도 싸우자고 하지 아니했다.

사마의는 다시 사람을 보내서 제갈공명의 동정을 살피라 했다.

초탐군이 돌아와 보했다.

"촉병은 영채를 거둬 철수해 갔습니다."

사마의는 미덥지 아니했다.

군사 복색으로 의복을 바꾸어 입고 군졸 가운데 친히 가 보니, 촉병은 또다시 30리 밖으로 가서 하채했다.

사마의는 본영으로 돌아가 장합에게 말했다.

"이는 공명의 교묘한 계교니 쫓아가는 것은 불가하오."

다시 열흘이 지났다.

사마의는 초탐군을 또 보냈다.

"촉병들은 또 삼십 리 밖으로 물러갔습니다."

장합이 말했다.

"공명은 완병하는 계획을 써서 점차 한중으로 물러가는 것인데 도독께서는 어찌해서 회의만 하시고, 빨리 쫓지 아니하십니까? 제가 한번 가서 결전하겠습니다."

사마의가 대답했다.

"공명은 속임수가 극히 많은 사람이니, 만약 차질이 있다면 나의 군사의 예기를 잃을 뿐이오. 가볍게 나가서는 아니 되오."

장합이 우겼다.

"제가 가서 만약 패한다면 군령을 달게 받겠습니다."

사마의는 마지못해 허락했다.

"장군이 정히 가고 싶다면 군사를 분병分兵해서 장군이 먼저 일지一枝를 거느리고 가서 힘을 다하여 죽기까지 싸우시오. 나는 장군의 뒤를 따라 복병을 막아 주리다. 장군은 내일 먼저 떠나서, 길 중간에 진을 치시오. 뒷날 교전하는데 힘이 떨어지지 아니해서 좋을 것입니다."

분병이 끝난 후에 날이 밝았다.

장합, 대릉은 부장副將 수십 명과 정병 3만을 거느리고 용맹을 뽐내면서 길 중간에 하채했다.

사마의는 허다한 군마로 본채를 지키라 하고, 5천 정병을 인솔하고 장합의 뒤를 받쳐 나갔다.

원래 공명은 사람을 가만히 보내서 초탐했다.

위병이 길 중간에 하채했다는 소식을 듣자, 모든 장수들을 모아 놓고 분부를 내렸다.

"인제 위병이 와서 죽도록 싸울 것이다. 너희들은 일당십一當十으로 싸우라. 나는 복병을 거느리고 적의 뒤를 끊으리라. 지용智勇이 겸비한 장수라야 한다. 누가 가겠느냐?"

금낭의 묘계

공명은 말을 마치자, 눈을 들어 위연을 보았다.

위연은 고개를 숙이고 침묵을 지켜 말을 하지 아니했다.

왕평이 나와 아뢰었다.

"소장이 나가서 싸우겠습니다."

"만일 실수를 한다면 어찌할 테냐?"

"군령을 당할 뿐입니다."

공명은 탄식하며 말했다.

"왕평은 친히 시석矢石을 무릅써 몸을 버리려 하니 과연 충신이다."

공명은 왕평을 칭찬한 후에 다시 말을 계속했다.

"그러나 위병이 두 길로 나누어 앞뒤로 와서 우리 군사를 양단시켜서 복병이 포위를 당한다면, 왕평이 비록 슬기롭고 용맹스럽다 하나 한 사람을 당해 낼 뿐, 몸을 쪼갤 수는 없을 것이다. 반드시 한 사람의 장수를 얻어야 하겠는데 우리 군중에 또다시 목숨을 내걸고 앞으로 나서는 사람이 없으니 한스러운 일이다."

공명의 말이 채 떨어지기 전에 한 장수가 소리치며 나왔다.

"소장이 가겠습니다."

공명이 보니 장익이었다.

공명이 말했다.

"장합은 위의 맹장이다. 만부부당萬夫不當하는 용맹이 있다. 너의 적수가 아니다."

장익이 아뢰었다.

"소장이 만약 실수가 있다면 원컨대 목을 장하에 바치겠습니다."

공명은 지시를 주었다.

"네가 기왕 가기를 원한다면 왕평과 각각 일만 정병을 거느리고 가서 산골 속에 매복해 있으라. 만약 위병이 오거든 적병이 다 지나간 후에 너희는 복병을 이끌고 적의 후면을 엄습하라. 만약 사마의가 뒤로 쫓아오거든 군사를 양 두로 나누어서 장익은 적의 후대를 끊고, 왕평은 적의 전대를 끊어서 죽기를 각오하고 싸우라. 나는 별도로 계교를 세워서 너희를 도와주리라."

두 장수는 공명의 계교를 받들어 군사를 이끌고 물러갔다. 공명은 또 강유와 요화를 불러 분부했다.

"너희 두 사람에게 한 개 금낭을 줄 테다. 삼천 정병을 인솔하고 기를 뉘고 북을 울리지 말면서 비밀히 행군하여 앞산 북편에 매복해 있다가 위병이 왕평과 장익을 포위하여 십분 위급하거든, 가서 구원해 주지 말고 금낭을 풀어서 본다면 자연히 해결책이 있으리라."

두 장수는 계교를 명심해 듣고 공명이 친히 내리는 비단 주머니를 받들어 군사를 거느리고 물러갔다.

공명은 또 오반, 오의, 마충, 장의 네 장수를 불러 귀에 입을 대고 가만가만 분부했다.

"내일, 위병이 예기가 정히 왕성해서 몰려들 것이다. 너희들은 힘을 다하여 싸우지 말고, 싸우는 체하며 달아나고, 달아나는 체하다가 싸우라. 이리하다가 관흥이 적병을 습격하거든 너희들은 문뜩 군사를 돌려서 적병을 시살하라. 나는 따로 뒤에서 너희들을 접응해 줄 것이다."

네 장수는 계교를 받고 물러갔다.

공명은 또 관흥을 불러 분부했다.

"너는 오천 정병을 거느리고 산골에 숨었다가 산상에서 붉은 기가 펄럭이는 것을 보거든, 곧 군사를 거느리고 나와서 적병을 시살하라."

관흥은 계교를 받고 군사를 거느려 물러갔다.

한편 장합은 대릉과 함께 군사를 거느리고 촉진으로 향해 오니 빠르기 바람 같고, 사납기 쏟아지는 폭우 같았다.

마충, 장의, 오의, 오반 네 장수는 일시에 말을 달려 위장魏將과 교봉交鋒했다.

장합도 말을 놓아 네 장수를 한칼에 베일 듯 호기가 당당했다.

촉병들은 싸우며 달아나고 달아나다가 싸웠다.

위병들은 촉병들을 20여 리나 쫓았다.

때마침 6월이었다. 천기가 몹시 더웠다.

사람과 말들은 땀이 흘러, 물에 빠졌다가 나온 듯했다. 50리를 달리고 나니 모두 다 숨이 헐떡거려 기가 찼다.

이때, 공명은 산상에서 홍기紅旗를 잡아 흔들었다.

관흥이 붉은 기가 움직이는 것을 보자, 군사를 이끌어 시살해 나왔다.

마충, 오반, 오의, 장의 네 장수도 일제히 군사를 돌려 엄습해 나왔다.

장합과 대릉은 결사전을 전개하면서 물러가지 아니했다.

홀연 함성이 대진하면서 양로군이 시살해 나왔다. 왕평과 장익의 군사였다. 용감하게 분투했다. 위병의 후로後路를 끊었다.

장합은 큰소리로 장수들한테 영을 내렸다.

"너희들이 이곳에 와서 한번 죽기 한하고 결전을 아니한다면 다시 어느 때를 기다려 싸우겠느냐?"

장합의 명령이 한번 떨어지니 위병들은 힘을 다하여 쳐들어왔다.

홀연 등 뒤에 고각鼓角 소리 하늘을 진동하며 사마의가 친히 정병을 거느려 홍수같이 밀려들었다.

사마의는 친히 모든 장병을 지휘하니, 왕평과 장익은 완전히 위병의 포위 속에 빠져 버렸다.

장익이 군사를 향하여 크게 소리쳤다.

"승상께서는 참 신인이시다. 예언하신 그대로 우리는 적병한테 포위 당했다. 그러나 좋은 계책이 계실 것이다. 우리들은 죽기까지 싸우자."

군사들은 일제히 기운이 솟구쳤다. 결사전을 각오했다.

왕평, 장익은 공명의 분부대로 두 길로 분병했다.

왕평은 일군을 이끌고 장합, 대릉의 뒤를 끊고, 장익은 일군을 거느려 사마의 군사를 대항했다.

두 머리에서 싸우는 고함 소리는 하늘까지 연달았다.

강유와 요화가 산상에서 바라보니 위병의 형세는 강대한데 촉병의 힘은 점점 미약해졌다.

암만 생각해 보아도 촉병은 위병을 당해 낼 도리가 없을 것 같았다.

강유는 요화에게 말했다.

"이러한 위급할 때 금낭을 열어 보는 것이 어떠하겠소."

"빨리 열어 봅시다."

요화도 찬성했다.

금낭을 열어 보니, 속에는 공명이 친필로 글을 썼다.

만약 사마의 군사가 와서 왕평과 장익을 포위하여 형세가 심히 위급하거든 너희 두 사람은 군사를 나누어 양지兩枝 병마兵馬로 사마의의 영채를 습격하라. 이리하면 사마의는 굽히 물러갈 것이다. 이 틈을 타서 너희들은 어지럽게 사마의의 영채를 치라. 비록 전 승리를 얻지 못한다 해도 크게 이길 것이다.

두 장수는 크게 기뻤다. 곧 길을 나누어 사마의의 영채를 습격하러 갔다.

원래 사마의는 공명이 두려워서 연도沿道에 많은 전령傳令을 두었다.

사마의가 한창 전장을 지휘하고 있을 때, 유성마流星馬가 나는 듯이 달려와 고했다.

"촉병이 두 갈래로 대채大寨를 취하러 갔습니다."

사마의는 유성마의 보고를 받자 대경실색했다.

여러 장수한테 분부했다.

"내, 공명은 꾀가 많으니 함부로 나오지 않는 것이 상책이라 했으나 너희들이 우겨 대서 이제 나왔는데 이제 큰일을 그르쳤구나."

사마의는 말을 마치자 곧 군사를 이끌어 급히 들어갔다.

위병들은 황황했다. 어지럽게 달려갔다.

장익은 위병의 후면을 급히 쫓았다.

위병들은 대패해 달아났다.

장포의 죽음

장합과 대릉은 형세가 외로운 것을 보자, 산골 소로를 향하여 찾아 달아났다.

촉병은 크게 이겼다.

관흥이 또한 배후에서 군사를 이끌고 사방을 접응했다. 사마의가 일진을 대패하고 영채로 돌아왔을 때는 이미 촉병은 물러난 뒤였다. 사마의는 패잔병을 수습하고 모든 장수를 불러 꾸짖었다.

"너희들은 병법을 모르고 다만 혈기만 믿고 억지로 출전했다가 이 꼴이 되었다. 앞으로는 절대로 망동을 허락하지 않는다. 두 번 다시 명령에 따르지 않는 자가 있다면 단호히 군법 시행을 하리라."

모든 장수들은 부끄러운 빛을 얼굴에 띠고 물러났다. 이 싸움에 위장의 죽은 자가 극히 많고, 버리고 달아난 말과 병기가 무수했다.

한편 많은 군마를 거두어 본채로 돌아온 공명은 다시 군사를 일으킬 궁리를 하고 있을 때 뜻밖에 성도에서 사람이 와서 장포가 죽었다는 비보를 전했다.

공명은 듣고 방성대곡을 하다가 입에서 피를 토하며 기절했다. 여러 사람들이 급히 서둘러 깨어나게 했다.

공명은 이로부터 병을 얻어 자리에 누워 일어나지 못했다. 모든 장수들은 부하를 사랑하는 공명에 대하여 감격하지 않은 이 없었다.

뒷사람은 다음과 같은 시를 읊었다.

悍勇張苞欲建功
可憐天不助英雅
武侯淚向西風酒
爲念無人佐鞠躬

용감한 장포, 공을 세우려 했건만,
슬프다 하늘은 영웅을 돕지 않았네.
무후는 눈물을 서풍 앞에 뿌리나니,
다시는 도와줄 사람 없음을 슬퍼함일세.

열흘 뒤에 공명은 동궐과 번건을 불러 분부를 내렸다.

"내가 어쩌 몸이 혼곤昏困해서 일을 처리할 수 없다. 아무래도 한중漢中으로 돌아가서 병을 치료한 후에 다시 두 번 양책을 도모해야 하겠다. 너희들은 일절 비밀에 부치고 발설하지 말라. 사마의가 만일 알면 반드시 공격해 올 것이다."

곧 영을 내려 밤에 몰래 영채를 철수시켜 한중으로 돌아갔다. 공명이 회군한 지 닷새가 지나서야 사마의는 비로소 알았다.

"과연 공명은 신출귀몰한 꾀를 가진 사람이다. 나로서는 도저히 미치지 못하겠다."

길게 탄식했다. 곧 남아서 영채와 각 애구를 지키라 하고 사마의도 장안으로 반사班師하여 돌아갔다.

한편 공명은 대군을 한중에 머물러 두고 자신은 병을 다스리기 위하여 성도로 돌아갔다. 문무백관이 그를 영접하여 승상의 부중府中으로 들어가게 하고, 후주는 친히 어가를 놓아 문병하고, 어의御醫를 보내서 조치調治케 하니 병세는 날로 차도가 있었다. 장포가 죽은 후에 애절해서 얻은 공명의 병은 완전히 회복되었다.

건흥 8년 7월, 위국 도독 조진은 병세가 좋아졌다. 표表를 써서 조예한테 올렸다.

사마의는 서촉으로 들어가다

그의 올린 표문은 아래와 같았다.

촉병이 누차 국경을 침범하여 중원이 편안한 날이 없습니다. 만약 이를 제거하지 않는다면 반드시 후환이 있을 것입니다. 때는 가을, 인마가 오래 쉬었으니 정벌하기에 마땅한가 합니다. 원컨대 신은 사마의와 함께 대군을 영솔하여 한중으로 쳐들어가 간당奸黨을 무찔러서 변경의 우환을 없앨까 하나이다.

조예는 크게 기뻐했다. 곧 시중 유엽에게 물었다.

"조자단曹子丹이 짐더러 촉을 치는 것이 좋다 하는데 그대 생각은 어떠한가?"

유엽이 대답했다.

"대장군 말이 옳습니다. 지금 그들을 제거하지 아니하면 후환이 적지 않을 것입니다. 폐하께서는 단을 내리십시오."

조예는 고개를 끄덕였다.

유엽이 집으로 돌아가자, 몇몇 대신들이 찾아와 물었다.

"들건대 천자께서는 공을 불러 촉을 칠 것을 의논하셨다 하는데 그 어찌 되었습니까?"

"천만에, 그런 일이 없소. 촉은 산천이 험악하여 쉽게 도모할 수 없는 곳인데 망동하였다가는 공연히 군마만 소비할 뿐 국가에 이익될 것이 없다 생각하오."

대신들은 모두 다 묵묵히 물러갔다.

양기楊曁가 입궐하여 아뢰었다.

"어제 유엽이 폐하께 권하여 촉을 치자고 한 것으로 알았사온데 오늘은 대신들과 수의하기를 벌촉伐蜀은 불가라고 하니 이것은 폐하를 기만한 것이올시다. 폐하께서는 어찌 유엽을 불러 하문하시지 아니하십니까?"

조예는 곧 유엽을 불러 물었다.

"경이, 어제는 짐을 권하여 촉을 치자 하더니 이제 와서는 불가하다고 한다 하니 어찌한 까닭인가?"

유엽이 대답해 아뢰었다.

"소신이 다시 곰곰 생각해 보니 촉은 공격할 수 없습니다."

조예는 웃었다. 이윽고 양기가 밖으로 나가자, 유엽은 다시 아뢰었다.

"신이 어제 폐하께 권하여 촉을 치자고 한 것은 국가의 중대사이온데 어찌 함부로 발설할 수 있겠습니까? 병법은 궤도詭道올시다. 행동하기 이전에 누설해서는 아니 됩니다."

조예는 크게 깨달았다.

"경의 말이 옳다."

하고 더욱 공경했다.

열흘 뒤에 사마의가 입조했다. 위주는 조진의 상표한 일건을 말했다.

사마의가 아뢰었다.

"신의 생각은, 동오가 감히 군사를 움직이지 못할 것입니다. 이 기회를 타서 즉시 촉을 치는 것이 좋을 줄로 압니다."

조예는 곧 조진으로 대사마 정서 대도독을 삼고, 사마의로 대장군 정서 부도독을 삼고, 유엽으로 군사軍師를 삼았다.

세 사람은 위주께 배사拜辭한 후에 40만 대병을 이끌고 먼저 장안에 당도하여 다시 검각劍閣을 거쳐서 한중을 취하려 했다. 한편 곽회와 손례도 각기 길을 취하여 한중으로 향했다.

탐보군은 곧 이 사실을 성도에 보했다.

이때 공명은 병이 완쾌된 지 오래였다. 매일같이 인마를 조련하여 팔진법八陣法을 가르쳐서 모두 다 정통했다. 하루속히 중원中原을 취하려 했다.

이런 판에 위병이 쳐들어온다는 소식을 들었다.

공명은 곧 장의와 왕평을 불러 분부를 내렸다.

"너희 두 사람은 먼저 일천 병마를 거느리고 진창陳倉으로 가서 위병을 막으라. 나는 대군을 거느리고 뒤에서 접응하리라."

두 사람이 고했다.

"소문을 들으니 적은 사십만밖에 아니 되는 군사를 거짓 팔십만 대군이라 하여 성세가 매우 큽니다. 어찌 일천 군사로 애구隘口를 지키겠습니까? 만약 위병이 쏟아져 온다면 어찌 막아 내겠습니까?"

"나도 병졸을 많이 주고 싶으나 그들의 신고辛苦를 생각해서 그리하는 것이다."

장의와 왕평은 서로 얼굴을 바라보면서 가지 아니했다.

공명은 두 사람이 선뜻 가지 아니하는 것을 보자 타일러 말했다.

"혹시 실수가 있더라도 너희들의 죄는 아니다. 잔말 말고 빨리 가거라."

두 사람은 다시 애걸해 고했다.

"승상께서는 저희 두 사람을 죽이려고 이곳으로 보내시는 것입니다. 아주 여기서 죽여 주십시오. 가지 못하겠습니다."

공명이 웃으며 대답했다.

"어찌 그리 어리석으냐. 내가 너희들을 보내는 것은 다 주견主見이 있어 보내는 것이다. 내가 어젯밤에 천문을 보니 필성畢星이 태음太陰의 분야에 걸쳐 있었다. 이것이 이달 안에 반드시 큰비가 내릴 징조다. 위병이 비록 사십만이 있다 하나 어찌 감히 험한 산속으로 깊이 들어오겠느냐. 이런 까닭에 많은 군사가 필요치 않다. 결코 해를 받지 아니할 것이다. 나는 대군을 거느리고 한 달 동안 편안히 있다가 위병이 퇴각하려 할 무렵 대군을 몰아 엄습할 계획이다. 이것은 이일대로以逸待勞하는 수법이다. 알아듣겠느냐? 나는 겨우 십만 군사로 적병 사십만을 이길 승산이 있다."

두 사람은 공명의 자세한 말씀을 듣자 비로소 기뻤다. 절하고 물러갔다.

공명은 뒤따라 대군을 통솔하여 한중에서 나오면서 각처에 전령하여 애구隘口마다 한 달을 지탱할 마른 시초柴草와 양식을 저축해서 가을장마에 대비하라 하고, 전군에 하루 동안 관한寬限해서 먼저 군사에게 의복을 주어 출정을 기다리게 했다.

한편 조진과 사마의는 함께 대군을 영솔하고 진창성에 당도해 보니 성 안에는 한 칸의 방조차 구할 수 없었다.

토착민한테 물어보니 공명이 한중으로 돌아갈 때 깡그리 불을 놓아 태워 버리고 갔다는 것이었다.

조진은 진창 길로 진군을 하려 했다.

사마의가 불가하다고 주장했다.

"군사를 거느려 가볍게 나갈 수 없소이다. 내가 지난밤에 천문을 보니 필성이 태음 분야에 걸쳐 있었습니다. 이달 안에 반드시 큰비가 내릴 것입니다. 깊숙하게 중지로 들어갔다가 이긴다면 좋지만, 소루한 일이 생긴다면 인마만 수고로울 뿐 아니라 퇴각하기가 어렵습니다. 아직 성중에 있어서 방을 만들고 집을 지어서 장마에 대비하는 것이 좋겠습니다."

조진은 사마의의 말을 들었다.

반달이 채 못되었다. 비가 쏟아지기 시작해서 좀처럼 그치지 아니했다.

진창성 밖은 홍수 진 물이 빠지지 아니하여 수심이 3척이요, 병기는 모조리 젖어서 사람들은 자지도 못하고 주야로 불안했다.

큰비는 내리 30일 동안 계속되었다.

말은 꼴이 떨어져서 굶어 죽고, 군사들의 원망하는 소리는 끊일 사이가 없었다.

이 소식은 낙양洛陽까지 전해졌다.

위주 조예는 단壇을 모으고 개기를 바라는 구청제求晴祭를 지냈다.

그러나 비는 여전히 계속되었다.

황문黃門 시랑侍郎 왕숙王肅이 상소를 올렸다.

옛글에 기록한 것을 보면 천 리 밖에서 군량을 운반하여 밥을 지어 먹이면 군사들은 얼굴에 주린 빛이 있고, 금방 나무를 해서 밥을 지으면 군사들은 숙식이 편치 않다 했습니다. 이것은 평지에서 행군할 때 주의하도록 한 말인데, 더구나 길이 험준한 속으로 들어가서 길을 뚫어 행군한다면 그 노고가 갑절이나 됩니다. 뿐만 아니라 지금은 장마철이올시다. 산은 험하고 길은 미끄럽습니다. 병졸들은 행동이 느리고, 군량은 계속해서 뒤를 받치기 어렵습니다. 실로 행군하는데 대기大忌할 일입니다. 듣자오니 조진은 군사를 거느리고 떠난 지 달포가 넘었는데 산중으로 가는 고로 치도하는데 전력을 들여서 군졸들의 힘은 여기다 소모되고 말았습니다. 이것은 적으로 하여금 이일대로以逸待勞케 하는 것이니 병가의 크게 꺼리는 바입니다. 옛일을 고증해서 말한다면, 무왕武王이 주紂를 칠 때 관關 밖까지 나갔다가 다시 들어왔고, 가까운 일로 말한다면 무왕武王, 문왕文王께서 손권을 치실 때 강동까지 가셨다가 그대로 돌아오신 일도 있으니 이것은 순천지시順天知時하고 권변權變할 줄 아신 일입니다. 바라건대 폐하께서는 장마 때 어려운 것을 생각하시어 병졸들을 쉬게 하시고 뒷날 틈을 타서 용병하신다면, 병졸들은 기뻐서 죽음을 잊고 싸울 것입니다.

위주 조예는 왕숙의 상소를 보고 결단을 내리지 못하고 있을 때 양부楊阜와 화흠이 역시 같은 뜻으로 상소를 올려 간했다.

조예는 곧 조진과 사마의에게 조서를 내려 환조還朝하라 했다.

이때 조진과 사마의는 서로 군사軍事에 대하여 상의하고 있었다.

조진이 사마의한테 물었다.

"날씨가 내리 궂어서 한 달을 계속하여 병졸들은 돌아갈 생각만 하고 싸울 마음이 없으니 어찌하면 좋겠소?"

사마의가 대답했다.

"돌아가는 것이 상책일까 하오."

"공명이 추격하면 무슨 방법으로 물리치겠소."

"먼저 양지 병마를 매복해서 뒤를 끊으라 한 후에 회군을 하면 가하리라 생각하오."

두 사람이 의논하고 있을 때 돌연 사명使命이 와서 환조하라는 조서를 내렸다.

조진과 사마의는 곧 대군의 전대前隊와 후대後隊를 바꾸어 천천히 물러갔다.

한편 공명은 가을장마 질 것을 요량한 후에 스스로 일군을 거느리고 있다가 전군에 전령을 내렸다.

"적파赤坡로 전군은 회동하라."

공명은 군사들이 모인 후에 모든 장수들을 불러 말했다.

"나는 위병이 달아날 것을 짐작했다. 위주 조예는 필연코 조진과 사마의한테 회군 명령을 내렸을 것이다. 내가 만약 추격한다면 그들은 준비가 있을 것이다. 그대로 달아나게 하라. 다시 좋은 계책을 세워서 도모하는 것이 좋겠다."

공명의 말이 채 떨어지기 전에 왕평이 사람을 보내서 고했다.

"위병은 돌연 퇴각하고 있습니다."

공명은 기별 온 사람에게 분부를 내렸다.

"돌아가 왕 장군한테 일러라. 위병을 추격하지 말라 일러라. 내가 따로 적을 파할 계책이 있다 하라."

왕평의 사자가 돌아간 후에 여러 장수들은 공명이 위병을 추격하지 아니하는 것을 괴이하게 생각했다.

공명한테 들어가 물었다.

"위병들은 긴 장마로 인하여 부지하지 못하고 달아나는데 이 기회를 타서 쫓지 아니하시니 무슨 연유오니까?"

공명이 대답했다.

"사마의는 용병을 잘하는 사람이다. 이만여 군사를 물릴 때 반드시 매복이 있을 것이 분명하다. 내가 뒤를 쫓는다면 그의 계교에 떨어지는 것이다. 적을 놓아서 멀리 가게 하고, 우리는 군사를 나누어 사곡으로 나가 기산을 취해서 위병이 막지 못하도록 할 테다."

한병은 조진을 대파하고

모든 장수가 아뢰었다.

"장안을 취하자면 따로 길이 있습니다. 승상께서는 기산만 취하시는 것이 어떠하십니까?"

공명이 대답했다.

"기산은 장안의 머리와 같은 곳이다. 농서 편 여러 골에서 군마가 움직인다면 반드시 이곳을 경유해야 한다. 여기다가 앞에는 위수가 있고, 뒤에는 사곡이 있어 좌출우입左出右入해서 복병을 시킬 만한 용무지지用武之地다. 이런 까닭에 먼저 지리地利를 취하려는 것이다."

장수들은 일제히 엎드려 절을 했다.

공명은 위연, 장의, 두경杜瓊, 진식陳式을 불러 영을 내렸다.

"너희들은 기곡箕谷으로 출병하라."

공명은 다시 마대, 왕평, 장익, 마충을 불렀다.

"너희들은 사곡으로 나가거라. 그리하여 다 함께 기산에 모이게 하라."

분별을 내린 후에 공명은 스스로 대군을 인솔하고 관흥, 요화로 선봉을 삼아 뒤를 받쳐 나갔다.

한편 군사를 물려 달아나는 조진과 사마의는 일지 군사를 시켜서 진창陳倉 고도古道로 들어가 촉군의 동정을 살피라 했다. 탐색대探索隊가 돌아와 고했다.

"촉군은 뒤를 따라오지 아니합니다."

열흘쯤 뒤에 매복하고 있던 장수가 돌아와 보했다.

"촉군들은 전혀 움직이지 아니합니다."

조진이 말했다.

"연달아 내리는 가을장마에 사다리가 함빡 끊어졌으니 촉군이 어찌 우리들의 퇴군을 알겠느냐."

사마의가 말했다.

"촉군은 한참 있다가 뒤에 나오지……."

조진이 물었다.

"어찌 아시오."

"연일 비도 오지 아니하고 날이 청명한데 촉병이 쫓아오지 않는 것은 우리 복병이 매복해 있는 것을 요량한 때문입니다. 그들은 우리 군사를 멀리 놓아 보낸 후에 기산을 뺏으려는 것입니다."

조진은 사마의의 말을 믿지 아니했다.

빙긋 웃고 말을 아니했다.

사마의가 말했다.

"자단子丹은 어찌해서 믿지 아니하시오. 공명은 반드시 양곡兩谷으로 쫓아올 것입니다. 나와 자단은 각기 한 골짜기씩 지키고 있기로 합시다. 만약 열흘 안에 촉병이 오지 않는다면 내 얼굴에 홍분紅紛을 바르고 여자의 치마를 입어 자단한테 복죄伏罪하리다."

조진은 사마의의 말을 미덥지 않게 생각했다.

웃으며 말했다.

"만약 촉병이 나타난다면 나는 천자께서 나한테 내리신 옥대玉帶 한 벌과 어마御馬 한 필을 그대에게 주겠소."

두 사람은 내기를 하고 각각 군사를 나누어 조진은 기산 서쪽인 사곡 어귀에서 둔병하고, 사마의는 기산 동편인 기곡 어귀에서 촉병을 기다 렸다.

둔병이 끝나자, 사마의는 일지군을 산골에 매복하고 다른 군마들은 요 소요소에 배치시킨 후에 사마의는 변장變裝하고 군사들 틈에 끼어서 모든 영문을 살폈다.

한곳에 당도하니 편장 한 사람이 하늘을 우러러 원망하였다.

"지긋지긋한 오랜 장마에 회군할 생각은 안하고 또다시 이런 곳에다 진을 쳐서 내기들을 하고 있으니 이다지도 관군을 괴롭게 한단 말이냐."

사마의는 편장의 탄식하는 말을 듣자, 영채로 돌아가 모든 장수들을 장 하에 모아 놓고 원망하던 편장을 잡아들여 크게 꾸짖었다.

"조정에서는 천 날(千日) 양군養軍을 해서 한때 쓰는 것이다. 너는 어찌 해서 감히 원망하는 소리를 내어 군심을 어지럽게 하느냐."

편장은 얼른 공초供招[3]를 하지 아니했다.

사마의는 호통을 쳐서 함께 갔던 장수를 대중對證시켰다. 편장은 변명 할 도리가 없었다.

사마의는 준엄하게 꾸짖었다.

"나는 내기를 하는 것이 아니다. 촉병을 이기고자 한 것이다. 너희들과 함께 공을 세워 돌아가자는 생각이다. 너는 망령되이 원성을 내었으니 스 스로 화를 취한 것이다."

사마의는 무사에게 명하여 편장을 끌어내어 목을 베게 했다. 이윽고 편 장의 머리가 장하에 바쳐졌다. 모든 장수들은 모골毛骨이 송연했다.

---

3) 공초 : 죄인이 범죄 사실을 진술하던 일.

사마의는 다시 말했다.

"너희들 모든 장수는 총력을 기울여 촉병을 방비하라. 만약 중군에서 포성이 일어나거든 일제히 나오너라."

모든 장수들은 명을 받들어 물러갔다.

한편 위연, 장의, 진식, 두경 네 장수는 군사 2만 명을 거느리고 기곡을 취하여 행군해 나갈 때 갑자기 참모 등지鄧芝가 달려왔다.

네 장수는 그의 온 까닭을 물었다. 등지가 대답했다.

"승상의 명령이오. 기곡으로 나가면 위병이 매복하고 있을 터이니 경솔하게 진군하지 말라는 분부십니다."

진식이 말했다.

"승상께서는 용병하시는데 왜 그리 의심이 많으십니까? 내 생각에는 위병은 장마를 만나서 의갑衣甲이 다 젖었소이다. 급히 돌아가는 판이니 무슨 매복이 있겠소. 우리가 배도倍道해 가면 크게 승리를 얻으리다. 왜 나가지 말라 하시오."

등지가 대답했다.

"그렇지 않소. 승상의 계교는 맞지 아니한 일이 없고, 승상의 책모는 성공 안한 일이 없소. 그대는 감히 승상의 영을 어길 작정이오?"

진식이 웃으며 말했다.

"그렇다면 승상께서 만약 꾀가 많다면, 어찌해서 실수가 있었단 말이오."

위연은 공명이 전날에 자기 계책을 쓰지 아니한 것을 생각했다.

역시 웃으며 말했다.

"승상이 내 말을 들어 자오곡子午谷으로 나갔더라면 지금쯤은 장안은 말할 것도 없고, 낙양까지 함락했을 거요. 이제 기산으로 나가서 무슨 이익이 있겠소. 뿐 아니라, 진군을 하라 했다가 나가지 말라 하니 어찌 그리

호령이 분명치 못하오."

진식이 말했다.

"나는 오천 군사를 거느리고 기곡으로 나가서 먼저 기산에 당도하여 진을 치고 있겠소. 그리하여 승상이 부끄러워하나 아니하나 두고 보겠소."

등지는 재삼 만류했으나, 진식은 듣지 아니하고 5천 군사를 이끌고 기곡으로 향했다. 등지는 급히 돌아와서 사실을 공명한테 알렸다.

한편 진식이 군사를 이끌고 나아가는데 불과 몇 리를 못 가서 난데없이 일성 포향이 천지를 진동하며 사방에서 복병이 쏟아져 나왔다. 진식은 급히 물러나려 했으나, 이미 위병이 골짜기 어귀에 꽉 차서 철통같이 에워싸고 있었다.

진식은 좌충우돌을 했으나 빠져나올 수가 없었다.

홀연 함성이 크게 일어나면서 일지 군마가 내달았다.

바로 위연이었다. 위연은 진식을 구해 냈으나, 진식이 거느린 5천 군사는 겨우 4백~5백만 남았고, 그 나머지는 모두 만신창이였다.

배후에서 위병은 계속하여 짓쳐 나왔다. 때마침 두경과 장의의 구원병이 나타났다. 위병은 비로소 물러갔다.

진식과 위연은 비로소 공명의 귀신같이 요량한 선견先見에 감복했다. 후회했으나 소용이 없었다.

한편 등지는 돌아가 곧 공명께 위연과 진식의 무례하던 말을 보했다.

공명은 웃으며 말했다.

"위연은 반상反相이 있는 사람이다. 나는 알면서도 그를 쓰는 것은 그의 용맹을 산 것이다. 과연 안타까운 일이다. 그는 미구에 해를 끼칠 것이다."

바로 이때였다. 별안간 유성마가 달려와 보했다.

"진식이 군사를 사천여 명씩이나 잃고 겨우 상처 입은 사오백 명을 거느려 골짜기에 머물러 있습니다."

공명은 다시 등지를 보내서 진식을 위무慰撫시키는 한편 마대와 왕평을 불러 분부했다.

"너희들은 만일 사곡을 지키는 위병이 있으면 본부군本部軍을 거느리고 산을 넘어가되, 밤에는 행군하고 낮에는 숨었다가 속히 기산 왼편으로 나와 불을 놓아 신호하라."

공명은 또 마충, 장익을 불러 분부했다.

"너희들은 샛길로 진군하여 밤에 가고, 낮에는 숨었다가 기산 오른편으로 나와 불을 놓아 신호하고 마대, 왕평과 합세하여 조진의 영채를 겁탈하라. 나도 골짜기로 나갈 터이다. 이리하여 삼면으로 공격하면 위병을 가히 깨칠 수 있을 것이다."

네 사람은 영을 받고 각각 군사를 거느려 물러갔다.

공명은 또 관흥과 요화를 불러 여차여차하라고 일렀다. 두 사람은 밀계密計를 받고 떠났다. 공명은 스스로 정병을 거느리고 나아갔다. 한동안 가다가 다시 오반, 오의를 불러 비밀한 계교를 주어 먼저 가게 했다.

이때 조진은 촉병이 오지 아니할 것이라 믿고 태만했다. 영을 내려 군사들을 쉬게 했다. 앞으로 열흘 동안만 무사하기를 바랐다. 사마의에게 창피 주자는 생각이었다.

어느덧 한 이레가 지났다. 문득 한 군사가 달려와 산골짜기에 몇몇 촉병이 보인다고 보했다. 조진은 부장副將 진량秦良에게 명하여 군사 5천을 이끌고 초탐하여 촉병이 근계近界에 얼씬도 하지 못하도록 하라 했다.

진량이 군사를 몰고 골짜기 어귀에 이르자 마침 촉병이 물러가는 것이었다.

진량은 군사를 재촉하여 50~60리를 쫓았다. 그러나 촉병은 보이지 아니했다.

마음속으로 이상하게 생각하여 군사를 쉬게 하고 있을 때 갑자기 초마가 달려와서 보했다.

"앞에 촉병이 매복해 있습니다."

진량이 말에 올라 살피니 산속에서 먼지가 자욱이 일어나고 있었다. 진량은 곧 영을 내려 방비토록 했다.

그러나 난데없이 사면에서 함성이 천지를 뒤흔들면서 앞에는 오반과 오의가 짓쳐 나오고, 뒤에서는 관흥과 요화가 내달았다. 좌우는 험준한 산이었다. 달아날 길도 없었다. 산 위에서는 촉병의 함성이 천지를 진동했다.

"말에서 내려 항복하는 자는 살려 줄 테다."

위병들은 태반이 항복하고, 진량은 죽기로 싸우다가 요화의 한칼에 죽고 말았다.

공명은 곧 항복한 위군들을 후군後軍으로 돌린 후에 그들의 의갑衣甲을 벗겨서 촉병 5천 명에게 입혀 위병으로 가장을 시키고 관흥, 요화, 오반, 오의 네 장수에게 명하여 조진의 영채를 엄습하라 한 후에 사람을 보내서 조진에게 보했다.

"소수의 촉병들이 나타났으나 모두 쫓아 버렸습니다."

조진은 보고를 받자 크게 기뻐했다.

홀연 사마의의 심복 장수가 와서 고했다.

"촉병이 매복계埋伏計를 써서 위병을 사천여 명이나 죽였습니다. 사마 도독께서 말씀하시기를 장군께서는 부디 내기한다는 생각은 하지 마시고 아무쪼록 촉병을 막는데 전념을 기울여 주시라고 하십니다."

조진이 대답했다.

"여기는 한 사람의 촉병도 없다."

사마의의 사자를 돌려보냈다. 홀연히 진량이 군사를 거느리고 돌아왔다는 보고가 들어왔다.

조진은 몸소 진량을 맞이하러 장막 밖으로 나갔다. 별안간 한 군마가 급히 달려와 고했다.

"지금 앞뒤에서 불길이 창천에 일어납니다."

조진은 황급히 영채 뒤로 돌아가 살펴보니 관흥, 요화, 오반, 오의 네 장수가 촉군을 지휘하여 앞에서 짓쳐 오고 마대, 왕평이 뒤에서 쇄도했다.

한편 마충, 장익도 대군을 이끌고 내달았다. 조진은 간담이 서늘했다.

그러나 쫓아 든 군사는 사마의의 군사였다. 사마의는 우선 촉병과 크게 싸웠다.

촉병이 잠시 물러서자, 그 틈에 조진은 목숨을 건져 위기를 모면했으나 부끄럽기 짝이 없었다.

사마의가 말했다.

"제갈양은 기산을 완전히 탈취했습니다. 우리는 이곳에 오래 머무를 수 없으니, 곧 위빈渭濱으로 가서 진을 치고 다시 대책을 강구합시다."

"중달은 어떻게 내가 이처럼 대패한 것을 알았소."

"얼마 전에 보냈던 심복 부하가 와서 말하기를 자단이 한 명의 촉병도 없다고 했다기에 공명이 몰래 겁채할 것을 짐작하고 달려와 구원한 것입니다. 이제 내기는 그만두고 일심으로 보국報國하기로 합시다."

조진은 무한 황공했다.

이로 인해 병이 들었다. 자리에 누워 일어나지 못했다.

사마의는 위빈에 둔병하면서 군심이 어지러워질까 두려워하여 한동안 쉬고 있었다.

한편 공명은 크게 군사를 몰아 다시 기산으로 나왔다.

군사들의 호궤가 끝나자 위연, 진식, 두경, 장의가 장중으로 들어와 죄를 청했다.

공명은 천천히 말했다.

"누구의 잘못으로 군사들을 잃었느냐?"

위연이 아뢰었다.

"진식이 승상의 영을 듣지 아니하고 산골로 깊이 들어가 이 같은 참패를 당했습니다."

진식이 나서서 변명했다.

"아니올시다. 이것은 위연이 저를 시켜서 가게 한 것입니다."

공명은 엄하게 꾸짖었다.

"남을 걸고 들어가지 말라! 장령將令을 어겼으니 변명할 필요가 없다."

공명은 무사를 꾸짖어 진식을 끌어내어 참하라 했다.

이윽고 진식의 머리는 장전帳前에 걸어 놓아 여러 장수들에게 보이게 했다.

이때 공명이 위연을 죽이지 아니한 것은 뒤에 쓰고자 한 때문이었다.

공명은 진식을 참하고, 다시 진병할 것을 의논하고 있을 때 홀연 염탐꾼이 보했다.

"조진이 병들어 누워 일어나지 못하고 현재 군중에서 치료하고 있습니다."

공명은 크게 기뻐했다.

여러 장수를 불러 말했다.

"조진의 병이 가볍다면 반드시 장안으로 돌아갈 것인데 위병이 물러가지 않고 있는 것을 보니, 그의 병세는 중한 모양이다. 그리하여 군중에 머물러 있어 군심軍心을 안정시키고 있는 것이 분명하다. 나는 편지 한 장을 써서 항복한 진량의 군졸을 시켜 조진에게 보내겠다. 만약 조진이 보기만 한다면 그는 반드시 죽을 것이다."

공명은 곧 항복한 위병을 장하로 불러 물었다.

"너희들은 모두 위국 군사로서 부모처자가 모두 다 중원에 있다. 촉국에 오래 있을 수 없다. 이제 너희들을 모두 집으로 돌려보내겠다. 너희들의 생각은 어떠하냐."

군사들은 감격하여 눈물을 흘리며 절하였다. 공명은 다시 말을 이었다.

"조자단은 나와 약속한 바가 있다. 내가 편지 한 장을 써서 줄 테니 너희들은 편지를 가지고 가서 조자단에게 전하라. 이하 조자단은 반드시 너희들에게 후한 상을 주리라."

위군들은 공명의 서신을 받아 가지고 본진으로 돌아오자 조진에게 바쳤다.

조진은 이때 의연히 병세가 침중했다.

군사들이 돌아와 공명의 편지를 전한다는 말을 듣고 한동안 생각하다가 받아 보기로 했다. 조진은 병석에서 부축을 받으며 일어나 공명의 편지를 읽었다.

한漢 승상丞相 무향후武鄕侯 제갈양諸葛亮은 글월을 대사마大司馬 조자단曹子丹 앞에 보내노라.

대저 장수된 사람은 거취去就에 능하고, 강유剛柔에 능하고, 진퇴에 능하고, 강약에 능해야 하며, 산악山岳같이 부동해야 하며, 음양처럼 난지難知해야 하고, 무궁하기 천지天地 같고, 실하기 태창太倉 같고, 사해四海처럼 호묘浩渺

하고, 삼광三光처럼 현요眩曜해서 미리 천문을 알아 가뭄과 궂음을 요량하고, 지리의 평강平康함을 알아야 하며, 진세陣勢의 기회를 살피고 적의 장점, 단점을 헤아릴 줄 알아야 하는 법이다. 슬프다 무학無學한 후배後輩가 하늘을 거슬러서 역적질한 반적을 도와 제호帝號를 낙양洛陽에 일컫고, 잔병殘兵을 사곡斜谷에 달려 진창陳倉에서 장마를 만나니 물과 뭍에 곤핍했고, 군사와 말은 미친 듯 들에 가득, 특구며 창과 칼을 버렸도다. 도독은 가슴이 떨어지고 담이 찢어졌고 장군은 쥐처럼 도망가고 이리 떼처럼 황망해서 관중의 부로父老를 대할 낯이 없으니 무슨 염치로 상부相府에 들어간단 말인가.

붓 잡은 사관史官은 사실을 역사에 기록할 것이고, 백성들은 입을 모아 빈정거릴 것이다. 사마의는 진을 보면 벌벌 떨고, 자단은 바람을 바라보아도 황황히 달아난다. 우리 촉국은 병강마장兵强馬壯하고, 대장은 용호龍虎처럼 억세다. 진천秦川을 소탕하여 평지를 만들고 위국을 쓸어 폐허를 만들리라.

조진은 읽고 나자 분기가 가슴으로 치밀었다. 이날 밤에 군중에서 죽었다. 사마의는 시체를 수레에 실어 낙양으로 보내서 안장安葬케 했다.

조예는 조진이 죽었다는 말을 듣자, 즉시 조서를 내려 사마의에게 출전하라는 독촉을 했다.

사마의는 대군을 이끌고 와서 공명에게 전서戰書를 보냈다.

공명은 장수들을 보고 말했다.

"조진이 죽은 모양이다."

곧 내일 교전하자는 회답을 보냈다.

공명은 그날 밤에 강유를 불러 비밀한 계책을 주고 다시 관흥을 불러 여차여차하라고 분부를 했다.

다음 날 공명은 기산의 군사를 모조리 움직여서 위빈으로 나갔다.

이 지역은 한편은 강이요, 한편은 산이 있고 그 중앙은 넓은 들판이었다.

전쟁터로는 적합한 곳이었다.

이윽고 양편 군사가 대치했다.

세 번 북소리가 요란하게 울리니 위진의 문기門旗가 열리는 곳에 사마의가 말을 타고 나오고, 여러 장수가 뒤에 따랐다.

사마의가 알아보니 제갈공명이 사륜거 위에 단정히 앉아서 백우선을 흔들고 나왔다. 사마의가 공명을 향하여 말했다.

"우리 주상께서는 요순堯舜의 법을 본받으시어 이제二帝로부터 제위帝位를 이어 중원을 다스리시며, 너희들 촉, 오 두 나라를 용납하시는 것은 관인寬仁 후덕厚德하신 뜻으로 백성을 상할까 염려하시는 때문이다."

공명은 기산에 팔진을 펴다

사마의는 잠깐 숨을 쉰 후에 말을 계속했다.

"너는 남양에 밭을 갈던 한낱 촌부로서 천수天數를 알지 못하고 침략을 일삼고 있으니 마땅히 진멸珍滅될 것이다. 마음을 깨게 하고 허물을 고쳐서, 빨리 군사를 물려 각자의 국경을 지켜서 솥발 같은 형세를 이룩한다면 생령生靈이 도탄塗炭을 모면할 것이요, 너희들도 또한 생명을 보존하리라."

공명은 껄껄 웃으며 대답했다.

"나는 선제先帝의 탁고託孤하신 중임을 받았으니 어찌 마음을 기울이고 힘을 다하여 역적을 토벌치 아니하겠느냐. 너희 조 씨는 머지않아 우리 한에 진멸을 당할 것이다. 네 할아비와 아비는 모두 한의 신하로서 대대로 한의 녹을 먹었거늘, 보답할 생각은 아니하고 도리어 역적을 돕고 있으니 그래도 부끄럽지 아니하냐?"

사마의는 부끄러운 빛이 얼굴에 가득했다. 말을 슬쩍 돌렸다.

"오늘 너와 나와 한번 자웅雌雄을 판결하자. 네가 만일 이기면 나는 맹세코 대장 노릇을 아니할 것이고, 내가 만일 이기면 너는 일찌감치 고향으로 돌아가라. 나는 너를 해치지 아니하리라."

공명이 대답했다.

"좋다. 너는 장수로 싸울 테냐? 군사로 싸울 테냐? 진법陣法으로 싸울 테냐?"

"먼저 진법으로 싸워 보자."

"그럼 먼저 진을 쳐 보아라. 내가 구경하리라."

사마의는 진중으로 들어갔다가 손에 황기黃旗를 들고 나와서 흔들었다. 좌우군左右軍이 움직이며 일진一陣을 벌였다. 그는 다시 말 타고 진 밖으로 나와 공명한테 물었다.

"그대는 내 진법을 알겠느냐?"

공명이 웃으며 대답했다.

"그것은 혼원일기진混元一氣陣이라 하는 것이다. 우리 군중에서는 비록 말장末將이라 해도 능히 포진할 줄 아는 것이니라."

사마의가 말했다.

"이번에는 그대가 포진을 해 보라."

공명은 진중으로 들어가 백우선을 한번 흔들고 다시 진 앞에 나와 물었다.

"그대는 내 진법을 알겠느냐?"

사마의가 대답했다.

"그것은 팔괘진八卦陣이다. 어찌 모르겠느냐."

공명이 말했다.

"안다면 네 감히 내 진을 치겠느냐?"

사마의가 대답했다.

"이미 알았는데 어찌 공격하지 못하겠느냐."

공명이 말했다.

"어디 한번 쳐 보아라."

사마의는 진중으로 들어가 대릉, 장호, 악림 세 장수를 불러 분부했다.

"어찌 공명의 포진에는 휴休, 생生, 상傷, 두杜, 경景, 사死, 경驚, 개開의

여덟 문이 있다. 너희 세 사람은 먼저 저 정동正東 생문生門으로 쳐들어가서 서남西南편 휴문休門으로 짓쳐 나왔다가 다시 정북쪽 개문開門으로 짓쳐 들어가면 이 진은 가히 깨뜨릴 것이다. 너희들은 조심해서 행동하라."

그들은 곧 행동을 개시했다. 대릉은 중앙에 있고, 장호는 앞에 있고, 악림은 뒤에 있어 각각 30기를 거느리고 생문으로 쳐들어갔다.

양군은 납함하여 서로 응원했다.

세 사람은 촉진 속으로 짓쳐 들어갔다.

들어가 보니 진 속엔 성城이 연해 있어서 빠져나올 수가 없었다. 세 사람은 당황히 다시 진각陣脚으로 발을 돌려서 남편으로 짓쳐 들어갔다. 그러나 촉병의 쏘는 화살이 비 오듯 쏟아져서 뚫고 나갈 수가 없었다.

진 속은 중중첩첩重重疊疊한데 진마다 문이 있어서 동서남북을 분간하기 어려웠다. 세 장수는 서로 돌아볼 겨를도 없었다. 이리 부딪고 저리 부딪쳤다.

다만 수운愁雲4)이 막막하고 참무慘霧가 몽몽濛濛할 뿐이었다. 함성이 크게 일어나는 곳에 위병은 한 명씩 한 명씩 결박 지어 촉진蜀陣으로 끌려갔다.

공명은 장중에 높이 앉아 결박된 장호, 대릉, 악림 세 장수와 90명의 군사를 내려다보고 웃었다.

"내가 비록 너희들을 잡기는 했지만, 족히 자랑할 일이야 되겠느냐. 너희들을 놓아줄 테니 돌아가서 사마의에게 한 번 더 병서를 읽고 공부를 한 다음, 다시 나와 자웅을 결단해도 늦지 않다고 일러라. 그리고 너희들의 목숨을 붙여 주니 군기와 말은 두고 가거라."

---

4) 수운 : 근신스러운 기색.

공명은 영을 내려 그들의 의복을 벗기고 얼굴에 먹칠하여 보행해 보냈다. 이를 본 사마의는 대로하여 제장에게 호령했다.

"이토록 예기를 꺾이고 무슨 면목으로 중원에 돌아가 대신들을 만나 보겠느냐."

곧 삼군을 지휘하여 분사약진奮死掠陣하라 하고, 사마의는 친히 칼을 빼들고 날쌘 장수 백여 명을 거느려 앞장서 짓쳐 들어갔다.

두 편 군사가 맞붙어 싸우려 할 때 홀연 뒤에서 북소리, 징 소리, 호각소리, 고함 소리가 나면서 일표 군마가 서남쪽에서 내달았다. 앞선 대장은 관흥이었다.

사마의는 후군을 갈라 관흥을 대적하게 하고, 다시 군사를 재촉하여 앞으로 짓쳐 들어갔다. 그러나 홀연 위병이 또다시 크게 어지러워졌다.

강유가 일지 군마를 거느리고 땅을 쓸어 쇄도했다. 촉병이 이같이 3로三路에서 협공해 들어갔다.

사마의는 크게 놀랐다. 급히 퇴군 명령을 내렸다. 그러나 촉병은 사방에서 에워싸며 짓쳐 들어갔다.

사마의는 삼군을 이끌고 남쪽을 바라보며 죽을힘을 다하여 달아났다. 위병은 열에 일곱, 여덟은 상하고 죽었다.

사마의는 위빈 남안南岸에 하채하고 굳게 지켜 나오지 아니했다.

공명은 이긴 군사를 회군하여 기산으로 돌아왔다.

이때 영안성永安城 이엄李嚴이 도위都尉 구안苟安을 시켜서 군량을 수송케 했다.

구안은 본시 술을 좋아하여 도중에서 태만하여 기일을 열흘씩이나 어겨서 도착했던 것이었다.

공명은 크게 노했다.

"우리 군중에는 군량이 가장 중요한 것이다. 사흘만 늦어도 참형에 처하는 것이어늘 너는 열흘이나 늦었으니 무슨 변명이 있겠느냐?"

곧 영을 내려 참하라 했다.

장사長史 양의楊儀가 아뢰었다.

"구안은 이엄의 사람이고, 또 돈과 곡식이 서천 지방에서 많이 나옵니다. 만약 이 사람을 죽이면 뒤에 다시 양식을 가져올 사람이 없을 것입니다."

공명은 양의의 말을 듣고 결박을 풀어 곤장 80을 때려서 놓아주었다.

구안은 매를 맞고 나자, 심중에 원한을 품었다. 밤을 새워 친히 거느린 군사 5~6기를 데리고 위채魏寨로 찾아가 항복했다. 사마의는 구안을 불러들였다. 구안은 지난 일을 설파하였다.

사마의가 말했다.

"그러나 공명은 꾀가 많은 사람이니, 네 말을 믿기 어렵다. 네가 나를 위해서 한 가지 큰 공을 세운다면 나는 천자께 아뢰어 너를 상장上將을 삼겠다."

구안이 대답했다.

"무슨 일이든지 하겠습니다."

"그렇다면 너는 지금 성도로 가서, 공명이 후주를 원망하는 뜻이 있어 조만간 임금 자리를 뺏을 거라는 유언을 퍼뜨려라. 그리하여 후주가 공명을 불러들이도록 한다면 곧 너의 공이 되는 것이다."

구안은 즉석에서 응낙하고 곧 성도로 향하여 떠났다. 성도에 당도한 구안은 환관을 매수하여 공명이 큰 공을 세운 것을 자부하고 조만간에 찬탈할 뜻이 있다는 유언을 퍼뜨렸다.

환관은 듣고 크게 놀랐다. 곧 안으로 들어가 후주께 아뢰었다.

후주는 깜짝 놀라 물었다.

"그렇다면 어찌하면 좋은가?"

환관이 아뢰었다.

"곧 조서를 내리시어 성도로 불러들여 그의 병권을 삭탈하여 반역하는 생각을 못 갖도록 하소서."

후주는 조서를 내려 공명을 반사班師하여 돌아오라 했다. 장완이 출반하여 아뢰었다.

"승상은 출사한 이래로 여러 차례 큰 공을 세웠는데 어찌해서 돌아오라 하십니까?"

후주가 대답했다.

"짐이 기밀機密한 일이 있어 승상과 꼭 의논해야 하겠기에 부르는 것이다."

후주는 즉시 사신에게 조서를 주어 밤을 도와 전했다. 사신이 기산祁山 대채大寨에 당도하니 공명은 곧 사신을 영접하여 조서를 받아 읽고 앙천仰天 탄식하였다.

"주상께서는 춘추가 어리시니 필시 간신이 곁에 있어 이리하는 것이다. 내 정히 큰 공을 세우려 하는데 무슨 일로 돌아오라 하시는 것이냐. 내가 만약 돌아가지 아니하면 이것은 폐하를 기만하는 일이다. 그러나 명대로 퇴군한다면 후일 다시 이런 기회는 얻기 어려우니 딱한 일이다."

옆에 있던 강유가 물었다.

"만약 대군을 후퇴시키면 사마의가 필연코 추격할 터이니 어찌하면 좋습니까?"

"군사를 다섯 길로 나누어 후퇴해야 한다. 오늘 우선 군사를 물리는데 천 명만 남겨서 이천 개의 솥을 걸게 하고 다음 날은 삼천 개, 또 다음 날은 사천 개를 걸게 하라. 이렇게 하면서 아궁이를 배가 되도록 하라."

양의가 말했다.

"옛적에 손빈孫臏은 방연龐涓을 사로잡을 때 첨병감조법添兵減竈法을 썼는데, 이제 승상께서는 그와 반대로 어째서 아궁이 수를 늘리십니까?"

공명이 대답했다.

"사마의는 용병用兵에 능한 사람이다. 우리가 퇴군하는 것을 알면 반드시 추격할 것이다. 추격하면서도 복병이 있지 아니한가 의심하여 영내營內의 아궁이 수를 세어 볼 것이다. 아궁이가 매일 느는 것을 알면 퇴병을 하는 것인지 의심하여 감히 추격하지 못할 것이다. 이 틈을 타서 우리는 서서히 물러간다면 손해를 보지 않을 것이다."

이윽고 곧 퇴군령을 내렸다.

한편 사마의는 구안을 시켜 행한 계략이 이루어져서 촉병이 물러날 때를 기다려 일제히 시살코자 했다.

때마침 촉채蜀寨가 비었고, 인마가 모두 떠났다는 보고가 들어왔다.

그러나 사마의는 공명의 지략이 많은 것을 앎으로 경솔하게 추격하지 아니하고 스스로 백여 기를 거느리고 촉진으로 가서 군사를 시켜 먼저 아궁이 수를 살펴보라 했다. 다음 날도 또 군사를 보내서 촉진 터의 아궁이 수를 세어 보라 했다. 이윽고 군사가 돌아와 아뢰었다.

"촉진의 아궁이를 세어 보니 전날 아궁이 수보다 배나 늘었습니다."

사마의는 모든 장수를 돌아보며 말했다.

"본시 공명은 지략이 과인한 사람이다. 지금 그는 첨병증조법添兵增竈法을 쓴 것이다. 우리가 만약 추격한다면 반드시 그의 계책에 떨어지고 말 것이다. 차라리 후퇴하여 다시 앞일을 도모하는 것만 같지 못하다."

사마의는 마침내 촉병을 추격하지 아니했다. 공명은 한 군사도 상하지 않고 무사히 성도로 향하여 돌아갔다.

뒤에 천구川口 사람이 사마의에게 보했다. 공명은 퇴군 때 군사는 더 보태지 아니하고, 아궁이 수만 늘리면서 물러갔다 했다.

사마의는 하늘을 우러러 길게 탄식하며 말했다.

"공명은 우후虞詡의 법을 본떠서 나를 속였구나. 그의 모략은 내가 쫓아가지 못하겠다."

말을 마치자 사마의는 대군을 인솔하여 낙양으로 돌아갔다.

한 사람의 병사도 상함이 없이 한중에 돌아간 공명은 삼군三軍에 크게 상을 내리고 곧 성도로 가서 후주께 뵙고 아뢰었다.

"노신이 기산으로 나가서 장안을 취하려던 차에 갑자기 폐하의 부르심을 받자와 돌아왔으나, 무슨 중대한 일이 있습니까?"

후주는 대답할 말이 없었다.

한동안 있다가 말했다.

"짐이 오래도록 승상을 보지 못하여 마음으로 매우 사모하였소. 그리하여 특별히 조서를 내려 불렀던 것이오. 별로 다른 일은 없었소."

공명이 아뢰었다.

"신을 부르신 것은 폐하의 본심이 아니신 줄 압니다. 필시 어떤 간신奸臣이, 신이 딴 뜻을 품었다고 찬소를 한 듯합니다."

후주는 할 말이 없었다. 잠자코 앉아 있을 뿐이었다. 공명이 다시 아뢰었다.

"노신이 선제先帝의 후하신 은혜를 받자와 죽음으로써 보답코자 하옵는데, 이제 만약 안에 간신이 있어 간사한 행동을 한다면 신이 어찌 안심하고 적을 토멸할 수 있겠습니까?"

오출 기산

후주가 대답했다.

"짐이 환관의 말을 지나치게 듣고 승상을 불렀던 것이오. 이제 어둡던 내 가슴이 터져서 무한 뉘우치나, 소용이 없구려."

공명은 곧 모든 환관을 불러 추궁했다. 비로소 구안苟安의 장난인 것을 알고 급히 사람을 보내어 체포하라는 영을 내렸다. 그러나 구안은 벌써 위국으로 가 버렸다.

공명은 망령되이 후주께 아뢴 환관을 주륙하고, 나머지는 모조리 궁 밖으로 내쫓은 후에 장완蔣琬, 비위費禕 등을 불러 환관들의 간사한 것을 알지 못하고 천자를 규간規諫[5]하지 못한 죄를 책망했다. 두 사람은 잘못한 것을 두 번 세 번 말하여 복죄服罪했다.

공명은 후주께 배하고 다시 한중으로 나왔다. 곧 이엄에게 격서檄書를 보내어 군량과 마초를 가져오라 하고, 장수들을 모아 다시 출사할 것을 토의했다. 양의가 아뢰었다.

"앞서 몇 차례 출사한 이래 병력은 피폐되었고, 또 군량이 아직 도착되지 않았으니 이번에는 군사를 두 반으로 나누어 석 달을 기한으로 하여 십만 명의 군사만 기산으로 나가게 해서 기한이 되면 다시 한중에 있는

---

5) 규간 : 옳은 도리나 이치로써 웃어른이나 왕의 잘못을 고치도록 말함.

군사와 교대하도록 하면 병력이 결핍되지 않을 것입니다. 그리한 연후에 서서히 중원을 도모하는 것이 좋을 듯합니다."

공명이 혼연히 대답했다.

"그대의 말은 바로 내 생각과 같소. 지금 중원을 친다는 것은 일조일석의 일이 아니니 마땅히 장구지계長久之計를 써야 하겠소."

공명은 곧 영을 내려 군사를 두 반으로 나누었다. 백일 기한으로 하여 교대해 가면서 싸우도록 하고, 만약 이 기한을 어기는 자가 있다면 군법에 의하여 처벌한다는 영을 내렸다.

건흥 9년 2월, 공명은 다시 대군을 휘동하여 위를 치러 나갔다.

이때는 위나라 태화太和 5년이었다.

위주 조예는 공명이 다시 군사를 이끌고 중원을 치러 온다는 소식을 듣자, 급히 사마의를 불러 의논하였다.

"어찌하면 좋을까?"

사마의가 아뢰었다.

"조진은 이미 죽었으니 신이 혼자서 힘을 다하여 입구入寇하는 적을 섬멸하여 폐하께 보답하겠습니다."

조예는 크게 기뻐했다. 잔치를 열어 사마의의 장한 뜻을 표창했다.

다음 날이 되었다. 촉병이 쳐들어온다는 급한 보고가 들어왔다.

조예는 곧 사마의에게 출사를 명하고 친히 성 밖까지 나가 전송했다.

사마의는 위주께 배사하고 장안에 당도하자, 크게 제도의 인마를 모아 촉병을 파할 계책을 의논했다.

장합이 나서서 말했다.

"소장이 삼군을 거느리고 옹군雍郡으로 나가서 촉병을 막겠습니다."

사마의가 대답했다.

"전군前軍만 가지고는 공명을 당할 수가 없을 거요. 군사를 전후군前後軍으로 나누어 촉병을 막지 아니하면 승산이 없소. 군사를 머물러 상규上邽에 있게 하고, 나머지는 모두 기산으로 나가야 하겠소. 공이 선봉이 한번 되어 보겠소?"

장합은 크게 기뻤다.

"소장은 본시 충성된 마음으로 나라에 보답코자 했으나 알아주는 이가 없었던 것입니다. 이제 도독께서 중책을 맡기시니 비록 만 번 죽는 한이 있더라도 사양하지 않겠습니다."

사마의는 장합으로 선봉장을 삼아 대군을 총독하게 하고, 곽회에게 농서 여러 골을 지키라 했다. 남은 장수들은 각각 길을 나누어 앞으로 나가게 했다.

전군前軍 초마哨馬가 달려와 보했다.

"공명이 대군을 거느리고 기산으로 향하여 나오는데 선봉대장엔 왕평이요, 장의는 진창으로부터 검각劍閣, 산관散關을 거쳐서 사곡으로 향하여 나오고 있습니다."

사마의는 장합을 불러 분부했다.

"지금 공명이 크게 몰아 나오는 것은 필시 농서隴西의 보리를 베어 군량을 삼으려 하는 것이니 그대는 굳게 진을 기산에 치고 있게 하오. 나는 곽회와 함께 천수天水 모든 골을 두루 순시하여 촉병의 보리 베는 것을 막을 작정이오."

장합은 영을 듣고 곧 4만 대군을 거느려 기산을 지키고, 사마의는 대군을 거느리고 농서로 향하여 떠났다.

한편 공명은 군사를 이끌고 기산에 당도하여 진을 친 후에 멀리 바라보니 위군이 위빈에 진을 쳐 방비하고 있었다.

곧 장수들을 불러 일렀다.

"저것은 필시 사마의의 군사가 진을 친 것이다. 지금 우리 영중에 군량이 모자라므로 사람을 이엄한테 보내서 양식을 보내라고 재촉했으나 아직 도착되지 아니했다. 지금은 농상隴上의 보리가 한창 익었을 것이다. 가만히 군사를 이끌고 가서 보리를 베어 와야 하겠다."

곧 왕평, 장의, 오반, 오의 네 장수로 기산을 지키라 하고, 공명은 친히 장유, 위연 등을 이끌고 노성鹵城에 당도했다.

노성鹵城 태수太守는 본디 공명을 잘 알고 있었다. 황망히 성문을 열고 항복했다. 공명은 태수를 위무한 후에 물었다.

"지금 어느 곳 보리가 잘 익었는가?"

"농상 보리가 한창 잘 익었습니다."

공명은 장익과 마충을 머물러 노성을 지키게 하고, 스스로 장수와 삼군을 인솔하고 농상으로 향하여 떠났다.

전군에서 보고가 왔다.

"사마의가 군사를 거느리고 이곳에 와 있습니다."

공명은 깜짝 놀라 말했다.

"이 사람은 벌써 내가 와서 보리 벨 줄을 알았구나."

공명은 곧 목욕하고, 옷 갈아입고, 항상 타고 다니던 사륜거와 꼭 같은 수레 세 채를 준비하라 했다.

이 수레는 공명이 촉중에 있을 때 미리 만들어 두었던 것이었다.

공명은 강유에게 명하여 1천 군사는 수레를 호위하고, 5백 군사로 북을 울리며 상규上邽 뒤에 매복해 있으라 하고, 마대는 왼편에 있고, 위연은 오른편에 있어 각각 1천 군사를 거느려 수레를 호위하게 하고, 5백 군사로 북을 치라 했다. 다시 수레마다 24명의 군사는 맨발 벗고 검은 옷 입고, 머리 풀어 산발한 후에 칼 짚고 칠성조번七星皂幡을 들어 좌우에서 수레를 밀게 했다.

세 장수는 각기 계교를 받고 수레를 밀어 나갔다.

공명은 또 3만 군사에게 명하여 낫과 밧줄을 가지고 보리 베는 데 등대해 있으라 하고, 24명의 건장한 군사를 뽑아서 검은 옷 입고 발 벗고 머리 풀고 칼 짚어 사륜거를 옹위하는 수레 미는 사자를 삼고, 관흥에게 영을 내려 천봉天蓬 모양으로 머리를 묶게 한 후에, 소에 칠성 조기를 잡아 수레 앞에 걸어가게 하고, 공명은 단정히 수레 위에 앉아 위영을 바라보며 나갔다.

공명의 축지법

위군의 초탐병은 이 모양을 보고 깜짝 놀랐다.

귀신인지 사람인지 분간을 할 수 없었다. 급히 달려가 사마의한테 보했다.

사마의는 친히 영문 밖에 나가 보니 공명이 관 쓰고 학창의 입고 손에 우선을 잡고 사륜거 위에 단정히 앉았는데 좌우편에는 24인의 장수가 머리 풀어 산발하고 칼 짚어 나오며, 전면의 한 장수는 손에 검은 기를 잡고 말 타고 나오는데 마치 천신天神의 행차와 흡사했다.

사마의는 탄식하며 말했다.

"저것 또 공명이 괴상한 짓을 하는구나."

곧 3천 군마를 조발시켜 분부했다.

"너희들은 빨리 가서 사람과 수레를 안동해서 모조리 잡아 오너라."

위병들은 명을 받고 일제히 공명을 쫓았다.

공명은 위병들이 쫓아오는 것을 보자 문뜩 수레를 돌려 촉영蜀濘을 바라보고 천천히 돌아갔다.

위병들은 바람같이 말을 몰아 뒤를 쫓았다.

홀연, 음산한 바람이 일어나고 서리같이 차가운 안개가 내렸다. 위병들은 힘을 다하여 쫓아갔으나 겨우 한 마장밖에 더 나가지 못했다.

모든 장병들은 크게 놀랐다. 말을 멈추고 면면이 서로 바라보며 괴탄했다.

"기괴한 일이 아닌가. 확실히 우리들은 삼십 리 길을 달린 듯한데 겨우 한 마장밖에 못 따라왔으니 어찌 된 일인가?"

"그뿐인가, 바로 눈앞에 있는 공명의 수레를 잡을 수 없으니 이거 귀신이 곡할 노릇 아닌가?"

위병들은 넋을 잃고 쫓지 못했다.

공명은 위병이 쫓지 않는 것을 보자, 다시 슬슬 수레를 돌려 위병의 앞으로 나왔다.

위병들은 얼을 잃고 한동안 바라보다가 소리치며 말을 달려 공명의 수레를 잡으려 했다.

공명은 슬쩍 다시 수레를 돌려 천천히 나갔다. 위병들은 또다시 20리를 달렸다.

그러나 공명의 수레는 잡힐 듯 잡힐 듯 앞에 있으면서 잡히지 아니했다.

모두 다 백치같이 멍하니 바라보기만 했다.

공명은 또다시 수레를 돌리라 해서 위병 앞으로 나왔다. 위병들은 또다시 공명의 수레를 잡으려 했다. 그러나 잡을 수 없었다.

뒤에 쫓아오던 사마의가 급히 전령을 내렸다.

"공명은 팔문둔갑법八門遁甲法을 잘 알고, 육정육갑지신六丁六甲之神을 능히 구사驅使하는 사람이다. 이것은 육갑천서六甲天書 안에 있는 축지법을 쓰는 것이다. 군사들은 쫓지 말라."

위병들은 사마의의 명령을 받아 말을 돌려 돌아가려 할 때, 좌편에서 홀연 북이 크게 울리며 한 때 군마가 쏟아져 나왔다.

사마의는 급했다. 빨리 대항하라는 명을 내렸다.

쳐들어오는 촉병들의 행진이 활짝 열리며 머리 풀어 산발한 24명의 장수가 검은 옷 입고 칼 짚고 발 벗고 한 채 사륜거를 밀고 나오는데 수레 위에는 공명이 관 쓰고 학창의 입고 백우선을 흔들며 단정히 앉아 있었다.

사마의는 깜짝 놀랐다.

"방금 공명을 오 리나 쫓아가 잡지 못했는데 웬 놈의 공명이 이곳에서 또 나온단 말이냐, 참 괴상한 일이로구나."

말이 채 끝나기 전에 홀연 우편에서 북소리가 크게 울리면서 한 떼 군마가 또 쏟아져 나왔다.

역시 이곳에도 공명이 사륜거 타고 나오는데 좌우편에는 24명의 장군이 검은 옷 입고 발 벗고 머리 풀어 산발하고 칼을 짚어 수레를 옹위해 나왔다.

사마의는 심중에 크게 놀랐다. 모든 장수를 돌아보며 말했다.

"이것은 반드시 신병神兵이로다."

모든 군사들의 마음은 크게 어지러웠다. 싸울 마음이 없었다. 뿔뿔이 달아나 버렸다.

사마의는 흩어지는 군사를 겨우 수습하여 다시 행군하려 할 때 북소리가 또 한 번 산천을 진동하면서 한 떼 군마가 또 짓쳐 나왔다.

또 여기도 공명이 사륜거 위에 단정히 앉았고, 머리 풀고 발 벗은 24명의 장군들이 사륜거를 호위해 나왔다.

위병들은 대경실색했다. 모두 소스라쳐 놀라지 않을 수 없었다.

사마의도 놀랍고 두려웠다. 사람인지 귀신인지 알 길이 없었다. 뿐만 아니라 촉병의 많고 적은 수를 알 수 없었다.

급급히 군사를 돌려 상규로 향해 달아나서 성문들 굳게 닫고 나오지 아니했다.

이때 공명은 3만 정병에게 영을 내려 농상의 보리를 깡그리 베어 함빡 노성으로 운반하여 볕에 쬐어 말리라 했다.

사마의는 상규 성중에 틀어박힌 채 사흘 동안이나 감히 나오지 못했다가 촉병이 물러간 후에야 노상에서 촉병 한 명을 잡아서 물었다.

"너는 어찌해서 노성으로 가지 않고 이곳에서 잡혔느냐?"

군사가 대답했다.

"소인은 보리를 베는 중 말을 잃어버려서 보행으로 가다가 잡혔습니다."

"전번에, 너희 군사는 어떤 신병을 청해 왔더냐?"

"그것은 신병이 아니라 강유, 마대, 위연이 제각기 공명으로 가장假裝을 한 것입니다."

사마의는 하늘을 우러러 장탄식하며 말했다.

"공명은 과연 신출귀몰한 수단이 높구나!"

이같이 감탄하고 있을 때 부도독 곽회가 들어와 뵈었다.

사마의가 접견하니 회는 예를 마친 후에 말했다.

"촉병의 수는 많지 않다 하오. 지금 노성에서 보리를 털고 있다 하니 한번 가서 공격합시다."

사마의는 지난 일을 자세히 말하고 경솔하게 공격할 수 없는 뜻을 표시했다.

곽회가 웃으며 주장했다.

"그것은 한때나 속을 일이지 두 번씩이나 속겠소. 이제는 공명의 수법을 다 알았으니 무엇이 두렵겠소. 내가 일지군을 거느리고 뒤를 받칠 테니 공은 일지군을 인솔하고 전면을 맡아 공격한다면 노성을 파할 수 있고, 공명도 잡겠소이다."

사마의는 곽회의 주장을 들었다. 군사를 두 길로 나누어 노성으로 향했다.

한편 공명은 노성에서 군사들을 시켜 보리를 말려 타작하게 했다.

홀연 하루는 여러 장수들을 불러 영을 내렸다.

"오늘 밤에 적병이 반드시 성을 공격할 것이다. 내가 요량해 보니, 노성 동편과 서편 보리밭 속에 족히 복병을 할 만하다. 누가 능히 나를 위해서 한번 가 보겠느냐?"

강유, 위연, 마충, 마대 네 사람의 장수가 일제히 나와 아뢰었다.

"저희들이 가겠습니다."

공명은 크게 기뻐했다.

곧 강유, 위연에게 2천 병마를 주어 남서 동북 두 곳에 매복하게 하고 마대, 마충에게 2천 병마를 주어서 남동북 두 곳에 매복하라 한 후 포성이 네 귀퉁이에 일어나거든 일제히 쏟아져 나오라 하고, 공명은 스스로 백여 군사를 거느리고 화포火砲를 준비하여 성 밖으로 나가 보리밭 속에 엎드려 있었다.

한편 사마의는 군사를 이끌고 노성 아래 당도하니 날이 이미 저물어 어두웠다.

모든 장수에게 일렀다.

"날이 밝아 진격하면 저편에 준비가 있을 테니 밤을 타서 공격하는 것이 좋겠다. 이곳은 성이 얕고 호가 깊지 아니하니 매우 편리하다."

곧 성 밖에 둔병하고 있을 때 일경이 채 못되어 곽회도 또한 군사를 이끌고 왔다.

곧 군사를 한데 합병合兵한 후에 둥둥 북을 울려 노성을 철통같이 에워쌌다. 이때 노성에서는 1만 쇠뇌를 일제히 쏘니 살과 돌이 비 오듯 했다. 위병은 감히 앞으로 나가지 못했다.

용병여신

홀연 위군 진중에서 신호 보내는 소리가 내리 터졌다. 삼군三軍이 크게 놀랐다. 어디서 군사가 또 쳐들어오나 하고 면면이 서로 돌아보았다.

곽회는 가만히 군사를 보리밭 속으로 보내서 촉병을 찾아보라 했다.

이때 돌연 네 귀퉁이에서 화광이 충천하고, 함성이 진동하면서 4로四路의 촉병이 쇄도하자, 노성의 사대문은 활짝 열리면서 성안에서도 촉병이 쏟아져 나왔다.

촉병은 안팎으로 서로 응하여 일진을 무찌르니 위병들은 죽고 상하는 자가 부지기수였다.

사마의는 패한 나머지 군사를 이끌고 겹겹이 에워싼 촉병을 죽을힘을 다하여 무찌르면서 겨우 목숨을 보존하여 산마루로 기어올랐다.

곽회도 패잔병을 이끌고 산 후면으로 기어올랐다.

공명은 크게 승리를 거둔 후에 성에 들어가 네 장수에게 영을 내려 네 방위를 지켜서 영문을 이루고 군사를 안돈시켰다.

한편 패해 달아난 사마의와 곽회는 공론이 부산했다.

곽회가 사마의한테 말했다.

"이제 촉병과 상치한 지 오래건만 격파할 도리가 없소이다. 이번에 일진이 대패하여 삼천여 명이나 죽여 놨으니 큰일입니다. 빨리 서두르지 아니하면 일후에는 도저히 촉병을 물리칠 도리가 없을 것입니다."

사마의가 물었다.

"어찌하면 좋겠소?"

"격문檄文을 띄워서 옹·양 두 골의 힘을 빌어 힘을 합쳐서 무찌르면 될 것 같소이다. 나는 군사를 거느리고 검각劍閣을 습격하여 그들의 돌아갈 길을 끊어서 적의 양식 운반하는 것을 막아 적의 삼군이 횡단하게 되면 이때를 타서 습격한다면 적을 가히 격파할 수 있을 것입니다."

사마의는 곽회의 말을 듣고 곧 격문을 써서 밤을 도와 옹주, 양주로 보내서 인마를 조발시키라 했다.

하루가 채 못되어 대장 손례가 군사를 거느려 당도했다.

사마의는 손례에게 명하여 곽회를 도와 검각을 습격하라 했다.

한편 제갈공명은 계속해서 노성에 있었으나, 여러 날이 되어도 위병은 나오지 아니했다.

공명은 마대, 강유를 입성케 하여 분부를 내렸다.

"지금 위병이 험한 산에 머물러 있으면서 우리와 싸우지 않는 것은, 첫째는 우리의 보리 식량이 다하기를 기다리는 것이요, 둘째는 검각劍閣을 습격해서 우리의 양도糧道를 끊으려 한 것이다. 너희 두 장수는 각각 일만 군사를 거느리고 가서 요해처를 지키라. 위병이 우리 군사의 준비가 있는 것을 보면 자연히 물러가리라."

강유, 마대 두 장수는 청령하고 물러갔다.

장사 양의가 장막 속으로 들어가 공명께 고했다.

"지난번에 승상께서는 백일을 한으로 하여 대병大兵을 두 부대로 나누어 교대키로 말씀을 내리셨습니다. 이러하므로 한중에 있던 부대는 이미 천구川口로 나와 있다는 공문이 왔습니다. 모두 다 교대하기를 기다리고 있습니다. 팔만 전군 중에 사만 명씩 교대해야 하겠습니다."

공명이 대답했다.

"그렇다면 빨리 군령대로 교대케 하라."

군사들은 소식을 듣고 제각기 행리를 수습하기에 분주했다.

홀연 탐마探馬가 보고를 드렸다.

"손예가 옹·양의 인마 이십만을 거느려 검각劍閣으로 향하여 곽회를 돕고, 사마의는 스스로 대병을 거느리고 이곳 노성을 치러 온다 합니다."

촉병들은 탐마의 보고를 듣고 모두 다 놀랐다.

양의가 공명한테 아뢰었다.

"위병의 형세가 매우 급합니다. 승상께서는 환군換軍하시는 것을 보류하시고 적병을 물리친 후 신병이 도착한 뒤에 군사를 바꾸게 하십시오."

공명은 고개를 가로흔들었다.

"내가 용병하는 것은 신信으로 근본을 삼아 왔소. 먼저 영을 내렸는데 어찌 실신失信을 하겠소. 그뿐 아니라 군사들은 다 돌아갈 준비를 차렸을 것이고, 그들의 처자와 부모들은 모두 다 문에 의지하여 돌아오기를 기다릴 것 아니겠소. 내가 비록 난처하고 어려운 경우를 당했다 하나 결코 그들을 머물러 두지 않겠소."

공명은 말을 마치자 곧 전령을 내렸다.

"교대할 군사들은 당일로 곧 출발케 하라."

군사들은 공명의 전령을 듣자 크게 감격했다.

일제히 강하로 모여들어 큰소리로 외쳤다.

"승상께서 이같이 큰 은혜를 내리시니 우리들은 감격해서 돌아갈 마음이 없습니다. 제각기 목숨을 내걸고 위병을 대살大殺해서 승상의 은혜를 갚겠습니다."

공명이 장 밖에 나와 타일렀다.

"너희들은 어서 집으로 돌아가라. 부모처자가 얼마나 기다리겠느냐?"

"아니올시다. 한번 싸우겠습니다. 아니 가겠습니다."

군사들은 서로들 결사전 할 의기가 충천했다.

장사, 양의를 위시하여 모든 장수들이 이 광경을 바라보고 눈에 눈물이 핑 돌았다.

공명은 모든 군사한테 분부했다.

"너희들이 돌아가지 아니하고 국가를 위하여 한번 나가 싸우기를 원한다면 성 밖으로 나가 진을 치고 편안히 쉬고 있다가 위병이 급히 오느라고 숨이 턱에 차서 헐떡거리는 틈을 타 급히 치라. 이것은 이일대로以逸待勞하는 병법이다."

군사들은 명을 받고 환성을 올려 성 밖으로 나가 진을 치고 위병이 오기를 기다리고 있었다.

한편 서량 군사들은 주야배도하여 달려왔다. 사람과 말은 그지없이 피로했다.

막 진을 치고 숨을 돌리려 할 때 촉병은 단번에 고함치며 쫓아 들었다. 군사마다 용맹스러웠다. 장수들은 날쌔고, 군졸들은 기운이 솟구쳤다. 옹주와 양주 군사들은 당해 낼 수 없었다. 뒤로 몰려가 쫓겨 달아났다.

촉병들은 힘을 다하여 추격하니 옹·양 군사의 시체는 들에 가득하게 널려 있고, 피 흘러 내를 이루었다.

공명은 크게 이긴 군사를 거느리고 성에 들어가 상을 주고 있을 때 홀연 영안성永安城 이엄李嚴에게서 급한 것을 고하는 서신이 왔다.

공명이 놀라 서신을 뜯어보니 아래와 같았다.

요사이 소문에 동오 손권은 사람을 낙양洛陽에 보내서 위와 더불어 화친한 후에 손권으로 촉을 취하기로 약속했다 합니다. 다행히 오에서는 아직 군사를 일으키지 아니했습니다. 이제 이엄은 소식을 탐지하여 고하오니 승상께서는 속히 양책良策을 도모하소서.

공명은 글월을 받아 본 후에 놀라고 의심했다. 모든 장수를 모아 놓고 말했다.

"만약 이것이 사실이라면 나는 속히 돌아가야 하겠다."

곧 기산祁山 대채大寨의 군사와 말을 서천西川으로 돌아가라 하는 전령을 내리고 장수들한테 말했다.

"내가 서천으로 회군한 줄 알면 사마의는 감히 쫓아오지 못하리라."

공명의 명이 떨어지니 왕평, 장의, 오반, 오의는 군사를 두 길로 나누어 서서히 군사를 서천으로 물렸다.

위장 장합은 촉병이 물러가는 것을 보고 계교 속으로 퇴병한 줄 알고 감히 쫓지 못하고 사마의를 찾아보고 고했다.

"촉병이 서천으로 물러가는 모양인데 계책이 있는 듯하여 추격하지 아니했소이다. 촉병이 물러가는 것은 무슨 뜻이겠습니까?"

사마의가 대답했다.

"공명은 속임수가 많은 사람이니 가볍게 동해서는 아니 되오. 굳게 지키시오. 양식이 떨어지면 자연 물러가리라."

사마의의 말을 듣자, 대장大將 위평魏平이 나와 말했다.

"지금 촉병은 기산의 영채를 뽑아서 물러갔으니 정히 승세하여 쫓아갈 만합니다. 그러하온데 도독께서는 군사를 거느려 움직이지 아니하여 마치 촉병을 범같이 두려워하시니 이 어찌한 노릇입니까? 천하 사람들이 다 웃을 것입니다."

사마의는 견집堅執하고 위평의 말을 듣지 아니했다.

공명은 기산 군사가 돌아온 후에 곧 양의, 마충을 불러 비밀한 계교를 준 후에 1만 궁노수를 이끌고 검각劍閣 목문도木門道 양편에 매복해 있다가 위병이 당도하는 대로 포성을 군호로 하여 일제히 나와 나무와 돌로 먼저 적병의 가는 길을 끊어 놓고, 두 곳에서 일시에 활과 쇠뇌를 쏘라 했다.

두 장수는 청령하고 물러갔다.

공명은 또 위연, 관흥을 불러 분부했다.

"너희들은 군사를 이끌고 적병의 뒤를 끊으라. 성상에는 사면에 두루 기를 꽂아 놓고, 성안에는 어지럽게 시초柴草를 쌓아 두었다가 허청으로 불을 지르고, 대병大兵은 목문도木門道로 향하라."

위연, 관흥이 명을 받고 물러갔다.

이때 위진의 순라군이 사마의한테 보했다.

"촉병 대대는 퇴각했습니다. 다만 성안에 몇 명의 군사가 남아 있는지 알 수 없습니다."

사마의는 친히 높은 곳에 올라 살폈다. 성 위에는 기가 꽂혀 있고, 성중에는 연기가 자욱하게 일어났다.

사마의는 웃고 말했다.

"이것은 빈 성이다."

사람을 시켜 가까이 가 보니 과연 공성空城이었다. 사마의는 크게 기뻐했다. 모든 장수를 돌아보며 말했다.

"공명은 이미 물러갔다. 누가 감히 쫓겠느냐."

선봉 장합이 말했다.

"내가 가겠습니다."

사마의는 손을 저어 막으며 말했다.

"그대는 성질이 조급하니 가는 게 불가하오."

장합이 말했다.

"도독께서 출관出關할 때 나를 선봉을 삼았습니다. 오늘은 정히 한번 공을 세울 때입니다. 어찌 아니 쓰십니까?"

사마의가 말했다.

"촉병이 물러갈 때는 험한 곳에 반드시 매복을 했을 거요. 십분 살핀 후에 쫓는 것이 가하오."

장합이 분연히 말했다.

"나도 이미 그것쯤은 짐작하오. 과히 염려 마십시오."

사마의는 무색한 낯으로 말했다.

"공이 스스로 가려 하니 만류할 수는 없소이다. 그러나 후회하지는 마시오."

장합이 큰소리쳤다.

"대장부가 세상에 났다가 몸을 던져 보국하는데 만 번 죽은들 어찌 한을 하겠소."

사마의는 하는 수 없었다.

"공이 그처럼 견집하니 오천 군사를 거느리고 먼저 가시오. 위평에게 이만 군사를 주어 공의 뒤를 받쳐서 적의 매복한 군사를 막게 하리다. 나는 삼천 군사로 뒤를 받치리다."

장합은 곧 5천 병마를 거느리고 불이 나도록 촉병의 뒤를 쫓았다.

30리쯤 갔을 때 홀연 등 뒤에서 함성이 크게 일어나며 숲 사이에서 한 떼 군마가 쏟아져 나왔다.

위수 대장은 위연이었다. 칼을 비껴들고 말을 멈추어 크게 부르짖었다.

"적장은 어디로 가느냐, 내 칼을 받으라."

장합은 대로했다.

말 머리를 돌려 소리치며 교봉交鋒했다.

싸운 지 10합이 못되어 위연이 거짓 패해 달아났다.

장합은 신명이 났다. 30리를 쫓았다.

앞뒤를 바라보나 복병은 한 명도 없었다.

장합은 말을 채쳐 앞으로 짓쳐 나갔다.

또다시 함성이 천지를 진동하며 한 떼 군마가 쏟아져 나왔다.

앞을 바라보니 위수 대장은 관흥이었다.

관흥은 장합을 크게 꾸짖었다.

"이놈, 장합아. 달아나지 말라. 여기서 너를 기다린 지 오래다."

장합은 말을 채질해 관흥한테로 덤볐다.

교봉 10합에 관흥이 말을 채질해 달아났다.

장합은 뒤를 쫓았다. 수풀이 무성한 밀림密林 속에 당도했다.

장합은 의심이 났다. 두루 밀림을 살폈다.

사면을 초탐해 보았으나 한 곳도 복병이 없었다.

장합은 마음이 탁 놓였다.

또다시 촉병을 쫓았다. 뜻밖이었다. 패해 달아났던 위연이 홀연 나타나 정면에서 길을 막았다.

장합은 위연을 쫓아 싸운 지 10여 합에 위연은 또다시 패해 달아났다.

장합은 대로해서 위연의 뒤를 쫓았을 때 관흥이 나타나서 호통 치며 가는 길을 막았다.

장합의 죽음

장합은 피로했다.

말을 채쳐 관흥한테로 달렸다.

교봉 10합에 촉병들은 갑옷투구를 벗어 버리고 달아났다.

촉병의 버리고 달아난 의복과 병기는 길 좌우편에 즐비했다.

위병들은 물건을 줍느라고 분주하게 말에서 내렸다.

이 틈을 타서 위연과 관흥은 번갈아서 장합의 분을 돋우며 싸웠다.

장합은 힘을 다하여 두 장수를 연달아 쫓았다.

이때 벌써 하늘은 어둡기 시작했다.

장합은 마침내 목문도 어귀까지 쫓아갔다.

달아난 위연이 급히 말 머리를 돌리며 고성대매高聲大罵했다.

"장합 역적 놈아. 내가 네깟 놈하고는 상대하지 아니하려 했더니, 네놈이 군이 쫓아오니 한번 결사전을 해서 네 목을 베리라."

장합은 십분이나 노했다.

장창을 비껴들고 말을 놓아 곧 위연의 목을 취하려 했다.

위연도 지지 아니했다. 칼을 휘두르며 장합의 목을 벨 듯 덤벼들었다.

그러나 창과 칼이 부딪친 지 10합이 못되어 위연은 대패해 달아났다.

장합이 급히 쫓아 말을 달려가니 위연의 패한 군사는 의갑衣甲과 투구와 말을 버리고 목문도중木門道中으로 향해 달아났다.

장합의 성미는 급했다. 위연이 패해 달아나는 것을 보자 또다시 말을 달려 뒤를 쫓았다.

이때 밤은 완전히 어두웠다. 홀연 일성 포향이 일어나면서 산상에 화광이 충천하고, 나무와 돌이 어지럽게 떨어지면서 장합의 군사의 가는 길을 끊었다.

장합은 대경실색했다. 옴치고 뛸 수가 없었다.

"내가 계교에 떨어졌구나!"

한탄하는 소리를 하며 급히 말 머리를 돌리려 할 때, 등 뒤에 나무와 돌이 산더미같이 굴러 떨어져 길을 메웠다.

장합이 망설이고 바라보고 있을 때 중간엔 한 조각 공지空地가 있고, 양편엔 높은 절벽이 보였다.

장합은 진퇴무로進退無路가 되었다.

홀연 한 소리 딱따기 소리를 군호로 하여 1만 쇠뇌가 비 오듯 쏟아졌다.

장합을 위시하여 백여 명 장수와 수많은 군사들은 다 함께 목문도중에서 죽었다.

장합이 죽은 후에 후속 부대들이 당도해 보니 목문도의 길은 나무와 돌이 쌓여 갈 수가 없었다.

위병의 후속 부대는 급히 말을 돌려 물러가려 했다.

홀연 산마루에서 큰소리가 났다.

"제갈 승상이 여기 계시다."

위병들은 우러러보니 과연 공명이 화광 중에 서서 손을 들어 위병들을 가리키며 말했다.

"오늘 내가 사냥을 하는 중에 한 필 말을 쏘려 했더니 그릇 노루 한 마리를 맞히었다. 너희들은 안심하고 가서 사마중달보고 일러라. 조만간에 반드시 사로잡히고 말리라고."

위병들은 돌아가 사마의를 보고 자세히 전후 사실을 고했다.

사마의는 슬퍼하고 상심하기를 마지아니했다. 하늘을 우러러 탄식했다.

"장합을 죽게 한 것은 나다!"

사마의는 곧 군사를 거두어 낙양으로 돌아갔다.

뒤에 시인은 장합의 죽음을 슬퍼하고, 공명의 신출귀몰한 용병을 찬탄하여 시를 지었다.

伏弩齊飛萬点星

木門道上射雄兵

至今劍閣行人過

猶說軍事舊日名

매복했던 쇠뇌

일제히 나니

만 개 별이

흐르는 듯

목문도 위의

큰 군사를 무찌르다.

지금도 검각에

행인이 지날 때마다

아직도

공명의

옛날 이름 말하네.

위주 조예는 장합의 죽음을 듣고 눈물을 뿌려 탄식하고 시체를 거두어 후하게 장사 지내 주었다.

한편 공명이 한중에 들러 성도로 돌아가 후주께 뵈려 할 무렵, 도호都護 이엄李嚴이 망령되게 후주한테 표를 올려 고했다.

신이 이미 군량을 판비辨備하여 장차 승상 군중으로 운보하려 했사온데 승상이 무슨 연고인지 별안간 반사했으니 까닭을 모르겠습니다.

후주는 이엄의 아뢰는 글월을 보고, 곧 상서尙書 비위費褘에게 명하여 한중으로 가서 공명을 보고 군사를 돌려 반사한 까닭을 물으라 했다.

비위가 한중에 당도하여 공명을 만나 보고 후주의 말을 전했다. 공명은 크게 놀라 말했다.

이엄의 무고

"이엄이 급한 장계狀啓를 내어 동오 손권이 위주 조예와 화친을 한 후에 동오가 서천西川으로 입구入寇한다 하므로 나는 군사를 돌린 것입니다."

비위가 말했다.

"이엄이 아뢰기를 군량이 이미 충족하도록 준비되어 승상께로 보내려 했는데 승상이 반사班師하니 어찌한 까닭이냐고 아뢰었으므로 폐하께서는 나를 보내서 알아 오라고 하신 것입니다."

공명은 대로했다. 곧 사람을 보내서 이엄의 동정을 살피라 했다.

원래 이엄은 군량미의 조달이 충분치 못했다.

공명한테 죄를 얻을 것이 두려웠다.

거짓 장계를 써서 공명이 급히 반사하여 돌아가게 하고, 또다시 후주한테 상소하여 자기의 허물을 덮으려 한 것이었다.

사실은 곧 공명한테 전해졌다.

공명은 크게 노했다.

"필부匹夫 놈이 한 몸을 위하여 국가의 대사를 결딴나게 했으니 참형에 처해야 마땅하다."

곧 이엄을 잡아들여 목을 베러 했다.

비위가 만류했다.

"승상께서는 선제가 탁고하신 뜻을 살피시어 아직 너그럽게 용서하시옵소서.”

공명은 가만히 생각해 보았다. 당장 이엄의 목을 벤다면 후주의 어리석음을 드러내는 것이 될 뿐이었다.

비위의 말을 좇아 이엄의 참형을 보류했다.

비위는 곧 표계表啓를 올려 전후 전말을 밝혔다.

후주는 비위의 상소를 보고 발연히 노했다.

이엄을 잡아 문초한 후에 무사를 불러 이엄의 목을 베라 했다.

참군參軍 장완蔣琬이 출반하여 아뢰었다.

“이엄은 선제께서 탁고하신 신하올시다. 엎드려 비옵니다. 성스러운 은혜를 내리시어 너그럽게 용서하소서.”

후주는 장완의 말을 좇아 벼슬을 떼어 서인庶人을 만든 후에 자동梓潼으로 귀양을 보내서 한가롭게 지내게 했다.

공명은 성도로 돌아가 이엄의 아들 이풍李豐을 등용하여 장사 벼슬을 주었다.

공명은 3년 동안 군량을 저축하고 군기를 정비한 후에 출정하기로 결심했다.

강진講陣 논무論武하면서 사졸을 무휼撫恤하니 양천의 인민과 군사들은 모두 다 공명의 은덕을 칭송했다.

육출 기산

세월은 흘러서 어느덧 3년이 지났다.

때는 건흥 13년 봄 2월이었다. 공명이 입조하여 아뢰었다.

"신은 군사를 존휼存恤한 지 이미 삼 년이 되었습니다. 양식은 풍족하고 군비는 완비되었습니다. 사람과 말이 다 함께 용장하니 가히 한번 위국을 칠 만합니다. 이번에 만약 간당을 소탕하지 못하고 중원을 회복하지 못한다면 맹세코 다시 폐하를 대해 뵙지 않겠습니다."

후주가 대답했다.

"지금 천하는 솥발(鼎足) 같은 형세를 이루어 오와 위는 입구入寇하지 않는데 왜 상부相父께서는 태평한 세월을 누리지 아니하시고 또 전쟁을 하려 하시오."

공명이 대답해 아뢰었다.

"신이 선제 폐하의 지우知遇하시는 은혜를 받자와 자나 깨나 항상 위적을 칠 것을 생각하여 갈력진충竭力盡忠하는 것은 폐하께서 하루바삐 중원을 극복하시어 한실을 중흥하시도록 원하는 때문입니다."

공명의 말이 채 떨어지기 전에 반열 속에서 한 사람이 나와서 아뢰었다.

"승상께서는 이번에 군사 일으키시는 일은 불가한 줄로 아뢰오."

모두 보니 초주譙周란 사람이었다.

초주는 태사 벼슬을 하고 있는 사람으로 천문에 자못 밝은 사람이었다.

공명이 다시 출사하겠다고 아뢰는 말씀을 듣자, 이같이 발언하고 다시 계속해서 아뢰었다.

"신은 지금 사천대司天臺를 관장하는 책임을 가지고 있습니다. 화북에 관한 일을 감히 아니 아뢸 수 없습니다. 요사이 새 떼 수만 마리가 남쪽에서부터 날아와서 한수에 와서 빠져 죽었습니다. 이것은 상서롭지 못한 조짐이올시다. 그리하옵고 신이 또 천문을 보니 규성奎星이 태백太白의 분야分野에 걸쳐 있어, 번성한 기운이 북편에 있습니다. 위국은 북편에 있으니 치는 것이 불리합니다. 또 성도에서는 백성들이 다 들었습니다. 잣나무(柏樹)가 밤이면 울었다 합니다. 이러한 여러 가지 재변이 있으니 승상께서는 가볍게 움직이시는 것이 불가합니다."

공명이 장중하게 대답했다.

"나는 선제 폐하의 탁고하시는 중책을 받았소이다. 다만 힘을 다하여 적을 토멸할 뿐, 어찌 허망한 재기災氣쯤 가지고 국가의 대사를 폐할 수 있겠습니까?"

공명은 곧 유사有司에게 명하여 태뢰太牢로 소열 황제 사당에 제물을 배설하라 했다.

공명은 소열묘昭烈廟에 올라 눈물을 머금어 체읍涕泣하면서 고하는 제문을 읽었다.

신 양亮은 다섯 번 기산에 나갔으나 촌토寸土도 얻지 못했으니 죄지은 바가 가볍지 아니합니다. 이제 신은 다시 전군을 통솔하고 여섯 번째 기산에 나가서 힘을 다하고 마음을 다하여 한적漢賊을 소멸하고, 중원을 회복하여 국궁진췌鞠躬盡瘁하여 죽은 후에야 말겠습니다.

제사를 마치고 후주後主께 배사한 후에 성야星夜로 한중에 나가 모든 장수를 불러 출사할 일을 상의했다.

이때 홀연 관우의 아들 관흥이 병들어 죽었다는 슬픈 보고가 들어왔다.

공명은 소리를 높여 방성대곡하다가 이내 땅에 혼절昏絶하여 쓰러졌다.

모든 사람들이 급히 구하여 반상半晌 만에 깨어났다.

여러 장수들은 안정하기를 재삼 권고하였다.

"아깝고 가엾구나, 관흥은 충성되고 의로운 사람인데 하늘이 나를 주어 오래 살도록 못하게 하니 이런 일이 있을 수 있느냐? 이번 출사에 또 한 사람의 큰 장수를 잃었구나!"

뒷사람은 시를 지어 탄식했다.

生死人常理
蜉蝣一樣空
但存忠孝節
何必壽喬松

살고 죽는 일
인생의 상리로세
하루살이같이
한 모양으로 허무타.
다만 충효 대절이
빛을 뿜어 남아 있네.
하필 교송 같은
수명만이랴.

공명은 촉병 34만 명을 거느리고, 다섯 길로 나누어 나갔다.

강유, 위연으로 선봉을 삼아 기산으로 나가 제齊를 취하라 하고, 이회李恢에게 분부하여 군량미를 사곡도斜谷道 어귀에 운반하여 분부를 기다리라 했다.

이때 위국魏國은 지난해에 청룡靑龍이 마파정摩坡井에서 나왔다 해서 좋은 상서라 하여 연호年號를 청룡靑龍 원년元年이라 고쳤다.

청룡 2년 춘 3월에 근신이 아뢰었다.

"변지의 관원이 급한 보고를 보냈습니다. 촉병 삼십여 만이 다섯 길을 취하여 다시 기산으로 나온다 합니다."

조예는 크게 놀랐다.

곧 사마의를 불러 의논하였다.

사마의가 조예한테 아뢰었다.

"신이 밤에 천문을 보니 중원에 왕기가 매우 번성합니다. 규성奎星이 태백太白을 범했으니 서천에 불리한 조짐입니다. 지금 공명은 스스로 재지才智만 믿고 하늘을 거슬러 역천逆天하는 행동을 취하니 이것은 스스로 패망하는 길을 밟는 것입니다. 신은 폐하의 홍복洪福에 의지하여 당연히 공명을 깨칠 것입니다. 다만 네 사람을 천거하여 함께 가서 적을 격파하겠습니다."

조예가 물었다.

"네 사람이란 누구누구들인가?"

"하후연의 네 아들이 있사온데 장자의 이름은 패覇요, 차자의 이름은 위威요, 셋째 이름은 혜惠요, 넷째 이름은 화和올시다. 패와 위는 활 잘 쏘고 말을 잘 타고 혜와 화는 육도삼략六韜三略을 잘 압니다. 이 네 형제는 항상 아비의 원수 갚기를 원하고 있습니다. 신은 이 형제의 보를 두겠습니다. 하후패와 하후위로 좌우 선봉대장을 삼고, 하후혜와 하후화로 행군行軍 사마司馬를 삼아 함께 군기軍機를 협찬協贊하여 촉병을 격퇴하겠습니다."

위주 조예가 말했다.

"향자에 하후무 부마가 군기를 그르쳐서 허다한 군마를 상실한 일은 지금도 잊을 수 없는 수치스런 일이었다. 이제 이 네 형제도 하후 부마와 같은 사람은 아닌가?"

사마의는 몸을 굽혀 아뢰었다.

"이 네 사람은 하후무에 비할 사람들이 아니올시다."

조예는 사마의의 청을 들어 곧 부서를 임명했다.

사마의로 대도독을 삼아 모든 장병들을 그의 재량에 맡겨 임명케 하고, 각처 병마의 조달調達을 역시 도독의 권한 아래 두게 했다.

사마의는 명을 받고 조예께 하직을 고한 후에 성 밖으로 나갔다.

조예는 손수 조서를 써서 사마의한테 내렸다.

"경은 위빈에 당도하거든 성을 굳게 하여 튼튼하게 지키고 싸우지 말라. 촉병이 뜻을 얻지 못한다면 반드시 거짓 패하는 체하여 우리 군사를 유혹할 것이다. 경은 삼가고 쫓지 말라. 저들은 식량이 떨어진다면 저절로 달아날 것이다. 이때 가서 허한 틈을 타서 공격한다면 승리를 거두기 어렵지 않고, 또한 군사들의 피곤함이 없을 것이다. 계교가 이보다 더 나은 것이 없을 것이다."

사마의는 머리를 조아려 조서를 받고 즉일로 장안에 당도하여 각처의 군마를 회동하니 그 수는 40만이나 되었다.

위수渭水에 나가 진을 쳤다.

사마의는 위교를 점령하고

사마의는 다시 5만 군사를 위수 변에 배치하여 아홉 개 부교浮橋를 가설하고, 선봉대장 하후패와 하후위를 시켜 위수를 지나서 영문을 짓게 했다. 또 큰 영문 뒤 동편 언덕에는 크게 성을 쌓아서 불의의 공격을 막게 했다.

사마의는 모든 장수를 불러 군략을 의논하고 있을 때 곽회와 손예가 뵈러 왔다 했다.

사마의는 곧 불러들였다. 예를 마치고 좌정한 후에 곽회가 말했다.

"지금 촉병은 현재 기산에 둔병하고 위수에 걸터앉아 북산北山에 연접하여 농도隴道를 끊고 있으니 크게 근심됩니다."

사마의가 대답했다.

"공의 말씀이 심히 옳소. 그대는 농서隴西를 총독하는 임무를 맡아서 북원北原에 진을 친 후에 늦게 누壘를 쌓고 깊이 도랑을 파서 군사를 거느리고 움직이지 아니하다가 적병의 양식이 끊어질 무렵에 힘을 다하여 공격하시오."

곽회와 손예는 사마의의 영을 받고 군사를 거느려 하채했다.

한편 공명은 다시 기산으로 나간 후에 다섯 개 큰 영채를 배설하고, 사곡서부터 검각에 이르기까지 또다시 열네 개 큰 진을 배설하고, 군사와 말을 분둔分屯시켜서 장구한 계획을 세우고 날마다 대장을 시켜 순찰했다.

이때 소식이 들어왔다.

"곽회, 손예가 농서 군사를 거느리고 북원北原에 하채했습니다."

공명은 여러 장수한테 일렀다.

"위병이 북원에 진을 친 것은 우리가 이 길을 취하여 농도隴道를 끊을까 두려워한 것이다. 나는 이제 거짓 북원北原을 공격하는 체하고 가만히 위빈을 취하리라. 너희들은 군사들을 시켜서 뗏목 백여 척을 싣고 그 위에 풀을 많이 덮은 후에, 배 잘 부리는 노련한 군사 오천 인으로 뗏목을 저어 가게 하고, 나는 깊은 밤에 북원을 공격한다면 사마의는 반드시 군사를 거느려 구원하러 올 것이다. 사마의가 약간 패하고 난 후에, 나는 후군後軍을 휘동하여 먼저 대안對岸으로 짓쳐 나간 후에 전군前軍을 뗏목에 싣고 순류順流를 타서 부교浮橋를 취하여 불을 질러, 뒤에 오는 사마의의 군사를 끊은 후에 다시 나는 한 떼 군사를 인솔하고 적의 전영前營을 점령하여 위수 남쪽을 얻는다면 진병하기 곤란치 아니할 것이다."

모든 장수들은 청령하고 물러갔다.

위군의 순초巡哨들은 나는 듯이 촉군의 행동을 사마의한테 고했다.

사마의는 깜짝 놀라 급히 모든 장수를 불러 의논하였다.

"공명이 이같이 설계하는 것은 계교 속에 계교가 또 있는 것이다. 공명은 북원을 취하는 체하고 순류를 타서 부교를 살라 우리의 후방을 끊은 후에 도리어 우리의 앞길을 취하자는 계획이다."

사마의는 말을 마치자, 곧 하후패와 하후위에게 전령을 내렸다.

"만약에 북원北原에서 함성이 크게 들리거든 군사를 거느리고 위수 남편 산중에 매복해 있다가, 촉병이 당도하거든 단숨에 격파해 버리라."

사마의는 다시 장호와 악림을 불러 영을 내렸다.

"너희들은 이천 궁노수를 거느리고 위수渭水 부교浮橋 북안北岸에 매복해 있다가 만약 촉병이 떼를 타고 오거든 일제히 쏘아붙여서 다리 앞으로 가깝게 오지 못하도록 하라."

사마의는 다시 곽회, 손예에게 전령을 내렸다.

"공명이 북원에 당도하여 가만히 위수를 건너거든 길 중간에 매복했다가 거짓 패해 달아나라. 촉병은 필연코 너희들을 추격하리라. 그때 가서 너희들은 활과 쇠뇌를 쏘라. 나는 수군과 육군을 거느려 병진並進하리라. 그때 촉병들이 쏟아져 크게 공격하거든 나의 지휘를 받아 행동하라."

사마의는 모든 장수한테 영을 내린 후에 또, 두 아들 사마사司馬師와 사마소司馬昭를 불렀다.

"너희들은 각각 군사를 거느리고 전영前營을 구원하라."

분별을 끝낸 후에 사마의는 스스로 한 군단을 거느리고 북원으로 향했다.

한편 공명은 영을 내려 위연, 마대로 위수를 건너 북원을 공격하라 하고 오반, 오의로 뗏목을 강물에 띄워 부교를 불 질러 사르라 하고 왕평, 장의로는 전대前隊를 삼고 강유, 마충으로는 중대中隊를 삼고 요화, 장익으로는 후대를 삼아 군세를 3로로 나누어 위수를 차지했다.

이날 오시午時가 되었다. 공명의 군대와 말들은 대채를 떠나서 모두 다 위수를 건너 진세陣勢를 이루면서 천천히 나갔다.

위연, 마대가 거진 북원에 당도하니 해는 이미 떨어져 황혼이었다.

위장魏將 손예孫禮가 망을 보고 있다가 급히 영문을 버리고 달아났다.

위연은 적의 준비가 있는 줄 미리 짐작하고 급히 군사를 물렸다.

이때 사면에 함성이 대진하면서 좌편에서는 사마의가 군사를 거느려 나오고 우편에서는 곽회가 짓처 나왔다.

포위 속에 들어 있는 위연과 마대는 힘을 합하여 사마의와 곽회의 대군을 시살하면서 포위를 뚫고 나왔으나 촉병들은 반 넘어 강물 속으로 떨어저 빠져 죽고 나머지 군사는 달아나려 하나 달아날 곳이 없었다.

다행히 오반의 일지 군마가 달려와서 패잔병을 구하여 언덕으로 달아났다. 오반이 급히 군사를 나누어 뗏목을 저어 부교에 불을 질러 사르려 했으나 언덕 위에 매복해 있던 위장 장호와 악림이 어지럽게 화살을 쏘는 바람에 오반은 살에 맞고 물에 떨어져 죽었다. 남은 촉병들은 헤엄을 쳐서 도망가고, 뗏목은 모두 다 위병의 차지가 되었다.

이때 촉장 왕평, 장의는 북원에서 촉병이 패한 줄 모르고 곧 군사를 몰아 위영을 공격하려 했다.

때는 삼경인데 사면에 함성이 크게 일어났다. 왕평이 장의한테 말했다.

"마병들이 북원을 치는 중인데 승부를 알 수 없고, 위남渭南의 영채에는 어찌해서 한 명의 위병도 보이지 않는가? 사마의가 미리 짐작하고 먼저 준비를 한 것이 아닌가? 우리들은 부교浮橋에 불이 붙는 것을 본 후에야 진병하는 것이 좋겠소."

두 사람은 말을 멈추고 앞을 바라보고 있을 때 홀연 등 뒤에 한 사람, 기마대가 달려와 보했다.

"승상께서 급히 군사를 돌리라 하십니다. 북원을 공격하던 군사와 부교를 사르러 갔던 군대가 다 실패했습니다."

왕평과 장의는 크게 놀랐다. 급히 군사를 돌려 퇴군하려 할 때 일성 포향이 일어나면서 위병이 등 뒤에서 살같이 쫓아 들며 화광이 충천했다.

왕평과 장의는 위병을 맞아 크게 싸워 한바탕 혼전을 이루었다. 왕평과 장의는 힘을 다하여 겨우 위병을 뚫고 나오니 촉병은 대패하여 태반이나 상했다.

공명은 기산 대채로 돌아와 장병을 수습하니, 이때 잃어버린 군사는 만여 명이 넘었다. 공명은 마음이 불편하고 우울했다.

홀연 시자가 고했다. 비위가 성도로부터 와서 뵙기를 청한다 했다.

공명은 비위를 청하여 예필좌정한 후에 공명이 먼저 말을 꺼냈다.

"마침 잘 오셨소이다. 내가 편지 한 장을 써서 공을 번거롭게 하여 동오東吳로 보내려 했는데 공은 한번 가 주시겠습니까?"

비위가 대답했다.

"승상이 명하시는 일을 어찌 감히 추사하겠습니까?"

공명은 곧 글을 써서 비위한테 넘겨서 손권을 찾으라 했다.

비위는 공명의 글월을 가지고 동오 건업建業으로 가서 오주 손권을 뵈었다.

예를 마친 후에 공명의 서한을 손권한테 바치니 손권은 공명의 글월을 뜯어보았다.

한실漢室이 불행하고 왕강王綱이 벼리를 잃어 조적曹賊의 찬역篡逆한 일이 이제까지 이르니 어찌 한심한 일이 아니오리까. 제갈양은 소열 황제의 기탁하신 중임을 받았으니 어찌 감히 힘을 다하여 충성치 아니하오리까. 이제 대병을 기산에 회동했으니 광구狂寇는 장차 위수에서 멸망할 것입니다. 엎드려 바라옵니다. 폐하께서는 동맹하신 의리를 생각하시어 장수에게 북정을 명하시어 함께 중원을 취하여 천하를 나누도록 하옵소서. 글로 말씀을 다 표현할 수 없습니다. 성청聖聽이 계시기를 만 번이나 바랍니다.

손권은 공명의 글월을 보자 크게 기뻤다.

비위한테 일렀다.

"짐이 오래 전부터 홍병興兵할 것을 생각했으나 화합할 기회를 갖지 못했더니 공명이 이제 이같이 글을 보냈으니 짐은 곧 스스로 친정하는 길에 올라 소문巢門으로 들어가 위의 신성新城을 취하고 다시 육손, 제갈근으로 강하, 면구에 둔병케 하여 양양을 취하라 하고 손소, 장승으로 광릉에 출병하여 회양을 취하게 한 후에 세 곳 군마가 일제히 북진한다면 그 수가 삼십만이 될 것이다. 즉일 홍사케 할 작정이오.”

비위는 마음이 흐뭇했다.

절하여 사례하며 말했다.

“진실로 이같이 하신다면 중원은 날이 가지 아니해서 스스로 파할 것입니다.”

손권은 잔치를 베풀어 비위를 관대했다.

술을 마시는 동안 손권이 비위한테 물었다.

“승상 군진에는 누가 선봉이 되어 먼저 적을 파할 만한 장수가 있겠소?”

비위가 대답했다.

“아마 위연이 위수 대장이 될 것입니다.”

손권은 껄껄 웃으며 말했다.

“그 사람은 용맹은 유여하나 심보가 바르지 못하오. 만약 하루아침에 공명이 없다면 그는 촉의 화근이 될 사람입니다. 공명이 어찌 그것을 모르오.”

비위가 대답했다.

“폐하의 말씀은 지당하십니다. 제가 돌아간다면 폐하의 말씀을 공명께 전하겠습니다.”

비위는 손권한테 배사한 후에 기산으로 돌아가 공명을 뵙고, 오주 손권이 30만 대병을 일으켜 세 길로 나누어 친정하기로 결정한 것을 고했다.

공명의 목우유마

　공명은 다시 비위한테 물었다.

　"오주吳主는 그 밖에 따로 별말이 없습디까?"

　비위는 위연이 훗날 배반할 사람이라고 손권이 하던 말을 옮겼다.

　공명이 탄식하며 말했다.

　"허허, 손권은 과연 총명한 임금이오. 내가 위연의 마음을 모르는 것이 아니라, 그 용맹을 아끼는 고로 쓰는 것이오."

　비위가 말했다.

　"승상께서는 일찌감치 조처하십시오."

　"나도 생각하는 바가 있소."

　비위는 공명을 작별하고 성도로 돌아갔다.

　공명은 여러 장수들을 불러 앞으로 진병할 일을 상의하고 있을 때, 홀연 시자가 들어와 위장 한 사람이 투항하여 왔다고 아뢰었다.

　공명이 불러들여 물었다.

　"너는 누구냐!"

　"저는 위국魏國 편장군偏將軍 정문鄭文이올시다. 이번에 진랑秦朗과 함께 군사를 거느리고 사마의 앞에서 청령하고 있었습니다. 뜻밖에 사마의는 사를 두어서 진랑으로 전장군前將軍을 봉하고, 소장을 초개같이 보니 분함을 이기지 못하여 승상께 항복하러 온 길입니다. 승상께서는 불쌍히 여기

시어 거두어 주신다면 만행이겠습니다."

말이 채 끝나기 전에 진랑이란 자가 군사를 이끌고 영문 밖에 와서 정문에게 욕설하며 싸움을 돋우었다.

공명이 정문에게 물었다.

"진랑의 무예는 너와 비하여 어떠하냐!"

"그깟 놈 대단치 아니합니다. 소장이 당장에 목을 베서 바치겠습니다."

공명이 말씀을 내렸다.

"네 만약 먼저 진랑을 죽인다면 너를 의심치 아니하리라."

정문은 공명의 말씀을 듣자, 흔연히 영문 밖으로 나가 말 타고 진랑이란 자와 어우러져 싸웠다.

공명이 친히 나가 보니, 진랑이 창을 비껴들고 정문을 크게 꾸짖었다.

"반적아, 나의 전마戰馬 훔쳐 간 것을 빨리 돌려보내라."

말을 마치자 곧 정문을 취했다.

정문도 말을 달려 칼을 빼어 들고 진랑한테 덤벼들었다.

정문은 1합에 진랑이란 자의 머리를 베어 말 아래 떨어뜨렸다.

진랑의 거느렸던 위군들은 황황망망 달아났다.

정문은 의기양양했다. 칼끝에 진랑이란 자의 수급을 꿰어 들고 영문 안으로 들어섰다.

공명은 장중에 앉아서 좌정한 후에 발연히 노했다. 정문을 꾸짖었다.

"이놈, 네 어찌 감히 나를 속이느냐. 지금 베어 들고 오는 수급은 진랑의 머리가 아니다."

귀신같이 알아내는 제갈공명의 말에 정문은 벌벌 떨었다.

넙죽 엎드려 절하며 고했다.

"실상을 아뢰옵니다. 이 수급은 진랑의 수급이 아니오라 진랑의 아우

진명秦明의 목이올시다."

공명은 껄껄 웃으며 말했다.

"사마의가 너를 시켜서 거짓 항복하게 한 것이로구나. 제 어찌 나를 속이랴. 네가 만약 실토하지 않는다면 단연코 네 목을 베리라."

정문이 손이 닳도록 빌었다.

"과연이올시다. 거짓 항복하라 한 것이올시다. 승상께서 용하게 아십니다. 그저 살려 주십시오."

"네가 만약 살기를 원한다면 네가 편지 한 장을 써라. 사마의더러 친히 와서 겁영劫營을 하라고. 그리하면 네 목숨을 살려 줄 테다. 그리하여 사마의를 잡게 되면, 네 공이 되는 것이니 돌아오면 중하게 써 주리라."

정문은 공명이 시키는 대로 편지를 써서 공명한테 바쳤다.

공명은 편지를 받은 후에 정문을 감금시켰다.

번건樊建이 공명께 물었다.

"승상께서는 어찌 이 사람의 거짓 항복한 것을 아셨습니까?"

공명이 대답했다.

"사마의는 함부로 사람을 쓰지 아니한다. 만약 진랑으로 전장군을 삼았다면 반드시 무예가 출중한 사람일 것이다. 오늘 정문과 교봉하는데 한칼에 목이 달아났으니 이것은 진정한 진랑이 아닌 것이 분명하다. 이런고로 그 거짓인 것을 안 것이다."

모든 장수들은 다 감복했다.

공명은 구변 좋은 군사 한 사람을 뽑아 귀에 대고 비밀한 분부를 내렸다.

군사는 정문의 편지를 가지고 위진으로 가서 사마의한테 뵙기를 청했다.

사마의는 편지를 읽은 후에 촉병을 불러들였다.

"너는 어떤 사람이냐!"

"소인은 본시 중원 사람이온데 서촉에 유락流落해 있었습니다. 정문은 원래 소인과는 동향지인이올시다. 이번에 공명은, 정문이 진랑의 목을 벤 공으로 특별히 뽑아서 선봉장을 삼았습니다. 이 까닭에 정문은 저를 시켜서 글월을 도독께 올리라 하고 내일 승석僧夕 때 횃불을 들어 군호를 할 테니 도독께서는 대군을 인솔하시고 친히 겁채하신다면 정문은 내응이 되겠다 합니다."

사마의는 여러 차례 반복하여 힐문하고 다시 필적을 살펴보았다.

틀림없는 정문의 글씨였다.

사마의는 편지 가지고 온 군사에게 술과 밥을 주어 후하게 대접하고 분부하였다.

"오늘 이경 때 내가 친히 가서 겁채劫寨할 작정이다. 대사가 성공되는 날 반드시 너를 중하게 쓰리라."

군사는 사마의를 배별한 후에 촉진으로 돌아가 공명한테 전후 전말을 고했다.

공명은 복검보간伏劍步罡의 기도를 올린 후에 왕평과 장의를 불러 여차여차하라고 분부를 내리고 마충, 마대를 불러 이같이 하라 영을 내리고 또 위연을 불러 약시약시하라 했다.

공명은 이같이 분별을 마친 후에 스스로 수십 인을 거느리고 높은 산상에 앉아 모든 군사를 지휘했다.

한편 사마의는 정문의 글월을 보고 문뜩 두 아들을 인솔하고 대병을 지휘하여 촉진을 겁박하라 했다.

장자 사마사가 간하였다.

"아버님께서는 한 조각 편지를 보시고 몸소 위험한 중지로 들어가시니 만약 소루한 일이 생긴다 하면 어찌하시렵니까. 따로 한 장수를 먼저 보내신 후에 아버님께서는 후응을 하시는 편이 좋겠습니다."

사마의는 아들의 말을 옳게 여겼다.

곧 진랑秦朗에게 명해서 1만 군사를 거느려 촉채를 겁박하라 하고, 사마의 자신은 뒤에서 군사를 거느려 접응했다.

이날 밤 초경에 바람은 맑고 달은 밝았다.

장차 이경 때가 될 무렵 홀연 음산한 구름장이 사면에서 일어나면서 검은 기운이 하늘에 가득했다.

군사들은 서로 얼굴을 대했으나 알아보지 못했다.

사마의는 크게 기뻐했다.

"하늘이 나로 하여금 성공하게 하는구나."

군사들의 입을 봉하게 하고 말은 재갈을 물렸다. 소리 없이 몰아 나갔다.

진랑이 앞에 서서 1만 대군을 이끌고 곧 촉진 속으로 쇄도殺到했다. 문 안에는 한 사람의 군사도 보이지 아니했다.

진랑은 비로소 계교에 떨어진 줄 알았다.

황망히 군사를 물리라 부르짖었다.

"전군은 급히 퇴각하라."

명령이 채 끝나기 전에 사면에서 횃불을 일제히 밝히면서 함성은 천지를 진동했다.

좌편에는 왕평, 장의요, 우편에는 마대, 마충의 군사들이 살기를 띠어 쫓아 들었다.

진랑은 죽도록 싸웠으나 빠져 나올 길이 없었다.

사마의는 뒤에 있다가 촉진에 화광이 충천하고 함성이 부절하는 것을 듣자, 군사를 재촉하여 위병을 구원하려 했다.

그러나 사마의가 바라보니 하늘도 탈 듯한 화광 속에 함성과 고각鼓角

소리 천지를 진동하면서 포성 또한 대지를 뒤흔들었다.

좌편에는 위연이 말을 달려 나오고, 우편에는 강유가 창을 꼬나 양로군이 일제히 살같이 내달았다.

위병은 크게 패했다. 열에 여덟 아홉은 패해서 죽고 상했다.

이때, 진랑은 1만 군사를 이끌고 촉병의 포위 속에 빠졌다가 비 오듯 쏟아지는 화살 속에 죽었다.

사마의는 패잔병을 이끌고 본진으로 달아났다.

삼경 이후에 하늘은 다시 맑게 개었다.

공명은 산상에서 쇠를 울려 군사를 거두었다.

원래 이경 때 어둡고 캄캄해서 음산한 구름이 일어난 것은 공명이 둔갑법을 쓴 것이요, 군사를 거둔 후에 하늘이 다시 청명한 것은 공명이 육정육갑六丁六甲을 몰아서 검은 구름을 쓸어버린 것이었다.

공명은 크게 승리를 얻은 후에 본채로 돌아가 정문을 옥에서 끌어내어 참형에 처한 후에 다시 위남渭南 취할 방책을 협의하면서 날마다 군사를 시켜 위군을 향하여 싸움을 돋우었다.

그러나 사마의는 진문을 굳게 닫고 응하지 아니했다.

공명은 친히 군사를 몰아 기산 아래 위수로 나가 두루 동서의 지리를 살폈다.

공명이 홀로 한 골짜기에 당도하니 그 형상이 마치 호로병葫蘆瓶 같은데 안에는 천여 명의 군사를 용납할 만하고, 또다시 두 편 산골 사이에 4백~5백 사람을 용납할 만했다.

더욱 기이한 것은 등 뒤에 있는 산은 고리같이 둥글게 껴안았는데 겨우 말 탄 사람 한 명이 지나갈 만했다.

공명은 지세를 보고 심중으로 크게 기뻐했다.

향도관을 불러 물었다.

"이곳 지명은 무어라 하느냐!"

"이곳은 상방곡上方谷이라고도 하고, 호로곡葫蘆谷이라고도 합니다."

공명은 장중으로 돌아와 비장 두예杜叡와 호충胡忠을 불러 귀에 입을 대고 밀계密計를 주었다.

다시 군장軍匠 1천여 명을 소집하여 호로곡 속으로 들어 목우유마木牛流馬를 만들라 했다.

한편 마대에게 명하여 5백 군사를 인솔하고 곧 어귀에 주둔하라 한 후에 마대에게 분부를 내렸다.

"장인들을 함부로 내보내지 말고 외인들의 침입을 절대로 금하라. 나는 불시로 나가서 자주 점검하리라. 사마의를 잡는 계책이 이곳에 있으니 절대로 누설해서는 아니 된다."

마대는 청령하여 물러가고, 두예와 호충은 호로곡 속에서 목우유마 짓는 것을 감독했다.

공명은 매일 호로곡으로 나가 목우유마 제조하는 것을 지시했다.

하루는 장사長史 장의張儀가 들어와 고했다.

"지금 군량미는 모두 검각에 있는데, 인부와 우마로 운반하기 불편하니 어찌하면 좋습니까?"

공명이 방긋 웃으며 말했다.

"내가 여러 가지로 생각한 지 오래요. 전에 적치해 두었던 목재와 서천에서 사들인 큰 나무로 목우유마를 제조해서 군량을 운반할 방침이오. 대단 편리한 방법입니다. 목우는 먹지 아니해도 능히 주야로 양식을 운반할 수 있으니 얼마나 편리한 방법입니까?"

옆에서 듣고 있던 여러 사람들은 깜짝 놀랐다.

"자고급금自古及今에 목우유마란 말은 듣지도 못하고 알지도 못했습니다. 승상께서는 어떤 묘법으로 이러한 기이한 물건을 창조하셨습니까?"

공명이 대답했다.

"내가 벌써 사람들을 시켜서 의법 제조케 하고 있으나 아직 완비가 되지 아니했소. 나는 지금 목우유마를 제조하는 법을 그대들한테 보여줄 테니 척尺, 촌寸, 방方, 원圓과 장長, 단短, 광廣, 협挾을 명백하게 보시오."

모든 사람들은 크게 기뻐했다.

공명은 손수 종이를 펴 놓고 그림을 그렸다.

모든 사람들은 둥글게 둘러앉아 공명의 목우유마 그리는 것을 침을 삼켜 바라보았다.

배는 모지고 정강이는 굽다. 일복사족一腹四足인데, 머리는 영중領中에 들었고, 혀는 배에 붙었다. 많이 싣고 적게 가는데 혼자 가면 수십 리요, 여럿이 가면 3천 리를 간다. 굽은 것은 소머리가 되고, 쌍으로 된 것은 우족牛足이다. 횡으로 간 것은 우령牛領이 되고 굴러가는 것은 우각牛脚이 된다. 엎어진 것은 소 잔등이요, 모진 것은 소 배때기다. 늘어진 것은 우설牛舌이요, 구부러진 것은 우륵牛肋이다. 새겨진 것은 우치牛齒요, 뾰족하게 서 있는 것은 쇠뿔(牛角)이다. 가는 것은 우앙牛鞅이요, 껴 진 것은 우추축牛鞦軸이다. 소는 쌍원雙轅을 끌고, 사람은 육척으로 가는데 소는 4보四步를 걷는다. 사람은 수고스럽지 아니하고, 소는 먹지 아니해도 좋다.

공명은 그림 그리기를 마친 후에 다시 제조하는 방식을 밝혔다.

갈비 길이(肋長) 3척 5촌, 너비(廣)가 3촌, 두께가 2촌 5분, 좌우는 같고 전축前軸은 구멍(孔分)이요, 분묵거두分墨去頭가 4촌이요, 경중徑中이 2촌이요, 전각공前脚孔 분묵거두分墨去頭가 4촌 5분이요, 장長이 1촌 5분, 광廣이 1촌, 전강공거 전각공 분묵이 2촌 7분이요, 공장孔長이 2촌이요, 광廣이 1촌이요, 후축공거後軸孔去 전강공前杠孔 분묵分墨이 1척 5촌이요, 대소여大小與 전동前同하고 후강공거後杠孔去後 각공脚孔 분묵分墨이 2촌 2분이요, 후강공後杠孔 분묵分墨이 4촌 5분이요, 전강장前杠長이 1척 8촌이요, 광廣 1촌, 후厚 1촌 5분이요, 후강여등판방낭이매後杠與等板方囊二枚, 후厚가 8분이요, 장長이 2척 7촌이요, 고高가 1척 6촌 5분이요, 광廣이 1척 6촌이요, 매매每枚 수미受米가 2휘 3두요, 종상강공거륵하從上杠孔去肋下가 7촌이요, 전후동상강공거하강공분묵前後同上杠孔去下杠孔分墨이 1척 3촌이요, 공장孔長이 1촌 5분이요, 광廣이 7분 8이요, 공동전후사각광孔同前後四脚廣이 2촌이요, 후厚가 1촌 5분이요, 형제여상形制如象인데, 강장杠長이 4촌이요, 경면徑面이 4촌 3분이요, 공경중삼각강장孔徑中三脚杠長이 2척 1촌이요, 광廣이 1촌 5분이요, 후厚가 1촌 4분이다.

모든 장수들은 목우유마의 제조 방식을 본 후에 일제히 엎드려 절하며 말했다.

"승상께서는 참으로 신인이십니다."

두어 달이 지난 후에 목우유마는 함빡 완성이 되었다.

흡사한 산짐승이라, 산으로 오르고 고개를 넘는데 편리하기 한량없었다.

모든 군사들은 목우유마의 움직이는 것을 보고 갈채해서 기뻐하지 않는 이가 없었다.

공명은 우장군右將軍 고상高翔에게 영을 내려 1천 군사를 거느리고 목우유마를 이끌어 검각에서 기산 대채로 양식과 곡초를 운반하여 촉군의 용도用度에 편리케 했다.

뒷사람은 시를 지어 제갈공명의 목우유마를 창조한 기술을 찬양했다.

劍閣險峻驅流馬

斜谷崎嶇駕木牛

後世若能行此法

輸將安得使人愁

검각 험한 길로 유마流馬를 몰고 사곡 기구한 곳에 목우를 끌다.

뒷세상 사람

이 법을 쓴다면

싣고 나르는데

무슨 근심 있으랴.

한편 사마의는 정히 근심하고 있을 때 홀연 초마哨馬가 보였다.

"촉병이 목우유마란 것을 만들어서 군견과 마초馬草를 운반하는데 사람은 힘이 아니 들고, 우마는 먹지 아니해도 일을 하게 됩니다. 기막힌 일이올시다."

사마의는 듣고 깜짝 놀랐다.

"그게 무슨 소리냐! 내가 굳게 지키고 나가서 싸우지 아니한 것은 저 사람들이 양식을 대지 못해서 자폐自斃하기를 바란 것인데 이제 이 법을 써서 장구한 계획을 세우고 물러가지 아니하니 어찌하면 좋단 말이냐."

말을 마치자 급히 장호, 악림 두 장수를 불러 분부했다.

"너희 두 사람은 각기 오백 군사를 거느리고 사곡에서 작은 길을 취하여 매복해 있다가 촉병이 목우유마를 몰고 지나가거든 일제히 나가서 약탈해 오라. 많아도 소용이 없다. 다만 사오 필만 뺏어 오너라.”

두 장수는 명을 받들어 5백 군사를 거느리고 촉병의 복색으로 변장한 후에 어둠을 타서 산골 속에 숨어 있었다.

얼마 아니 되어서 과연 촉장 고상이 군사를 인솔하고 목우유마를 몰아나왔다.

행진이 거의 끝날 무렵 장호와 악림은 양편에서 일제히 고함치며 내달았다. 무심하게 지나가던 촉병들은 조수불급措手不及이 되었다. 두어 필 목우유마를 버리고 달아났다.

두 위장은 기쁨을 이기지 못했다.

목우유마를 끌고 본채로 돌아갔다.

사마의가 나가서 목우유마를 보니 가고 오고 오르고 내리는 행동이 여전한 짐승이나 일반이었다.

사마의는 자세히 살핀 후에 혼잣말했다.

“네가 이 법을 썼으니, 나도 한번 써 보리라.”

곧 일동 공장 백여 인을 불렀다.

“너희들은 이 목우유마를 해체해 본 후에 척촌, 장단, 후박을 꼭 이대로 본떠서 목우유마를 제조해 보라.”

공장들은 명을 받들어 모방해 만들기 시작했다.

반달이 못 되어 1천여 척의 목우유마를 만들었다.

흡사 공명이 만든 것과 꼭 같이 움직이고, 멈추고, 오르고 내렸다.

사마의는 곧, 진원 장군 잠위에게 영을 내려 1천 군을 거느려 목우유마를 끌고 농서隴西로 가서 양식을 운반하라 했다.

사마의가 공명을 본뜬 목우유마도 끊일 사이 없이 본채로 양식을 실어 운반하니 위병들은 촉병 못지않게 기뻐했다. 한편 촉장 고상은 돌아가 공명을 뵈옵고 죄를 청했다.

"위병한테 목우유마 오륙 필을 뺏겼습니다. 죄를 청합니다."

공명이 껄껄 웃으며 말했다.

"나는 몇 필 목우유마를 잃었다마는, 멀지 아니해서 군중에 허다한 물자를 얻을 것이다. 내가 다 알고 한 일이다. 죄를 청할 것은 없다."

모든 장수가 물었다.

"승상께서는 앞으로 많은 군자 얻을 것을 어찌 아십니까?"

"사마의는 목우유마를 보고 반드시 내 법을 모방해서 만들 것이다. 그때 가서 나는 또 계책이 있을 것이다."

수일 후에 사람이 와서 보했다.

"위병들이 목우유마를 만들어 가지고 농서로 가서 양식을 운반해 옵니다."

공명은 웃으며 말했다.

"내 요량에 벗어나지 않는다."

곧 왕평을 불러 분부를 내렸다.

"너는 일천 병마를 거느리고 위병으로 변장한 후에 밤을 도와 북원으로 가서 순량군巡糧軍이라 한 후에 적의 운량군 속에 끼여 가다가 운량군들을 모조리 죽이고 목우유마를 몰아 북원으로 돌아오라. 이때 필연 위병들은 너희를 추격하리라. 너는 목우유마의 혀를 비틀어 놓아라. 그러면 유마들은 능히 움직이지 못하리라. 그때 가서 너희들은 목우유마를 버리고 달아나라. 위병이 쫓아와서 움직이지 않는 목우유마를 보고 깜짝 놀라리라. 이때 나는 별도로 군대를 보낼 테다. 그때 너희는 다시 몸을 돌려 적의 버리고 간 목우유마의 혀를 돌려놓고 위세 좋게 몰고 나가라. 위병은 반드시 의심하고 괴이쩍게 생각할 것이다."

왕평은 공명의 계교를 받아 군사를 이끌고 나갔다.

공명은 또 장의를 불러 분부했다.

"너는 오백 군을 거느리고 육정육갑六丁六甲 신병神兵으로 분장扮裝해서 귀두수신鬼頭獸身에 오채五綵를 쓰고 얼굴엔 괴상하고 무서운 탈박을 쓴 후에, 한 손엔 수기繡旗를 들고, 한 손엔 보검寶劍을 잡고, 몸에는 화약 담은 호로葫蘆를 차고, 산길 옆에 매복해 있다가 목우유마가 당도하거든 일제히 연화煙火를 일으키며 목우유마를 몰고 나가라. 위병이 보면 귀신인 줄 알고 감히 쫓지 못하리라."

장의는 공명의 계교를 받들고 나갔다.

공명은 또 위연과 강유를 불러 분부했다.

"너희 두 사람은 함께 일만 군사를 거느리고 북원으로 가서 목우유마의 교전하는 것을 접응하라."

위연, 강유가 응명하고 물러갔다.

공명은 또 요화, 장익을 불러 분부했다.

"너희 두 사람은 오천 군사를 거느리고 사마의의 오는 길을 끊어라."

요화, 장익이 청령하고 물러갔다.

공명은 또 마충, 마대를 불러 분부했다.

"너희 두 사람은 이천 군사를 거느리고 위남渭南으로 나가 싸움을 돋우라."

여섯 장수들은 각각 명을 받들어 나갔다.

이때 위장 잠위岑威는 군사를 거느려 목우유마에 양식을 가득 싣고 나갈 때, 홀연 전면에 순량군이 왔다고 보했다.

위장이 살펴보니 과연 틀림없는 순량군이었다.

곧 방심하고 전진하여 두 편 군사가 한데 나갈 때, 홀연 함성이 대진하면서 일대 군마가 쏟아져 나왔다.

"촉병 대장 왕평이 여기 있다."

호통 쳤다.

위병들은 손을 놀릴 틈이 없었다.

태반이나 촉병한데 살상을 당했다. 잠위는 패잔병을 이끌고 촉병을 대항해 싸우다가 왕평의 한칼에 목이 떨어져 죽었다. 남은 위병들은 뭉그러져 달아났다.

왕평은 깡그리 사마의가 모양 낸 목우유마를 몰고 돌아갔다. 위병의 패한 군사는 나는 듯이 북원채北原寨로 달려가서 곽회한테 보했다.

곽회는 군량미를 뺏겼다는 말을 듣자, 급히 군사를 이끌고 구원하러 쫓아왔다.

왕평은 공명의 지시한 대로 군사들을 시켜 목우유마의 혀를 비틀어 버리고 길에 버린 후에 한편으로 싸우며 한편으로 달아났다.

곽회는 왕평을 쫓지 않고 군사들을 시켜 목우유마를 잡았다.

그러나 목우유마는 한 필도 움직이지 아니했다.

곽회는 괴상하다고 생각했으나 도리가 없었다. 돌연 함성이 크게 일어나며 고각 소리 천지를 뒤흔들었다. 두 길에서 군사가 쫓아 들었다.

바라보니 위연과 강유였다.

왕평도 다시 군사를 이끌고 쫓아 들었다.

3로에서 위병을 협공했다. 곽회는 대패해서 달아났다.

왕평은 곽회의 군사들이 버리고 달아난 목우유마의 혓바닥을 군사들을 시켜서 돌려놓았다. 목우유마는 다시 살같이 달아났다. 왕평은 목우유마를 따라 유유하게 말을 달렸다.

곽회는 이 모양을 보자, 다시 군사를 돌려 왕평을 쫓았다. 홀연 산 뒤에서 연기가 구름일 듯 일어나면서, 일대 신병神兵이 쏟아져 나왔다.

손에는 제각기 기와 칼을 들고, 괴상한 모양으로 몸차림을 하고, 목우유마를 바람같이 호위해 달려갔다.

곽회는 대경실색했다.

"이것은 신조神助로구나!"

모든 군사는 놀라고 두려웠다. 감히 쫓아가지 못했다.

한편 사마의는 북원병北原兵이 패했다는 소식을 듣고 급히 군사를 거느려 구원하러 나섰다.

중간쯤 가는 길에 홀연 일성 포향이 일어나며 산골 속에서 양로병兩路兵이 쇄도했다. 고함 소리 천지를 울리면서 두 사람의 장군이 나타났다.

기가 펄펄 날렸다. 기 뒤에는 '편장군 장익張翼, 요화廖化'라고 대서 특서했다.

사마의는 크게 놀라고 위군들은 황황망망 달아났다.

그야말로,

路逢神將糧遭却
身遇奇兵命又危

길에서 신장을 만나 양식을 뺏기고, 몸은 기병을 만나
목숨 또한 위태롭네.

사마의는 급했다. 필마단창匹馬單槍으로 밀림 속으로 달아났다.

장익은 후군後軍을 정돈하고, 요화는 앞으로 말을 달려 사마의를 쫓았다.

사마의는 급했다. 밀림 속의 큰 나무를 싸고돌면서 달아났다. 요화는 칼을 빼어 달아나는 사마의를 찍지 못하고 나무를 찍었다. 요화는 나무에 박힌 칼을 뽑으려 할 때 사마의는 벌써 밀림 밖으로 빠져 달아났다.

요화는 계속에서 뒤를 쫓았다. 그러나 사마의의 모습은 보이지 아니했다.

다만 동편 수림 사이에 황금 투구 한 개가 떨어져 있었다.

요화는 황금 투구를 집어서 마상에 걸고 동편을 향하여 사마의의 뒤를 쫓았다.

원래 사마의는 일이 급하게 되어 일부러 황금 투구를 동편 수풀에 던져 버리고 반대 방향인 서편을 향하여 달아난 것이었다.

요화는 한 마장이나 뒤를 쫓았으나 사마의의 종적은 묘연히 찾을 길 없었다.

길에서 강유를 만났다. 함께 본채로 돌아가 공명께 뵈었다.

이때 장의도 사마의가 공명을 모방해서 만든 목우유마를 몰고 돌아왔다. 목우유마에서 얻은 양곡이 만여 석이나 넘었다.

요화는 사마의의 황금 투구를 공명한테 바쳤다.

공명은 공功 1등一等으로 기록했다.

위연은 심중에 좋지 아니했다. 중얼거려 원망하는 소리를 했다. 공명은 듣고도 못 들은 체했다.

한편 사마의는 자기 진으로 도망쳐 돌아온 후에 마음으로 무한히 고민했다.

홀연 사명使命이 위주의 조서를 받들고 왔다.

사마의가 조서를 받들어 보니,

동오가 3로三路로 입구하므로 조정에서는 장수에게 명하여 적을 막으라 했다. 경은 굳게 지키고 싸우지 말라.

사마의는 위주의 명을 받아 호壕를 깊이 파고 누壘를 높이 쌓아서 굳게 지키고 나오지 아니했다.

이때, 위주 조예는 동오 손권이 3로로 군사를 거느리고 온다는 소식을 듣고 역시 3로로 군사를 일으켜 대항하려 했다.

유소劉劭에게 명하여 강하를 구원하라 하고 전예에게 명하여 양양을 구하라 하고, 조예는 스스로 만총과 함께 대군을 휘동하여 합비를 구하기로 했다.

만총이 먼저 일군을 거느리고 소호구巢湖口에 당도하여 동편 강안江岸을 바라보니 전선戰船은 무수하게 늘어섰고, 정기旌旗는 정제하고 엄숙했다. 만총은 진중으로 돌아가 위주한테 아뢰었다.

"오인吳人이 우리를 가볍게 보고 멀리 왔으니 아직 준비가 없을 것입니다. 오늘 밤에 적의 허한 틈을 타서 수채水寨를 겁박한다면 반드시 승리할 것입니다."

조예는 만총을 칭찬했다.

"경의 말은 정히 짐의 뜻과 맞는다."

곧 맹장 장구張球에게 영을 내려서 군사 5천 명에게 화구火具를 휴대케 하여 호구湖口에서 공격하라 하고, 만총은 군사 5천을 거느려 동안에서 공격하라 했다.

이날 밤 이경 때, 장구와 만총은 각각 군사를 거느리고 호구를 바라보며 진군했다. 거진 수채에 당도했을 때, 일제히 함성을 지르며 오진으로 쇄도했다. 오병들은 아무런 준비가 없었다. 황황망망 싸우지 아니하고 피해 달아났다.

위군은 사면에서 불을 질렀다. 전선과 양곡과 병기가 타 버린 것이 그 수를 헤아릴 수 없었다.

제갈근은 패잔병을 거느리고 면구沔口로 달아나고, 위병은 크게 승리를 거두어 돌아왔다.

농사짓는 오장 육손

다음 날 초군哨軍이 급히 이 사실을 육손한테 고했다.

육손은 모든 장수를 모아 놓고 말했다.

"나는 주상께 상소를 올려서, 신성新城을 포위하고 있는 군사를 철수하여 위군의 귀로를 끊게 하고, 나는 따로 대군을 거느려 위군의 전면을 공격한다면 적의 머리와 꼬리로 공격을 당하게 되니, 북 한 번 치는 동안에 적을 격파할 수 있으리라 생각하오."

모든 장수들은 육손의 말에 감복했다.

"과연 좋은 방책입니다."

육손은 곧 상소문을 써서 젊은 소교小校를 시켜서 가만히 신성에 가서 오주吳主께 바치라 했다. 그러나 뜻밖에 소교는 강을 건너가다가 위군의 복병한테 잡혔다. 곧 군중으로 끌려가서 위주 조예 앞에 꿇렸다.

조예는 소교의 몸을 뒤지라 하여 육손이 손권한테 올리는 상소문을 발견했다. 조예는 읽어 본 후에 탄식해 말했다.

"동오 육손은 과연 보통 장수가 아니다."

곧 오국 소교를 감금하라 한 후에, 유소劉劭에게 명하여 손권의 군사를 조심해서 막으라 분부했다. 한편 오국 제갈근은 일진을 대패한 후에 또 여름철을 만나 사람과 말이 다 함께 피곤하고 병들었다.

글월을 육손에게 보내서 군사를 거두어 환국하겠다고 건의했다.

육손은 제갈근의 글을 본 후에 편지를 가지고 온 군사에게 일렀다.

"상장군上將軍께 가서 내 따로 생각이 있다고 전해라."

군사는 돌아가 제갈근한테 육손의 말을 전했다. 제갈근이 군사한테 물었다.

"육 장군은 무슨 행동을 하고 계시더냐?"

"육 장군께서는 영문 밖에 밭을 갈고 모든 군사들을 시켜서 콩이며 팥을 심어 농사짓게 하시고, 당신은 여러 장수들과 함께 진문 밖에서 활을 쏘시면서 유쾌하게 노십디다."

제갈근은 듣고 깜짝 놀랐다. 친히 육손의 영문으로 가서 육손을 만나 본 후에 물었다.

"지금 조예가 친히 군사를 거느리고 와서 그 형세가 대단한데 도독께서는 어떠한 방책으로 막으시려 합니까?"

"나는 일전 소교 편에, 주상께 상소를 올려서 방책을 아뢰었는데 뜻밖에 적한테 잡혀서 기밀이 누설되었소이다. 이미 기미를 알아차린 적과 싸워 유익함이 없으므로 물러가는 것만 같지 못합니다. 그리하여 슬슬 군사를 물리겠다고 주상께 다시 상소를 올렸소이다."

제갈근이 육손한테 말했다.

"도독께서 그런 뜻을 가지셨다면 빨리 군사를 철수하실 것이지 어찌해서 지지하게 날짜를 끄십니까?"

"빨리 군사를 물린다면 위병이 뒤를 쫓아올 테니 이것은 패를 취하는 장본입니다. 그러므로 서서히 움직이려 하오. 족하께서는 먼저 선척을 독촉하여 거짓 적을 대항하는 척하시오. 나는 인마를 양양으로 향해서 가는 체해서 적을 의심케 한 후에 서서히 강동으로 돌아가겠소이다. 이리하면 위병은 감히 우리를 쫓지 못할 것입니다."

제갈근은 육손의 말대로 실행하기 위하여 작별하고 돌아갔다.

육손은 본영에서 선척을 정돈하여 떠날 준비를 차린 후에 부오部伍를 엄숙히 하여 크게 성세를 올려 양양으로 향하여 나갔다.

간첩은 나는 듯이 육손의 동향을 위주한테 알렸다.

"오병이 행동을 개시했습니다. 속히 방어할 준비를 차리시옵소서."

위국 장병들은 듣고 모두 다 출전하기를 원했다.

위주 조예는 본시부터 육손의 재간을 알았다. 모든 장수를 효유했다.

"육손은 모략이 있는 사람이다. 우리를 유혹시키는 계교인지 모를 것이다. 가볍게 나가서는 아니 된다."

모든 장수들은 비로소 진병할 것을 중지했다.

며칠 후의 일이었다. 보초 하는 군사가 아뢰었다.

"동오의 삼로병이 모두 다 물러갔습니다."

위주 조예는 미덥지 않게 생각했다. 다시 사람을 보내서 탐지해 보라 했다. 과연 오병은 다 물러가고 없었다. 조예가 말했다.

"육손의 용병하는 법은 손빈, 오기보다 못하지 않다. 동오를 평정하기 어렵겠다."

곧 모든 장수에게 칙령을 내렸다.

"모든 장수들은 제각기 맡은 바 요해처를 굳게 지키고 움직이지 말라."

유시를 내린 후에 자신은 대군을 돌려 합비에 둔병하여 변동이 있기를 기다렸다. 한편 공명은 기산에 오래 있을 계획을 차렸다.

군사에게 영을 내려 위민魏民과 함께 한데 섞여서 농사를 지으라 했다. 둔전마다 군사 한 명에 백성 두 사람 꼴로 농사짓게 하고 침범하는 일이 없게 하니 위국 백성들은 모두 안심하고 즐겁게 농업을 했다.

사마사가 그의 아버지 사마의한테 아뢰었다.

모사재인 성사재천

"촉병이 우리를 겁박하여 허다한 곡식을 뺏어 가고 지금 또 우리 백성들과 함께 위수가에 둔전하여 장구한 계획을 세우고 있으니, 진실로 국가의 대환大患이올시다. 아버님께서는 왜 공명과 크게 싸워서 자웅을 결단하지 아니하십니까?"

사마의가 대답했다.

"나는 황제의 굳게 지키라 하신 뜻을 받들었으니 경동輕動하지 못할 것이다."

사마의 부자가 정히 의논하고 있을 때, 홀연 위연이 지난번에 사마의가 던지고 간 황금 투구를 칼끝에 꿰어 들고 욕설하며 싸움을 돋우었다.

위장들은 분함을 참을 수 없었다. 일제히 나서서 싸우려 했다.

사마의는 웃으며 타일렀다.

"성인의 말씀에 작은 일을 참지 못하면 크게 어지러운 일이 생긴다 했다. 너희들은 굳게 지키는 것으로 상책을 삼으라."

모든 장수는 고집할 수 없었다.

위연은 한동안 욕설을 퍼붓다가, 반응이 없으니 그대로 돌아갔다.

공명은 사마의가 나와 싸우지 않는 것을 보자, 가만히 마대한테 영을 내려 목책木柵을 조성한 후에 땅을 파 굴을 만들 마른 나무와 화약 등속을 많이 쌓아 둔 후에 주위 산상에는 시초柴草를 많이 쌓고, 토굴 속에는 지뢰地雷를 묻었다.

공명은 다시 귓속말로 마대한테 당부했다.

"호로곡葫蘆谷 뒷길을 끊어서 골짜기 속에 군사를 매복했다가 만약 사마의가 골짝으로 들어오거든 일제히 지뢰를 폭파시키라."

또 군사들에게 분부했다.

"낮에는 칠성七星기를 골어귀에 꽂아 놓고, 밤에는 일곱 개 등잔을 산상에 밝혀서 암호를 삼으라."

마대는 공명의 지시를 받들어 군사를 거느리고 나갔다.

공명은 또 위연을 불러 분부했다.

"그대는 오백 군사를 거느리고 위채魏寨로 가서 싸우는데 되도록 사마의를 유인해서 출군하도록 하라. 애를 써서 이기려 하지 말고 싸우다가 거짓 패해 달아나라. 사마의가 필연코 뒤를 쫓을 것이다. 그대는 칠성기 있는 곳으로 들어가라. 만약 때가 밤인 경우에는 칠七 등잔燈盞이 있는 곳으로 들어가서 사마의를 호로곡 안으로 유인하라. 그리한다면 나는 사마의를 생금生擒할 계책을 따로 정하고 있겠다."

위연 또한 공명의 지시를 받아 군사를 거느리고 물러갔다.

공명은 또 고상을 불러 분부했다.

"너는 목우유마를 거느리고 가는데 혹 이삼십 필로 한 떼를 삼기도 하고 사오십 필로 한 무리를 지어서 각각 양곡을 싣고 산길로 가고 오다가 만약 위병이 와서 목우유마를 뺏어 간다면 그것은 너의 공이 되는 것이다."

고상은 공명의 말씀을 듣고 목우유마를 몰고 나갔다.

공명은 다시 기산에 있는 군사를 일일이 점검하여 떠나보낸 후에 둔전하고 있는 군사만 머물러 있으라 하고 지시를 내렸다.

"만약 위병이 와서 싸움을 돋우거든 거짓 패해 달아나라. 만약 사마의가 친히 와 싸우거든 너희는 다만 위남渭南을 공격하여 그 돌아가는 길을 끊으라."

공명은 분발을 마친 후에 스스로 일지군을 거느리고 상방곡上方谷 가까운 곳에 영채를 차렸다.

이때 위군에서는 하후혜, 하후화 두 형제가 사마의한테 고했다.

"지금 촉병은 사방에 영채를 세우고, 각처에 둔전屯田하여 오래 있을 계획을 차립니다. 즉시 쫓아 버리지 아니하면 뿌리가 박히고 꼭지가 굳어서 제거하기 어려울 것입니다."

"그것은 반드시 공명의 계책일 것이다."

"도독께서 이같이 염려만 하신다면 어느 때 적을 멸하겠습니까? 우리 형제 두 사람이 힘을 합하여 한번 결사전을 해서 국은國恩을 갚겠습니다."

"너희들 형제의 의사가 정 그러하다면 각기 군사를 거느려 나가 싸우라."

사마의는 하후혜와 하후화에게 각각 5천 병마를 주어 양로로 분병分兵하여 나가게 했다.

두 장수는 군사를 제각기 거느려 한참 나갈 때 홀연 촉병이 앞에서 목우유마를 몰고 나오는 것이었다.

두 장수는 일제히 시살해 나가니 촉병은 대패해 달아나고, 목우유마는 함빡 위병이 차지해 버렸다. 곧 사마의한테 보냈다.

다음 날 두 장수는 다시 촉병과 싸워서 백여 명의 사람과 백여 필의 말을 잡아서 사마의의 대채로 보냈다. 사마의는 포로가 되어 온 촉병을 불러 촉진의 허실을 문초했다.

촉병은 사실대로 고했다.

"공명은 사마 도독께서 굳게 지키고 출전하지 아니하시는 것을 보고 우리들을 각처로 둔전하여 농사를 지어서 오래 머무를 계획을 차렸습니다. 저희들은 농사를 짓다가 뜻밖에 사로잡힌 바 되었습니다."

사마의는 촉병의 진술하는 말을 듣고 모두 다 방면하여 돌려보내라 했다.

하후 형제들은 괴상하게 생각했다.

하후화夏侯和가 사마의한테 물었다.

"왜 죽이지 아니하시고 돌려보내십니까?"

"그까짓 소졸小卒을 죽여서 무슨 유익한 일이 있겠느냐. 저희 진으로 돌려보내서 위장魏將의 금도가 관후 인자한 것을 보여서 저들의 전심戰心을 풀어지게 하는 것이 묘책이다. 이것은 여몽이 형주를 취하던 계교니라."

사마의는 곧 전령을 내려서 지금 이후로는 촉병을 생금하게 되면 죽이지 말고 돌려보내라 한 후에 유공한 장수와 아전들에게 후하게 상을 주니 장수와 아전들은 모두 다 감복하여 영을 들었다.

한편 공명은 고상을 시켜서 목우유마를 상방곡上方谷 안에 몰아 왕래케 하다가 여러 차례 거짓 패해서, 위군이 목우유마로 얻은 수가 적지 아니했다.

사마의는 촉병이 여러 번 패하는 것을 보고 마음속으로 가만히 기뻐했다.

하루는 위병이 또 촉병 수십 인을 사로잡아 왔다.

사마의는 촉병들을 장하帳下에 불러 물었다.

"공명은 지금 어디 계시냐?"

여러 군사가 고했다.

"제갈 승상께서는 기산에 계시지 아니하고, 상방곡 서편 십 리허에 하채下寨하고 계십니다."

"무엇을 하고 계시냐?"

"매일 양식을 운반하여 상방곡에 적치하는 일을 보살피고 계십니다."

사마의는 다시 더 촉병 형편을 자세히 탐문한 후에 촉병들을 놓아 보내고 곧 장수들을 불러 분부했다.

"공명이 지금 기산에 있지 아니하고 상방곡에 있다 한다. 너희들은 내일 일제히 힘을 합하여 기산 대채를 공격하라. 나는 군사를 거느려 너희들을 후원하리라."

모든 장수들은 영을 받들어 출전할 준비를 차렸다.

아들 사마사가 물었다.

"아버님께서는 무슨 까닭으로 제갈양이 있는 상방곡의 후면을 치라 하십니까?"

사마의는 대답했다.

"기산은 촉인의 근본이 된다. 만약 내가 기산을 친다면 각처에 있는 촉병들은 반드시 기산을 구하러 몰려들 것이다. 그때 가서 우리가 상방곡을 취하여 적의 양초를 불질러 버린다면 적은 수미首尾로 연락을 취하지 못하여 반드시 패하고야 말 것이다."

사마사는 아버지께 절하여 그의 높은 식견에 복종했다.

사마의는 곧 군사를 기병시키고 장호와 악림에게 영을 내려 각기 5천 병마를 인솔하고 뒤에 있어 구응求應하라 했다.

이때 공명이 산상에서 바라보니 위병들이 혹 3천~5천 명이 한 대가 되고, 혹 1천~2천 명이 한 대가 되어 대오隊伍가 분분하게 앞뒤를 이루어 서로 돌아보면서 기산 대채를 취하러 올라가는 것이었다. 공명은 비밀한 전령을 장성들한테 내렸다.

"만약 사마의가 친히 오거든 너희들은 급히 위채를 습격하여 위남을 탈취하라."

여러 장수들은 청령하고 물러갔다.

한편 위병이 기산채로 몰려가니 촉병들은 사면에서 일제히 고함치면서 허장성세로 구원하는 태세를 보였다.

사마의는 촉병들이 기산으로 구원 가는 모양을 보자, 문뜩 두 아들과 함께 중군으로 위병을 거느리고 급히 상방곡上方谷으로 향하여 쇄도했다.

위연이 상방곡 어귀에 있다가 사마의가 오는 것을 보자, 위연은 말을 달려 앞으로 나가 자세히 보니 틀림없는 사마의였다. 위연은 대갈일성,

"이놈 사마의야, 닫지 말라."

호통 치며 칼을 춤추어 쫓아 들었다.

사마의도 창을 비껴들었다. 접전한 지 3합이 못되어 위연은 말 머리를 급히 돌려 달아났다. 사마의는 급히 뒤를 쫓았다.

위연은 칠성기가 펄럭이는 쪽을 향하여 달아났다.

사마의는 장수가 위연 한 사람뿐이요, 또 군사 수도 적은 것을 보자 마음 놓고 쫓아갔다.

큰아들 사마사는 좌편에 사마의를 호위하여 쫓아가고, 둘째 아들 사마소는 우편에서 아버지를 호위하여 말을 달렸다.

위연은 겨우 5백 명 군사를 거느리고 함빡 골짜기 속으로 들어갔다.

사마의는 뒤를 쫓아 골어귀에 당도하여 먼저 군사를 보내서 골 안을 초탐하라 했다. 초탐병이 돌아와 보했다.

"골짜기 속에는 한 명의 복병도 없고, 산상엔 초방草房이 있을 뿐이올시다."

사마의가 말했다.

"그것은 필연코 양식을 쌓아 둔 곳일 것이다."

의심치 아니하고 곧 군마를 몰아 함빡 산골 속으로 들어갔다.

사마의가 앞을 바라보니 초방 위에는 마른 섶이 쌓여 있고, 위연의 모습은 전혀 보이지 아니했다.

사마의는 더럭 의심이 났다.

두 아들을 향하여 말했다.

"만약에 촉병이 우리가 돌아갈 산골 어귀를 끊는다면 어찌한단 말이냐?"

말이 채 끝나기 전에 고함 소리 진동하면서 산 위에서는 촉병들이 쏟아져 내려와서 골어귀에 불을 질렀다.

위병은 달아나려 하나 도망칠 길이 없었다.

뿐만이 아니었다. 산상에서는 화살이 비 오듯 쏟아져 내리고, 초방 안에서 지뢰가 터지면서 마른 섶에 불이 붙었다. 화광은 충천했다.

사마의는 간이 떨어지고 담이 찢어지도록 놀랐다. 손을 놀릴래야 손이 떨려서 놀릴 수가 없었다. 다리가 후들후들 흔들렸다. 말에서 내려 두 아들을 껴안고 통곡하며 말했다.

"우리 삼부자가 이곳에서 죽을 줄은 몰랐구나."

한동안 울고 있을 때, 홀연 일진광풍이 크게 일어나면서 검은 구름이 하늘에 먹물을 끼얹은 듯 하늘땅이 캄캄해지며, 천둥소리가 강산을 진동하면서 소나기가 동이로 물을 붓듯 쏟아졌다. 골 안에 가득했던 불길이 삽시간에 꺼져 버리니 지뢰는 터지지 아니하고, 화약도 효력을 내지 못했다.

사마의는 동이로 물을 붓듯 쏟아지는 소나기를 보자 미칠 듯 기뻐했다.

"이때 나가지 아니하고 다시 어느 때를 기다리겠느냐."

두 아들에게 말한 후에 군사를 이끌고 힘을 다하여 좌충우돌하면서 진을 뚫고 나갔다. 장호와 악림도 군사를 거느리고 달려와서 사마의를 도왔다.

마대는 군사가 적어서 감히 쫓지 못했다.

사마의는 장호, 악림과 함께 군사를 합세한 후에 함께 위남渭南 대채로 돌아갔다.

그러나 위남 대채는 벌써 촉병이 점령하고 있었다.

이때 위장 곽회, 손예는 부교浮橋 위에서 촉병과 접전을 하고 있었다.

사마의는 합력하여 곽회, 손예를 도와주니 촉병은 징을 쳐 퇴각해 버렸다.

사마의는 부교에 불을 질러 다리를 끊어 버리고 위수 북편 언덕에 군사를 거느려 진을 치고 있었다.

이때 기산의 촉진을 공격하던 위병들은 사마의가 대패해서 위남 영채를 잃었다는 소식을 듣고 군심이 크게 흉흉했다.

급히 군사를 물려 퇴각하니 사면팔방에서 촉병들은 물밀듯 쫓아 들었다.

위병은 크게 패했다. 열에 여덟, 아홉이 부상을 당하고 죽은 자도 무수했다. 남은 군사들은 위북渭北으로 달아나서 겨우 목숨을 보전했다.

이때 제갈공명이 산상에서, 위연이 사마의를 유인해서 상방곡으로 들어오는 것을 보고 마음이 흡족했다.

미구에 화광이 충천하는 것을 바라보자, 심중에 무한 기뻤다. 이번에는 꼭 사마의가 죽는 것이라 생각했다.

그러나 뜻밖에 하늘에서 별안간 큰비가 쏟아져서 충천하던 불길은 다 꺼져 버리고, 지뢰와 화포는 불발탄不發彈이 되어 버렸다.

초마가 급히 달려와 보했다.

"사마의 삼부자가 다 함께 달아났습니다."

공명은 큰소리로 탄식했다.

"모사謀事는 재인在人이요, 성사成事는 재천在天이로구나. 억지로 할 수 없다."

뒷사람은 시를 지어 탄식했다.

谷口風狂烈焰飄

何期驟雨降靑霄

武侯妙計如能就

安得山河屬晋朝

일진광풍에

불바다 된 상방곡

어찌 알았으랴

푸른 하늘에, 소나기

억수같이 쏟아질 줄이야.

공명의 묘한 계교

성취만 됐더라면

어찌 산과 바다,

진나라 것이 되었겠소.

한편 사마의는 위북채渭北寨에서 전령을 내렸다.

"위남채渭南寨는 이미 적의 수중에 돌아갔다. 그러나 장수 중에 만약 다시 출전하겠다고 말하는 자가 있다면 참하리라."

모든 장수들은 영을 듣고 굳게 지켜 나가서 싸우지 아니했다.

곽회가 들어와 고했다.

"근일에 공명이 군사를 이끌고 사방으로 순행한다 하니 필연코 땅을 가려서 안영安營할 곳을 찾는 모양이올시다."

사마의가 대답했다.

"공명이 만약 무공武功으로 나가서 동편으로 산을 끼고 영채를 차린다면 우리들이 위태로울 것이고, 만약 위남으로 나가서 서편으로 오장원五丈原에 발길을 멈춘다면 바야흐로 우리는 무사할 것이오."

곧 군사를 보내서 공명의 행동을 탐지했다.

갔던 군사가 돌아와 고했다.

"제갈공명은 오장원에 진을 치고 있습니다."

보고를 받자 사마의는 손을 이마에 얹으며 말했다.

"대위大魏 황제皇帝의 홍복이시다."

곧 모든 장수한테 영을 내렸다.

"제장은 굳게 지키고 출전하지 말라. 공명은 오래지 않아서 어떠한 변동이 있으리라. 절대로 나가서는 안된다."

장수들은 사마의의 말을 믿었다.

공명 제갈양, 오장원에 떨어지다

이때 공명은 일군을 거느리고 오장원五丈原에 둔병했다.

여러 번 군사를 보내서 위진에 싸움을 돋우었다.

그러나 위병들은 도무지 나오지 아니했다.

공명은 건곽巾幗과 부인의 소복을 큰 합에 담고 글월을 써서 위채魏寨로 보냈다.

장수들은 은휘隱諱[6]할 수 없었다. 공명의 사자를 사마의께 뵙게 했다. 사마의가 여러 장수 앞에 합을 열어 보니 안에는 건곽과 부인의 소복 일습이 있고 편지 한 봉이 담겨 있었다.

사마의가 편지를 뜯어보니 아래와 같이 씌어 있었다.

중달仲達이 이미 대장이 되어 중원의 군사를 통령統領했으면, 당연히 갑옷을 입고 칼을 잡아 한번 자웅을 결단할 것이어늘, 깊이 굴속에 엎드려서 칼과 살을 피하니 아녀자兒女子보다 나을 것이 무어 있는가. 이제 인편에 건곽과 여자의 치마저고리를 보내니 그래도 출전할 의사가 없다면 두 번 절하고 받으라. 혹시 부끄러운 마음이 아직 있어서 남자 같은 흉금胸襟이 있다면 곧 회답을 보내고 기한을 정하여 나와서 싸우라.

---

6) 은휘 : 꺼리어 감추거나 숨김.

사마의는 읽기를 다하자 마음속으로 크게 노했다.

그러나 빙긋 웃으며 말했다.

"공명이 나를 아녀자로 보는구나. 받아 두어라."

보낸 합을 받고 심부름 온 사자를 후하게 대접한 후에 사자한테 물었다.

"공명께서는 요사이 침식寢食이 어떠하시며 보살피는 일은 많으신가, 적으신가."

사자가 대답했다.

"승상께서는 숙흥야매凤興夜寐하시어 일찍 일어나시고 늦게야 주무십니다. 벌주는 태형 이십 도 이상은 모두 다 친집을 하십니다. 그리하옵고 잡수시는 식사는 하루에 수승數昇에 지나지 아니하십니다."

사마의는 모든 부하 장수들을 돌아보며 말했다.

"식소사번食少事煩하니 어찌 그 오래 갈 수 있겠는가."

탄식조로 말했다.

공명의 사자가 돌아가 공명한테 사마의가 노하지 아니하고 여자의 옷을 받던 일이며, 승상의 식사와 일 보는 일이 적고 많은 것을 묻고 난 후에 일체 군사軍事에 대한 일은 묻지 않고, 먹는 것은 적고 하는 일은 많으니 어찌 오래 가겠는가 하고 말하던 일을 고했다.

공명은 듣고 나자,

"사마의는 깊이 나를 아는구나!"

하고 탄식하기를 마지아니했다.

주부主簿 양옹揚顒이 공명의 탄식하는 소리를 듣고 아뢰었다.

"제가 보기에는 승상께서는 너무나 친집親執하시어 문부를 교열하십니다. 이것은 불필요한 일이라 생각합니다. 대저 다스리는 데는 체體가 있으니 상하가 서로 침노하지 아니하는 것입니다. 집안을 다스리는 일에 비교

한다면 가복家僕에게는 밭 가는 일(耕作)을 맡기고, 가비家婢한테는 밥 짓는 일을 주어서 일하는데 틈이 없게 한다면 구하는 바가 족하게 됩니다. 주인은 조용히 있어서 베개를 높이 하고 음식을 할 뿐이올시다. 만약 몸소 모든 일을 친집한다면 몸과 신기가 다 함께 피곤해서 결국은 한 가지 일도 이루지 못하게 되니 어찌 지혜가 비복만 못해서 그러하겠습니까? 그것은 집주인의 도리를 잃은 때문이올시다. 이러한 까닭에 고인古人이 말하기를 앉아서 도道를 논論하는 이를 삼공三公이라 하고, 지어서 행하는 일을 사대부士大夫라 했습니다. 옛적에 병길丙吉은 소가 병든 것을 보고 근심하고 사람이 길에서 죽은 것은 묻지 아니했다 하며 진평陳平은 전곡錢穀의 수를 알지 못하면서 말하기를 따로 맡은 사람이 있다고 말했습니다. 지금 승상께서는 친히 작은 일까지 간섭하시어 온종일 땀 흘리시니 어찌 피곤하시지 아니하겠습니까. 사마의의 말은 참으로 지당한 말이올시다."

공명은 듣고 나자, 눈물을 흘려 울면서 대답했다.

"내가 모르는 것이 아니오. 그러나 다만 선제 폐하의 탁고하신 중임을 받았으매, 다른 사람에게 맡긴다면 내 정성만큼 못할까 하여 그리하는 것이로구려."

모든 사람들은 공명의 말을 듣고, 모두 다 눈물을 흘려 울었다.

이후로부터 공명은 스스로 신기神氣가 불녕不寧한 것을 깨달았다.

여러 장수들은 이로 인하여 감히 군사를 거느려 싸우러 나가지 못했다.

한편 위장魏將들은 공명이 여자의 옷을 보내서 사마의를 욕했건만 사마의는 받고서 싸우지 않는 것을 보자, 분한 마음을 참을 수 없었다.

장청將廳에 들어가 사마의한테 고했다.

"우리는 모두 다 큰 나라의 이름 있는 장수들이올시다. 어찌 차마 이 같은 모욕을 받고 그대로 있을 수 있습니까? 한번 나가 싸워서 자웅을 결단하겠습니다."

사마의가 대답했다.

"내가 싸우지 아니하려고 달게 욕을 받은 것은 아니다. 천자께서 조서를 내리시어 굳게 지키라 하셨는데 경동한다면 군명을 어기는 것이다."

모든 장수들은 그래도 불평을 했다.

사마의는 장수들을 타이르며 물었다.

"너희들이 정 싸우고 싶다면 내가 천자께 주준奏准한 후에 윤허允許를 맡아 적을 공격하면 어떻겠는가?"

모든 장수들은 일제히 응낙했다.

사마의는 표를 써서 합비에 있는 조예한테 올렸다.

조예가 뜯어보니 표문은 아래와 같았다.

신 사마의는 재목은 작고 책임은 중하와 밝으신 뜻을 받들어 굳게 지켜 싸우지 아니하고 촉인들의 자폐自斃하기만 바랐던 것입니다. 이 사이 제갈양이 신에게 여자의 옷과 건괵巾幗을 보내서 신을 아녀자로 대접했습니다. 치욕이 심한 일이오이다. 신은 삼가 성상께 아뢰옵고 한번 결사전을 해서 삼군三軍의 치욕을 씻으려 합니다. 신은 격앙한 마음을 금할 수 없습니다.

조예는 읽고 나자, 여러 관원을 향해 물었다.

"사마의가 굳게 지켜서 싸우지 아니하더니, 어찌해서 싸우기를 원하는가?"

위위衛尉 신비辛毗가 아뢰었다.

"사마의는 본시 싸울 마음을 갖지 아니했습니다. 그러나 제갈양이 치욕을 주니 모든 수하 장수들이 격분하는 까닭에 특별히 표를 올려서 다시 명지明旨를 받들어 모든 장수들의 마음을 막으려는 것입니다.”

조예는 그럴듯하게 생각했다.

곧 신비에게 절節을 받들고 위북채로 가서 출전하지 말라는 유시諭示를 전했다.

사마의는 조사를 영접하여 장청에 오르니 신비가 조서를 받들어 선유宣諭했다.

“만약 다시 출전하라고 떠드는 자가 있다면 곧 위지違旨한 자로 죄를 논하리라.”

모든 장수들은 묵묵히 조서를 받들었다.

사마의가 신비한테 말했다.

“공은 참으로 내 마음을 아십니다.”

곧 군중에 전령을 내렸다.

“위주께서 신비한테 절을 받들어 사마의한테 유시를 내리셨다. 출전하지 말라 하시는 것이다.”

이 소문은 곧 촉진蜀陣으로 전해졌다. 촉장들은 공명한테 고했다.

공명은 웃으며 말했다.

“그것은 사마의가 그의 삼군三軍을 안정시키자는 방법이니라.”

강유가 공명한테 물었다.

“승상께서는 어찌해서 아십니까?”

공명이 대답했다.

“사마의는 본시 싸울 마음이 없는 사람인데, 싸움을 하겠다고 조예한테 청한 것은 모든 장수들의 마음을 안돈시키려는 수단이다. 그대는 듣지 못했는가. 장수된 사람이 밖에 있어서는 임금의 명을 듣지 않는다 한다.

황차 천 리 밖에서 임금께 품하여 전쟁을 한다는 일은 믿을 수 없는 일이다. 이것은 모두 다 사마의의 흉계다. 분개하는 장수들을 억제하기 위하여 조예의 명을 빌어서 눌러 버리자는 것이다. 또 이러한 소문을 일부러 전파시켜서 우리의 군심을 해이케 하려는 수단이다."

공명과 강유는 사마의의 행동에 대하여 이같이 논란하고 있을 때 성도에서 비위가 왔다 했다.

공명은 반갑게 청해 들였다.

비위가 말했다.

"동오 손권이 삼로로 군사를 냈으나 위국 조예는 친히 대군을 거느리고 합비에 당도하여 만총, 전예田予, 유소劉邵로 삼로에서 적을 대항케 하여 동오의 양초와 전구를 모조리 불살라 버렸습니다. 육손은 오왕한테 상소를 올려서 전후로 협공할 것을 약속하려 했으나, 뜻밖에 상소문 가지고 가던 사람이 위병한테 잡혀서 모든 일이 누설되어 오병은 허탕을 치고 돌아갔습니다."

공명은 비위의 보고를 받자, 긴 탄식 한소리를 지르고 그대로 땅에 혼도되어 버렸다.

여러 장수들은 황황망망했다. 급히 구한 지 반식경에 공명은 비로소 소생이 되었다.

기운 없이 말했다.

"내 마음이 혼란해서 묵은 병이 다시 재발이 되었으니, 아마 살지 못할 것 같다."

이날 밤에 공명은 시자에게 부축되어 뜰에 내려 천문天文을 보았다. 깜짝 놀라 다시 당으로 올라왔다.

강유를 불러 일렀다.

"내 명은 아침이 아니면 저녁에 달렸소. 쉬 세상을 떠나게 되나 보오."

강유는 놀랐다.

"승상께서는 왜 그런 불길한 말씀을 하십니까?"

"내가 지금 천문을 보니 삼태성三台星 중에 객성客星이 침범했는데 객성은 갑절이나 밝고, 주성主星은 희미하고 광채가 없구려. 이러하니 어찌 나의 명이 길겠소. 앞일을 짐작할 수 있소."

강유가 대답했다.

"천상天象이 그러하다면 승상께서는 왜 양법禳法을 써서 명을 돌려 보지 아니하십니까?"

"내가 약간 양법을 짐작하오마는 천의天意를 알 수 없구려."

공명이 탄식해 말했다.

강유가 아뢰었다.

"좌우간 속히 양법을 써 보시도록 하십시다."

공명이 지시를 내렸다.

"정 그렇다면 그대는 갑사甲士 사십구 인에게 명하여 각각 검은 기 들고, 검은 옷 입은 후에 내가 있는 장외帳外에 둘러 있게 하라. 나는 장안에 있어 북두칠성께 기도를 올릴 것이다. 만약 칠일 안에 주등主燈이 멸하지 않는다면 나의 수명이 일기一紀7)쯤 더할 것이요, 만일 주등이 꺼진다면 나는 필연코 죽을 것이다. 쓸데없는 한잡閑雜한 사람들을 일절 들어오지 못하게 하고, 모든 수용需用하는 물건은 다만 소동小童 두 아이를 시켜서 운반케 하라."

강유는 명을 받들어 준비하고 있었다.

---

7) 일기 : 주성周星. 목성이 하늘을 한 바퀴 도는 기간인 열두 해 동안을 이르는 말.

때는 마침 8월 중추仲秋였다. 이날 밤에 은하수銀河水 별들은 푸른빛을 뿜어 가물거리고, 이슬은 소리 없이 내려 방울방울 맑았다.

바람은 잔잔해서 깃발은 움직이지 아니하고, 군중에는 야경 도는 딱따기 소리마저 들리지 아니했다.

강유는 장 밖에 49인을 거느려 호위해 있고, 공명은 장중에 향화와 제물을 진설한 후에 지상에 일곱 개 큰 등잔(七盞大燈)을 벌여 놓고 밖에는 49개 소 등잔을 늘어 논 후에 안에는 공명의 명을 지키는 본명등本命燈 한 잔을 안치해 놓았다.

공명은 절하고 난 후에 축祝을 읽어 고했다.

제갈양은 난세亂世에 나서 편안히 임천林泉 사이에 늙으려 했더니 소열 황제의 삼고三顧하신 은혜와 탁고託孤하신 중임重任을 입사와 견마犬馬의 힘을 다하여 국적國賊을 성토聲討하지 아니하면 아니 되게 되었던 것입니다. 뜻밖에 장성將星이 떨어지려 하고, 양수陽壽가 다하려 하니 삼가 글월로 측을 올려 위로 창궁蒼穹에 고하노니 엎드려 바라옵니다. 천자天慈께옵서는 굽어 감鑑하시와 신의 수명을 늘리시어 위로 군은君恩을 갚게 하시고, 아래로 민명을 구하여 옛 물화物化를 회복하여 길이 한사漢祀를 연장시키옵소서, 감히 아뢰옵니다. 망령된 기원祈願을 올리는 바가 아니올시다. 실상 간절한 정곡情曲을 고하는 바이올시다.

공명은 고축을 한 후에 장전帳前에 부복하여 새벽까지 빌었다.

다음 날 공명은 병중에 일을 보다가 토혈吐血을 쉬지 않고 했다. 그러나 낮에는 군기軍機를 의논하고 밤에는 칠성께 빌었다.

이때 사마의는 영문 안에 있어 굳게 지키기만 하고 있더니 홀연 하루는 천문을 바라보고 크게 기뻐했다.

하후패를 불러 분부했다.

"내가 지금 천문을 보니 촉진의 장성將星이 자리를 떠서 보이지 아니한다. 공명이 병이 난 것이 분명하고, 미구에 죽을 것이다. 그대는 일천 군마를 거느리고 오장원五丈原으로 가서 초탐哨探하라. 그대가 싸움을 돋우어도 나와서 싸우지 않는다면 공명은 필연코 병이 든 것이 확실하다. 나는 뒤를 이어서 공격할 것이다."

하후패는 군사를 거느려 촉진으로 향했다.

한편 공명은 장중에서 기도를 올린 지 여섯 밤째 되었다. 주등主燈이 매우 밝고 맑았다. 공명은 마음속으로 크게 기뻐했다.

강유가 들어왔다가 공명을 보니 공명은 머리 풀어 산발하고, 칼을 짚어 보강답두步罡踏斗하면서 장성將星을 진압鎭壓하고 있었다.

이때 홀연 영채 밖에서 납함呐喊 소리가 크게 들렸다. 몹시 소란했다.

공명은 사람을 시켜 알아보려 할 때 위연이 황당하게 뛰어 들어오면서 급히 고했다.

"위병이 쳐들어옵니다."

말을 마치자 황당한 위연의 발길은 공명의 주등主燈인 옥 등잔을 엎어 버렸다. 등잔은 깨지고 불은 탁 꺼져 버렸다.

공명은 어이가 없었다. 칼을 버리고 길게 탄식했다.

"사생死生이 유명有命하니 빌어도 소용이 없구나!"

위연은 황공했다. 땅에 엎드려 죄를 청했다.

강유姜維는 분함을 참지 못했다. 칼을 빼어 들고 위연의 목을 베려 했다.

萬事不由人做主

一生難與命爭衡

만 가지 일

사람 혼자

만들어지지 않고

일생의 수명

저울질해

다룰 수 없네.

공명이 급히 만류했다.

"그것은 나의 명이 다한 것이고 위연의 허물이 아니다. 고정해서 참으라."

강유는 하는 수 없이 칼을 거두었다.

공명은 두어 번 토혈한 후에 와상 위에 쓰러져 위연한테 분부했다.

"사마의가 벌써 내가 병난 것을 눈치 채고 허실을 탐지하러 온 것이다. 급히 나가 싸우라."

위연은 공명의 명을 받들어 말에 올라 군사를 이끌고 영채 밖으로 나갔다.

하후패는 위연이 나오는 것을 보자, 황망히 군사를 이끌어 달아났다.

위연은 20여 리를 쫓다가 돌아왔다.

공명은 위연을 본채로 돌아가 지키라 했다.

강유가 공명의 탑전에 나가 문안을 드렸다. 공명은 강유를 향하여 일렀다.

"나는 갈충竭忠 진력盡力하여 중원을 회복하고 한실을 중흥시키려 했더니 어찌하랴, 천의天意가 이 같은 것을. 나는 아침이 아니면 저녁에는 죽는 사람이다. 그동안 한평생 공부한 것을 책으로 저술著述한 것이 이십사 편으로 총계하면 십만 사천일백열두 자字가 된다. 그 안에는 팔무八務, 칠계七戒, 육공六恐, 오구五懼의 법이 있다. 내가 이 책을 전수傳授할 사람을 두루 살폈으나 다만 그대 이외에 다시 권할 만한 사람이 없다. 나의 저술을 그대에게 전하니 가볍게 생각하지 말라."

강유는 울면서 절하고 받았다.

공명은 다시 말을 계속했다.

"나는 또 연노지법連弩之法을 연구한 일이 있다. 그러나 한 번도 써 보지 아니했다. 그 법은 화살 길이가 팔 촌 일 분인데, 한 번 쏘면 열 개 화살이 일제히 나갈 수 있는 것이다. 다 도본圖本으로 그려 놓았으니 그대가 한번 법대로 만들어 써 보라."

강유는 또 절하고 받았다.

공명은 다시 말했다.

"촉중 제도諸道는 그다지 크게 걱정할 것은 없다. 그러나 다만 음평陰平을 자세히 살펴보라. 이곳은 비록 험준한 곳이라 하나 오래되면 반드시 잃어버리기 쉬우니 주의하라."

공명은 또 마대馬岱를 불러 귓속말로 비밀한 계교를 주고 다시 당부했다.

"내가 죽은 후에 너는 이 계교를 써서 일을 하라."

마대가 밀계密計를 받들어 나간 후에 양의楊儀가 들어왔다.

공명은 탑 앞으로 손짓해 불렀다. 비단 주머니 한 개를 주며 부탁했다.

"내가 죽은 후에 위연은 반드시 반할 것이다. 그때 가서 그대는 진에 임해서 이 주머니를 열고 보라. 저절로 위연을 참할 사람이 있을 것이다."

공명은 일일이 분별을 마친 후에 눈을 감아 인사불성이 되었다가 어둔 후에야 다시 소생이 되었다.

장수들은 공명의 위중한 보고를 밤을 도와 성도에 있는 후주한테 보냈다.

후주는 듣고 크게 놀랐다.

급히 상서尙書 이복李福에게 명하여 성야星夜로 군중에 달려가서 공명께 문안하고, 겸해서 후사後事를 묻게 했다.

이복은 명을 받들어 오장원으로 달려가 공명을 뵙고 후주의 명을 전했다.

문안이 끝난 후에 공명은 눈물을 흘려 말했다.

"내 불행히 중도에 죽게 되어 국가 대사를 허폐虛廢하게 되었으니 죄를 천하에 얻게 되었소. 나 죽은 후에 공들은 갈충竭忠 보주輔主하면서 국가의 옛 제도를 고치지 마시오. 그리고 내가 쓰던 사람을 가볍게 버리지 마시오. 나의 병법은 모두 다 강유한테 전수했으니 그 사람이 다 내 뜻을 이어서 국가를 위하여 힘을 쓰리다. 내 명은 이제 아침이 아니면 저녁이라 생각되어 곧 유표遺表를 써서 천자께 상주하오리다."

이복은 공명의 말을 듣고 총총히 물러갔다.

공명은 병든 몸을 좌우에 부축하게 하고, 평시에 타던 윤거에 올라 채 밖으로 나가 각 영을 두루 살폈다.

가을바람이 뼈에 사무쳐 오한惡寒이 일어나는 것을 느꼈다.

공명은 길게 탄식을 했다.

"다시는 임진臨陣 토적討賊을 못하겠구나. 유유창천悠悠蒼天아, 어찌 이리 극極하단 말이냐!"

한동안 비감해하다가 장중으로 돌아와 병세는 더한층 침중했다.

곧 양의를 불러 분부했다.

"마대, 왕평, 요화, 장의, 장익 등은 다 충의지사다. 오랫동안 전진戰陣을 겪어서 많은 근로를 한 사람들이다. 가히 쓸 만한 사람들이니 나 죽은 후에 범사를 옛 규모대로 행하라. 그리고 느릿느릿 군사를 물리고 급히 돌아가지 말라. 그대는 깊이 모략에 통달한 사람이니 더 부탁하지 않는다. 강유는 지혜와 용맹을 구비한 사람이니, 가히 쫓아오는 적병의 뒤를 끊을 만하다."

양의는 울면서 명을 받았다.

공명은 다시 문방사보文房四寶를 가져오라 하여 탑에 누워 후주께 바칠 유표를 썼다.

복문伏聞컨대, 생사生死는 유상有常이요, 정수定數는 도피하기 어렵다 합니다. 죽음이 장차 옴을 임하여 어리석은 충성을 다하려 합니다.

공명은 서두를 쓰고 떨리는 손으로 먹을 찍어 붓을 가다듬었다.
공명은 다시 쓰기를 계속했다.

신, 양亮은 어리석고 옹졸한 천성으로 어려운 때를 만나 병부兵符를 나누고 절을 받들어 균형鈞衡을 전장專掌하여 군사를 일으켜 북벌北伐을 경영했으나 아직도 공을 이루지 못한 채 병은 고황膏肓에 들었고, 명은 조석에 달려 있어 폐하를 섬기지 못하게 되었으니 무궁한 한을 가슴 깊이 지닐 뿐이옵니다. 엎드려 원하옵니다. 폐하께서는 청심과욕淸心寡慾하시고 약기約己 애민愛民하시어 효도가 선황先皇께 달達하도록 하시고, 어진 은혜를 우내宇內에 펴시며 유은幽隱을 발탁하시고, 현량賢良을 진용進用하시며 간사한 무리를 물리쳐서 풍속을 도탑게 하소서. 끝으로 아뢰옵는 바는 신의 집에는 뽕나무 팔백 주와 밭 오십 경이 있어서 자손들의 의식은 스스로 여유가 있사옵니다. 그리 하옵고 신은 밖에 있어 몸에 소용되는 물건은 다 관官에 의지하였삽고, 따로 치산治産한 것이 없습니다. 신이 죽은 후에 여백餘帛과 여재餘財가 없으므로 폐하께 걱정을 끼쳐 드리게 될 테니 죄송만만하옵니다.

공명은 쓰기를 마친 후에 다시 양의楊儀를 불러 부탁했다.

"내가 죽은 후에 절대로 발상發喪을 하지 말고 큰 농을 만들어서 나의 시체를 농에 앉혀라. 그리고 쌀 일곱 알을 내 입 안에 넣은 후에 시체가 앉아 있는 앞에는 등잔불을 한 개 켜서 마치 생시와 같이하여 군중軍中을 상시처럼 안정安靜하게 하고, 절대로 거애擧哀하지 말라. 이같이 한다면 장성將星이 떨어지지 아니하고 나의 음혼陰魂은 다시 일어나 진정할 것이다. 사마의가 장성이 떨어지지 않는 것을 보면 필연코 놀라고 의심할 것이다. 이때 가서 우리 군사는 맨 뒤의 영채를 먼저 가게 한 연후에 한 영채 한 영채씩 서서히 물러가거라. 만약 사마의가 쫓아오거든 너는 진세陣勢를 벌인 후에 기를 둘리고 북을 울려서 반격反擊 태세를 취하라. 적병이 쫓거든 진에 만들어 두었던 나무로 조각彫刻한 나의 소상塑像을 사륜거에 앉히고 대소 장수들은 좌우로 열을 지어 호위해 나가라. 사마의가 보면 깜짝 놀라 달아나리라."

양의는 일일이 영락領諾하고 물러갔다.

이날 밤에 공명은 시자에게 부축되어 뜰에 내려 북두北斗를 바라보다가 손으로 별 하나를 가리키며 말했다.

"저 별이 나의 장성이다."

모든 장수들이 바라보니 별빛은 혼암昏暗한데 감실감실 흔들려서 금방 떨어질 것 같았다.

공명은 칼을 들어 별을 가리키며 입으로 주문을 염했다.

주문을 마치자 공명은 급히 장청으로 올랐다. 곧 인사불성이 되어 쓰러졌다. 모든 장수들은 황황망망하여 급히 공명을 구하려 할 때 상서尙書 이복李福이 성도에서 다시 왔다.

공명이 혼절昏絶되어 말을 못하는 것을 보고 크게 통곡하여 탄식했다.

"내가 국가의 큰일을 그르쳤구나!"

얼마 후에 공명은 숨을 쉬어 다시 깨어났다. 눈을 떠 사람들을 둘러보다가 이복이 탑榻 앞에 서 있는 것을 보고 기운 없이 말했다.

"나는 공이 다시 올 줄 짐작했소."

이복이 손을 모아 다시 사죄하여 말했다.

"복이 지난번에 폐하의 명을 받들어 왔을 때, 승상의 백 년 후의 일을 누구한테 맡기겠느냐고 묻고 오라 하신 일을 총망중 깜박 잊고 말씀을 못 드리고 갔습니다. 그리하와 이번에 다시 온 길입니다."

공명이 대답했다.

"나 죽은 후에 큰일을 맡길 만한 사람은 장공염蔣公琰이라 생각하오."

이복이 다시 물었다.

"그 다음에는 누가 좋겠습니까?"

"비문위費文偉가 뒤를 이을 만하오."

"그 다음에는 누가 좋겠습니까?"

공명은 이내 대답이 없었다. 모든 장수들이 가까이 가 보니 공명은 벌써 숨을 거두었다.

이때 건흥 12년 8월 23일의 일이었다. 이때 공명의 수는 54세였다.

뒤에 시성詩聖 두공부杜工部는 시를 지어 조상했다.

長星昨夜墜前營

訃報先生此日傾

虎帳不聞施號令

麟臺唯有著勳名

空餘門下三千客

辜負[8]胸中十萬兵

好看綠陰淸晝裡

於今無復迓歌聲

긴 별, 간밤에 앞 영문에 떨어지더니

부음이 전하네. 선생은 이날 가셨구려.

호장虎帳엔, 분부하던 호령 소리 들을 수 없고,

기린대麒麟臺엔 훈명勳名만이 남았어라.

부질없이 남아 있는 문하 3천 객,

가슴속에 품었던 10만 대병의 포부 저버리고 말았네.

녹음 푸른 맑은 낮에 다시는 맞이 노랫소리 못 듣네.

두보가 시를 지어 조상하니 백낙천白樂天도 시를 지어 조상했다.

先生晦跡臥山林

三顧那逢賢主尋

魚到南陽方得水

---

8) 고부 : 고부孤負의 뜻. '저버린다'는 뜻으로 통한다.

龍飛天外使爲霖
託孤旣盡慇懃禮
報國還傾忠義心
前後出師遺表在
令人一覽淚沾襟

선생은 자취를 감추어 산림에 누웠더니
어진 주인 삼고초려 할 줄 어찌 알았으랴.
고기는 남양에 이르러 물을 얻었고,
용은 하늘 밖에 나니 문득 장마를 이루었네.
탁고託孤하는 예절 은근하니
나라에 갚는 길 충의심 기울였네.
남아 있는 전후 출사표
한번 읽으면 눈물 흘러 옷깃을 적시네.

처음 촉의 장수長水 교위校尉 요립廖立이 스스로 자긍하기를 재주가 공
명의 다음이 된다 해서 자기의 직위職位가 너무나 한산한 자리라 하여 항
상 불평을 품고 원망하면서 직책을 다하지 아니했다.

공명은 쓰지 않고 서인庶人을 만들어 문산汶山에 옮겨 살게 했다. 공명
이 세상을 떠났다는 소문을 듣고 요립은 눈물을 흘리며 탄식했다.

"다시는 나를 써 줄 사람이 없구나. 한평생 좌임左袵이 되겠구나."
하고 공명을 생각했다.

이엄李嚴도 공명의 부음을 듣고 방성대곡하다가 이내 병이 들어 죽었
다. 그도 공명이 다시 거두어 줄 것을 바라고 있었던 것이 다시는 거두어

써 줄 사람이 없는 것을 아는 까닭에 병까지 나서 죽었다.

후에 원미지元微芝도 공명을 찬양하여 시를 지었다.

　　撥亂扶危主
　　殷勤受託孤
　　英才過管樂
　　妙策勝孫吳
　　凜凜出師表
　　堂堂八陣圖
　　如公存盛德
　　應歎古今無

　　세를 다스려 위태로운 임금을 돕고
　　은근히 탁고하는 명을 받다.
　　영특한 재주는 관중管仲 악의樂毅보다 낫고,
　　묘한 계책은 손빈孫臏 오기吳起에 지내네.
　　늠름타, 출사표, 당당한 팔진도,
　　공과 같은 성한 덕 고금에 없네.

이날 밤에 하늘도 시름하는 듯 땅도 구슬퍼 하는 듯 달빛마저 광채가 없었다. 공명이 홀연 하늘로 올라가니, 강유와 양의는 공명의 유명遺命을 받들어 감히 거애擧哀하지 못하고 법대로 염殮을 하여 농龕에 안치한 후에 심복 장졸 3백 인으로 호위하여 나가게 하고, 비밀히 위연한테 영을 놓아 적의 추병을 끊으라 한 후에 각처의 영채를 거두어 한 부대, 한 부대씩 천천히 물러갔다.

이때 사마의가 밤에 천문을 보니 붉은 빛을 뿜는 황황한 큰 별이 머리에 뿔이 돋은 채 동북방에서 서남방으로 번개처럼 흘러가다가 촉영蜀營 안으로 떨어졌다.

더욱 이상한 것은 세 번 떨어질 듯하던 별은 두 번이나 솟구쳤다가 이내 떨어지는데 은은히 큰 음향까지 들렸다.

사마의는 크게 놀라고 크게 기뻐했다.

"공명이 죽었구나!"

곧 영을 내려 큰 군사를 일으켜 촉영을 습격하라 했다.

사마의는 영을 내려놓고 홀연 의심이 더럭 났다.

"공명은 육정육갑六丁六甲을 잘 부리는 사람이다. 내가 오랫동안 출전하지 아니하니 이 법을 써서 꾀어내는 수작이다. 지금 만약 습격한다면 반드시 제갈양의 계교에 떨어지고 마는 것이다."

사마의는 이같이 말한 후에 다시 영을 내려 영문을 굳게 지켜 나오지 아니하고, 하후패에게 수십 기를 주어 가만히 오장원 으슥한 산속으로 가서 소식을 탐지하라 했다.

한편 위연이 본채에 있다가 밤에 한 꿈을 꾸었다. 자신의 머리에 뿔이 두 개가 났다.

잠이 깬 후에 의아하고 이상하게 생각했다.

다음 날이 되었다. 행군行軍 사마司馬 조직趙直이 찾아왔다.

위연은 청해 들인 후에 조직에게 물었다.

"족하足下께서 역리易理에 밝으시단 말씀을 오래 전부터 많이 들었소이다. 나의 해몽을 좀 해 주시오. 간밤에 내가 꿈을 꾸었는데 내 머리에 뿔이 두 개 난 꿈을 꾸었소. 이것이 무슨 징조입니까? 족하는 나를 위해서 한번 해몽을 해 주시오."

조직은 한동안 생각하다가 대답했다.

"그것은 큰 길몽吉夢입니다. 기린의 머리에 뿔이 있고, 창룡蒼龍의 머리에 뿔이 있는 법이니 이것은 곧 변하고 화해서 비등飛騰할 상象입니다."

뿔이 돋은 위연

위연은 조직의 해몽하는 말을 듣고 크게 기뻐했다.

"만약 공의 말같이 기린으로 변하고 창룡으로 화한다면 작히나 좋겠소. 그때 가서 중하게 사례하오리다."

조직은 위연을 작별하고 돌아가다가 길에서 상서 비위를 만났다.

비위가 물었다.

"어디서 오는가?"

"마침 위연을 찾았다가 위연이 해몽을 해 달라 해서 풀어 주고 가는 길입니다."

비위가 물었다.

"무슨 꿈을 꾸었기에?"

"머리에 뿔이 돋은 꿈을 꾸었다 합니다."

"그래 어떻게 해몽을 해 주었나?"

"그 꿈이 길조吉兆는 아니지만, 기린은 뿔이 있는 법이고 창룡도 뿔이 있는 것이니 길몽이라고 풀이해 주었습니다."

비위가 물었다.

"조카는 어찌 그 꿈이 길조가 아닌 것을 아는가?"

조직이 대답했다.

"'뿔 각角'자는 '칼 도刀' 밑에 '쓸 용用'자를 했습니다. 머리에 칼을 얹었으니 아주 심한 흉조凶兆입니다.”

비위가 조직에게 당부했다.

“함부로 누설하지 말게.”

“제 어찌 함부로 말하겠습니까?”

조직은 비위와 헤어졌다.

비위는 위연의 영채로 갔다. 좌우 시자를 물리치고 위연한테 말했다.

“어젯밤, 삼경 때 승상께서는 그만 돌아가셨소이다. 임종하실 때 재삼 당부해서 유언하시기를 장군으로 하여금 뒤를 끊어서 사마의의 추병을 막게 하고, 군대를 서서히 철수시키라 하셨소. 그리고 절대로 발상發喪을 하지 말라 하셨으니 그리 아시오. 지금 병부兵符가 여기 있소이다. 곧 기병을 해 주시오.”

비위는 병부를 내보였다.

위연이 물었다.

“그러면 누가 승상의 직책을 대리합니까?”

비위가 대답했다.

“승상께서 유언해서 말씀하시기를 모든 큰일은 양의楊儀한테 맡기라 하셨고, 용병하는 비법은 강유한테 전수하셨소이다. 이 병부兵符는 양의의 명령입니다.”

위연은 고개를 가로흔들었다.

“승상이 비록 돌아가셨다 하나 나는 현재 대장이고 양의는 불과 장사長史에 지나지 아니합니다. 어찌 대임大任을 맡겼소. 그는 운구運柩를 해서 서천으로 돌아가 안장安葬이나 하라 하시오. 나는 대군을 인솔하고 사마의를 치겠소!”

비위가 위연에게 말했다.

"승상의 유명遺命이시니 조금이라도 어거서는 아니 됩니다."

위연은 크게 노하여 말했다.

"승상이 만약 당시에 내 계교를 썼더라면 벌써 오래 전에 장안은 우리 땅이 되었을 것이오. 나는 지금 벼슬이 전장군前將軍 정서征西 대장군大將軍 남정후南鄭侯의 임무를 가졌소. 한 사람 장사長史의 명령을 받고 군대의 후면을 지켜서 적을 끊고 있을 수는 없소."

비위가 기분 안 상하게 말했다.

"장군의 말씀은 옳소이다. 그러나 경동해서는 아니 됩니다. 적인敵人들의 치소를 받기 쉽습니다. 내가 양의에게 가 보고 이해利害로 말해서 그의 병권兵權을 장군에게 양여하도록 할 테니 의향이 어떠하십니까?"

위연은 묵연히 말이 없었다. 그리해 보라는 뜻이었다.

비위는 위연과 작별한 후에 급히 대채로 가서 양의를 보고 갖추갖추 위연의 행동을 말했다.

양의가 탄식하며 말했다.

"승상께서 임종하실 때 유언하시기를 위연은 반드시 다른 뜻을 품고 배반하리라 하셨던 것이오. 그러므로 나는 병부兵符를 보내서 그의 심중을 탐지해 보았던 것입니다. 이제 그의 행동을 보니 과연 승상의 말씀이 꼭 들어맞았소이다. 나는 강유한테 뒤를 끊으라고 위임할 수밖에 없소."

말을 마치자 양의는 공명의 영구를 호위하여 먼저 나가고, 강유에게 뒤를 끊으라 하여 공명의 유명대로 천천히 물러갔다.

한편 위연은 비위의 회보가 있기를 기다렸으나 전혀 소식이 없었다. 심중에 의심이 났다. 마대에게 10여 기를 거느리고 소식을 탐지하라 했다.

마대가 돌아와 고했다.

"후군後軍은 강유가 총독하고, 전군前軍은 태반이 후퇴했습니다."

위연은 대로했다.

"더벅머리 선비 놈이 감히 나를 속였단 말이냐. 내 이놈을 죽이고 말리라."

말을 마치자 마대한테 말했다.

"공이 나를 도와주겠는가?"

"저도, 본시 양의를 원망하고 있습니다. 장군을 도와서 치겠습니다."

위연은 크게 기뻤다. 곧 채를 거두고 본부 군사를 인솔하여 마대와 함께 남편 하늘을 바라보며 행군해 나갔다.

죽은 제갈양이 산 사마의를 달아나게 하다

이때 하후패는 군사를 거느리고 오장원으로 가 보니, 촉병은 벌써 한 사람도 보이지 아니했다. 급히 사마의한테 보했다.

"오장원에는 촉병이 벌써 다 물러가고 한 명도 남아 있지 아니합니다."

사마의는 벌떡 일어나다가 발이 미끄러지면서 급히 말했다.

"공명은 정말 죽었다. 빨리 촉병의 뒤를 쫓아가야 하겠다."

하후패가 말했다.

"도독께서 경솔하게 쫓아가시는 것은 불가합니다. 먼저 편장을 보내십시오."

사마의는 하후패의 말을 듣지 아니하고 말했다.

"이번에는 아무리 해도 내가 가야 하겠다."

말을 마치자, 친히 군사를 인솔하고 두 아들과 함께 일제히 오장원으로 달려가 기를 흔들어 고함치면서 촉채로 쇄도했다.

그러나 과연 한 명의 촉병도 없었다.

사마의는 두 아들을 돌아보며 말했다.

"나는 먼저 촉병의 가는 뒤를 쫓아갈 테니 너희들은 뒤에서 군사를 독려하여 쫓아오너라."

사마의의 명을 듣자 사마사, 사마소 두 형제는 앞에 가는 부친의 뒤를 이어 군사를 재촉하여 나갔다.

사마의가 앞에 가며 산모퉁이를 돌아가니 멀지 않은 곳에 촉병의 가는 모습이 보였다.

"빨리 쫓아라!"

사마의는 채찍을 높이 들어 군사를 급히 몰았다.

홀연 산 뒤에서 일성 포향이 고함 소리와 함께 산천을 진동하면서 은은한 수림 속에서 촉병들이 길을 돌려 되돌아서 나왔다.

중군中軍의 대장기가 바람에 펄럭펄럭 흩날렸다.

사마의가 자세히 바라보니 바람에 흩날리는 기에는 큰 글씨로 '한漢 승상丞相 무향후武鄕侯 제갈양諸葛亮'이라 썼다.

사마의는 대경실색했다. 얼떨떨한 정신을 수습해서 다시 눈을 씻고 바라보니 기가 펄럭이는 곳에 중군中軍 상장上將 수십 명이 한 채 사륜거를 몰고 나오는데 수레 위에는 공명이 윤건綸巾 우선羽扇에 학창의鶴氅衣 입고 검은 띠를 늘이고 의젓이 나오는 것이었다.

사마의는 깜짝 놀라 말했다.

"공명이 아직도 살아 있구나. 내가 그만, 계교에 떨어져서 경솔하게 중지 속으로 들어왔구나."

허둥지둥 급히 말 머리를 돌려 달아났다. 등 뒤에서 강유가 호통을 치며 달려들었다.

"적장은 닫지 말라. 네 이놈, 우리 승상의 계교에 떨어졌느니라."

사마의와 위병들은 혼비백산이 되어 갑옷투구와 창과 칼을 버리고 제각기 목숨을 도모하여 달아났다.

서로들 짓밟아서 죽고 상하는 자의 수를 이루 다 헤아릴 수 없었다.

사마의는 50여 리나 정신없이 뛰어 달아났다.

등 뒤에서 두 사람의 위장이 도독의 신상을 염려하여 뒤를 쫓았다. 한 장수가 달아나는 사마의의 말 재갈을 덥석 잡고 고했다.

"도독께서는 놀라지 마십시오."

사마의는 비로소 부하 장수인 것을 알았다. 그러나 겁이 아직도 풀리지 아니했다. 손으로 머리를 만져 보며 말했다.

"내 머리가 붙어 있느냐?"

"도독께서는 너무 놀라지 마십시오. 촉병은 멀리 갔습니다."

사마의는 숨이 턱에 차서 반상半晌 동안이나 꼼짝달싹을 못하다가 신색이 비로소 제빛으로 돌아섰다.

정신을 다시 차리고 두 장수를 다시 바라보니 하후패, 하후혜였다.

사마의는 비로소 말고삐를 잡고 천천히 두 장수와 함께 지름길로 찾아서 본채로 돌아가 여러 장수에게 영을 내렸다. 각기 자기 영문으로 돌아가서 촉병의 형세를 초탐하라 했다.

두어 달이 지났다. 시골 백성이 달려와 고했다.

"촉병이 산골 속으로 들어가면서 슬픈 울음소리가 천지를 진동하고, 군중에는 백기白旗가 흩날렸습니다. 소문에 의하면 강유는 일천 병마를 거느려 뒤를 끊어 나간다 합니다. 전날 사륜거 타고 나온 공명은 진짜 공명이 아니라 나무로 만든 사람이라 합니다."

말을 듣자 사마의는 길게 탄식하며 말했다.

"아하, 나는 공명이 살아 있는 것만 생각하고 죽은 것은 생각지 못했구나!"

이 뒤부터 촉 땅에는 동요가 새로 퍼졌다.

死諸葛

能走, 生仲達

죽은 제갈양이

산 사마의를 달아나게 했다.

뒷사람은 시를 지어 탄식했다.

長星夜半落天樞

奔走還疑亮未殂

關外至今人冷笑

頭顱猶問有和無

큰 별이 어젯밤

천추天樞에 떨어졌건만

쫓기면서

제갈양이 아니 죽었다 의심했네.

관 밖에서 사람들

지금도 웃네.

내 머리가 붙어 있느냐.

사마의는 공명의 죽은 것이 확실한 것을 알자, 다시 군사를 이끌고 뒤를 쫓았다. 적안파赤岸坡까지 갔으나 촉병은 이미 멀리 가서 그림자도 보이지 아니했다.

사마의는 여러 장수를 향하여 말했다.

"공명이 죽었으니 우리들은 이제 베개를 높이 베고 근심 없이 자게 되었다."

곧 군사를 거두어 돌아갔다.

가는 도중에 공명의 진 치고 있던 곳을 바라보니, 전후좌우가 정정제제하여 가는 곳마다 법도가 있었다.

사마의는 탄식하며 말했다.

"공명은 과연 천하의 기재奇才라 하겠다!"

차탄하기를 마지아니하고, 군사를 이끌어 장안으로 돌아가 장수들을 분별하여 각각 요해처를 지키라 하고, 사마의 자신은 낙양에 있는 위주 조예를 만나러 갔다.

한편 촉장 양의와 강유는 질서 있게 군사를 거느리고 천천히 잔각棧閣 도구道口로 향해 들어간 연후에 비로소 소복으로 바꾸어 입고, 발상 거애하여 통곡해 우니, 햇빛도 빛을 잃어 참담하고, 군사들은 발을 굴러 호곡하다가 이내 기절해 죽는 이까지 있었다.

촉병의 전대前隊가 잔각 도구에 당도했을 때 홀연 전면에 화광이 충천하면서 고함 소리가 땅을 울리며 한 떼 군마가 가는 길을 끊었다.

모든 장수들은 대경실색했다. 급히 양의한테 고했다.

양의는 보고를 받자, 급히 사람을 시켜서 알아보라 했다.

초탐군哨探軍이 급히 돌아와 고했다.

"위연이 잔도棧道를 불 질러 태워 버리고 군사를 이끌어 길을 끊고 있습니다."

양의는 크게 놀라면서 말했다.

"승상 재세在世 시時에 항상 말씀하시기를 위연이 반상叛相이 있다 하시더니 누가 오늘날 이러한 일이 있을 줄 짐작이나 했으랴. 승상께서는 과연 명인이시다."

탄식한 후에 비위를 청하여 물었다.

"위연이 우리들의 돌아갈 길을 끊어 놨으니 어찌하면 좋겠소."

비위가 대답했다.

"내 요량에는 이 자가 반드시 우리들이 반대했다고 천자께 무고誣告를 한 후에 잔도를 살라서 우리의 귀로를 끊은 것이라 생각하오. 우리도 천자께 표를 올려서 위연의 반정叛情을 상주한 연후에 뒷일을 도모하는 것이 좋겠소이다."

위연의 반란

비위의 말을 듣자 강유가 말했다.

"이 사이에 한 작은 초로가 있는데 이름은 차산嵯山이라 하오. 비록 험준하고 기구한 산이지만 잔도棧道의 후면으로 나갈 수 있으니 한편으로 표를 써서 천자께 아뢰고 한편으로 군사를 차산으로 진발시켜서 잔도 후면으로 나가는 것이 좋을 듯하오."

일동은 찬성했다.

이때, 후주後主 유선劉禪은 성도에 있어 침식이 불안하고 동지動止가 불녕不寧했다.

하루는 자다가 성도의 금병산이 무너지는 꿈을 꾸었다.

후주는 깜짝 놀라 일어났다.

밝기를 기다려 문무백관의 조회를 받은 후에 꿈 이야기를 했다.

초주가 아뢰었다.

"신이 어젯밤에 천문을 보니 한 개 뿔이 돋친 큰 별이 붉은 광망을 황황하게 뿜으면서 동북편에서 서남편으로 떨어졌습니다. 승상께 대해서 대흉한 조짐이올시다. 이제 폐하께 하문하신 금병산이 무너진 꿈도 역시 여기 응한 징조올시다."

후주는 더한층 놀랍고 두려워했다.

홀연 이복李福이 오장원에서 왔다 보했다.

후주는 급히 불러 물었다.

"승상께서 어떠하시더냐?"

이복이 울면서 아뢰었다.

"승상께서는 그만 돌아가셨습니다."

"무어, 승상께서 돌아가셨다?"

후주는 간담이 떨어지는 듯했다.

이복은 공명이 임종하면서 모든 부탁하던 유언을 전달했다.

후주는 방성대곡하면서 말했다.

"하늘이 나를 망하게 하시는구나!"

이내 울면서 용상 위에 쓰러졌다.

시신들이 황망히 부축하여 내전으로 들어갔다.

오 태후가 듣고 목을 놓아 크게 울어 마지아니했다.

만조백관도 모두 울었다.

백성들도 공명이 세상을 떠났다는 말을 듣고 사람마다 눈물을 머금어 체읍涕泣하지 않는 이가 없었다.

후주는 연일 감창해서 조회를 보지 아니했다.

이때 홀연 위연이 표를 올려 양의가 반했다고 아뢰었다.

신하들은 깜짝 놀랐다. 급히 궁중으로 들어가 후주께 표를 올렸다. 마침 오 태후도 함께 있었다.

후주는 크게 놀라 위연의 표문을 시신에게 읽으라 했다.

위연의 표문表文은 아래와 같았다.

정서 대장군 남정후 신 위연은 성황誠惶, 성공誠恐, 돈수頓首하오며 아뢰옵니다. 양의가 스스로 총병이 되어 무리를 거느리고 반란을 일으켜서 승상의 영구를 겁박하여 적병을 이끌어 국경으로 들어오려 하옵기 먼저 잔도棧道를 불살라 막고 있습니다. 삼가 아뢰옵니다.

후주는 위연의 표문 읽는 소리를 다 듣고 난 후에 모든 신하에게 말했다.

"위연은 용맹스런 장수다. 넉넉히 양의를 막아 낼 만한데 어찌해서 잔도를 불살라 버렸단 말인가?"

오 태후가 말씀을 내렸다.

"내가 전에 선제先帝께 들어 본 일이 있다. 공명이 항상 말하기를 위연의 뇌후腦後에 반골이 있어 필연코 반란을 일으킬 것이 분명하나 그 용맹이 아까워서 아직 쓴다고 했다는 것이다. 지금 위연이 양의가 반했다고 표를 올렸으나 경솔하게 믿을 수 없는 일이다. 양의는 문신文臣으로서 승상이 장사長史 벼슬을 맡겼으니 필연코 쓸 만한 사람일 것이다. 오늘날 만약 한편 송사만 듣고 양의를 친다면 그들은 위로 갈 것이 분명하다. 이 일은 깊이 생각해서 처리할 것이요, 단번에 결정할 일이 아니다."

임금과 신하들이 한참 의논하고 있을 때 장사 양의가 긴급한 표문을 올렸다. 후주는 근신에게 양의의 표문을 읽으라 했다.

장사長史, 유군綏軍 장군將軍 신 양의 성황, 성공, 돈수하오며 삼가 표를 올리나이다.

승상께서 엄존하실 때 대사를 신에게 위탁하시어 옛 규모를 변하게 말라 하시고, 위연으로 후군을 삼아 적의 쫓는 길을 끊으라 하시고, 강유를 버금을 명하셨던 것이옵니다. 이제 위연이 승상의 유언을 받들지 아니하고 스스로 본부 군사를 거느려 먼저 한중으로 들어가서 잔도에 불을 질러 버리고 승상의 영구를 겁박하여 불궤不軌한 짓을 꾀합니다. 변이 창졸간에 일어났습니다. 삼가 급히 아뢰옵니다.

후주는 얼른 판단을 내리지 못하고 있었다.

오 태후가 여러 신하들을 향하여 물었다.

"경들의 소견들은 어떠한가?"

장완蔣琬이 아뢰었다.

"신의 어리석은 생각에는, 양의는 성품이 급해서 포용包容하는 넓은 금도가 없으나 군량을 주판籌判하고 군기軍機를 참찬參贊하여 승상을 도와서 오랫동안 일을 했습니다. 이번에 승상께서 임종하실 때 대사大事를 위임하셨으니 결코 배반할 사람이 아닙니다. 위연은 평일의 공을 이루었다 해서 항상 높은 체하니 사람마다 우러러 봅니다. 그러나 양의는 조금도 과대평가를 아니해 주니 위연은 항상 한스럽게 생각했던 것입니다. 이제 양의가 총병이 되는 것을 보고 위연은 심중으로 불복한 고로 잔도를 불살라서 그의 돌아오는 길을 끊어 버리고, 한편 무고誣告하는 글월을 올려서 양의를 모함한 것입니다. 신은 제 집안 전 가족의 이름으로 보를 두어 양의가 반하지 아니했음을 증명합니다. 그리하옵고 위연에 대해서는 감히 보를 두지 못하겠습니다."

동윤董允이 또한 아뢰었다.

"위연은 스스로 공이 많다고 믿고 항상 불평한 마음을 품어서 입으로 원망하는 말을 많이 했습니다. 전에 위연이 반하지 아니한 것은 승상이 두려웠던 것입니다. 이제 승상께서 돌아가시고 보니 틈을 타서 반란을 일으켰으니 이것은 필연적으로 일어나는 사실이올시다. 그리하옵고 양의가 재간이 민달敏達해서 승상의 신임을 받은 사람이니 결코 배반하지 아니했을 것입니다."

후주가 물었다.

"만약에 위연이 반했다 하면 어떤 방법으로 막겠는가?"

장완蔣琬이 아뢰었다.

"승상께서 평시에 이 사람을 항상 의심하셨으니 필연코 유계遺計를 양의에게 주셨으리라 믿습니다. 만약에 의한테 계책이 없었더라면 어찌 곡구谷口로 들어갔겠습니까? 위연이 필연코 양의의 계교에 떨어졌으리라 생각됩니다. 폐하께서는 과히 염려 마시고 마음을 너그럽게 하시옵소서."

군신이 의논하고 있을 때 위연한테 또 표문이 들어왔다. 뜯어보니,

양의가 반했소.

하는 상소였다.

보고 있을 때 또 한 통의 표문이 들어왔다. 양의의 상표上表였다.

위연이 반란을 일으켰습니다.

두 사람은 연달아 표를 올려서 옳고 그른 것을 가려 달라 했다.

이때 비위가 들어와 후주께 뵈었다.

금낭 유계

후주는 비위에게 위연과 양의에 대한 일을 물었다.

"서로들 반했다 하니 어찌 된 셈인가?"

비위는 자세하게 전말을 설파해 아뢰었다. 후주는 비로소 동윤에게 명하여 거짓 절節을 가지고 가서 좋은 말로 위연을 위무慰撫하라 했다.

한편 위연은 잔도에 불을 질러 길을 끊어 놓고, 남곡에 둔병屯兵하여 애구를 파수하면서 스스로 계교가 들어맞았다고 안심하고 있었다.

그러나 양의와 강유가 성야로 군사를 거느리고 달려와서 남곡 후면에 당도하여 선봉 하평何平에게 3천 병마를 주어 먼저 한중을 확보하라 이르고 양의는 강유와 함께 승상의 영구를 호위하여 서서히 뒤를 따랐다.

하평이 군사를 이끌고 남곡 후면에서 북 치고 납함하여 나가니 초마는 나는 듯이 위연에게 보했다.

"양의가 선봉 하평을 보내서 차산嵯山 소로小路에서 싸움을 돋우고 있습니다."

위연은 보고를 듣자 크게 노했다. 급히 말에 올라 칼을 두르며 내달았다. 양편 진이 둥글게 쳐진 후에 하평이 말을 달려 나와 크게 꾸짖었다.

"반적 위연아, 어디 있느냐?"

위연도 소리치며 대거리했다.

"네 이놈, 역적 양의를 도와주면서 어찌 감히 나를 꾸짖느냐?"

하평이 꾸짖었다.

"승상께서 돌아가시어 신체의 더운 기운이 아직 식기도 전에 네 어찌 차마 배반한단 말이냐?"

하평은 말을 마치자, 채찍을 번쩍 들어 서천병兵을 가리키며 말했다.

"너희들은 모두 다 서천 사람이다. 서천에 부모, 처자, 형제, 친붕親朋들이 있지 아니한가? 승상께서 재세 시에 일찍이 너희들을 박대하신 일이 없는데 너희가 반적을 도와 창을 거꾸로 잡았으니 기막힌 일이로구나! 이제부터라도 반적을 돕지 말고 각기 집으로 돌아가라. 향청鄕廳을 통하여 상을 주리라."

위연의 거느렸던 군사들은 하평의 말을 듣자 "와" 소리를 치며 태반이 흩어져 달아났다.

위연은 크게 노했다. 칼을 두르며 말을 달려 곧 하평을 취하려 했다.

하평은 창을 비껴들고 맞아 싸운 지 수합이 못되어 거짓 패해 달아났다.

위연은 기운차게 뒤를 쫓았다. 하평의 군사들은 일제히 활과 쇠뇌를 쏘아붙였다. 위연은 말 머리를 돌려 자기 진으로 돌아갔다.

그러나 위연의 군사들은 소리치며 분분히 눈을 날리듯 뭉그러져 달아났다. 위연은 대로했다. 말을 달려 쫓아가 두어 명 자기 군사의 목을 잘랐다. 그래도 군사들은 계속해서 달아났다. 막을 도리가 없었다. 다만 마대가 거느린 3백 명 군사만이 부동不動의 자세를 취하고 있었다.

위연은 마대한테 일렀다.

"공이 진심으로 나를 도와준다면 일이 성사된 후에 결코 저버리지 않겠소."

마대가 선뜻 대답했다.

"진심으로 도와 드리오이다."

위연은 마대와 함께 하평을 시살해 쫓아가니 하평은 나는 듯이 군사를 몰아 달아났다. 위연은 잔병을 수습한 후에 마대와 상의하였다.

"우리들이 위국에 몸을 던지는 것이 어떠하겠소?"

"장군의 말씀은 매우 슬기롭지 못한 말씀입니다. 대장부가 한번 세상에 나서 독자적으로 크게 패업霸業을 성취하지 못하고 경솔하게 사람한테 무릎을 꿇어 항복한단 말씀이오? 내가 장군의 지용智勇을 보니 서천, 동천의 인재를 겸비했다 할 수 있소. 누가 감히 장군을 대적하겠소. 나는 장군과 맹세해서 먼저 한중을 취하고 다음엔 서천으로 진격하겠소이다."

위연은 크게 기뻤다. 곧 마대와 함께 군사를 이끌어 남정을 취하러 나갔다. 강유가 남정성 위에 있다가 위연과 마대가 요무양위耀武揚危하면서 바람을 일으켜 오는 것을 보고 급히 영을 내려 적교吊橋를 달아 올렸다.

위연과 마대는 성 밖에서 크게 소리쳤다.

"빨리 항복하라!"

강유는 양의를 청해서 상의하였다.

"위연의 용맹에다가 마대가 서로 도우니 기세가 대단하오. 그러나 적군의 수가 적으니 물리칠 계책이 있을 법하오. 계교가 있다면 말씀해 보시오."

양의가 대답했다.

"승상께서 임종하실 때 금낭 한 개를 주시며 부탁하시기를, '만약 위연이 반해서 임성대적臨城對敵할 때가 되거든, 그때 가서 꼭 금낭을 열어 보라. 반드시 위연을 참할 계책이 있다.' 하셨소. 지금, 한번 꺼내 봅시다."

양의는 말을 마치자, 품 안에서 비단 주머니를 꺼냈다. 주머니 끈을 풀어 보니 봉함 하나가 나왔다. 풀로 단단히 봉하고 겉에는 글씨가 쓰여 있었다.

위연과 대적하기를 기다려서, 마상에서 뜯어 보라.

공명의 필적이 완연했다.

강유는 크게 기뻐했다. 웃음이 입가에 가득 흘렀다.

"이미 승상께서 이러한 계시啓示를 주셨으니 장사長史는 금낭을 거두시오. 나는 먼저 군사를 이끌고 성 밖으로 나가서 진을 칠 테니, 공은 곧 뒤따라 나오시오."

강유는 말을 마치자, 갑옷 입고 창 들고 3천 군마를 거느려 일제히 성문을 열고 시살해 나가니 북소리 크게 진동했다.

강유는 창을 비껴들고 말을 문기門旗 아래 세운 후에 소리 높여 꾸짖었다.

"반적 위연은 말 듣거라. 승상께서 일찍이 너를 박하게 대접하지 아니하셨거늘 네 어찌 오늘날 배반한단 말이냐."

위연도 진 머리에 나섰다. 칼자루를 두 손으로 가로잡고 말을 멈추며 말했다.

"강백약姜伯約하고는 말할 필요가 없다. 양의더러 나오라 일러라."

양의가 문기門旗 속에 있다가 얼른 금낭 속에 있는 봉함을 뜯어보았다. 어차여차하라고 적혀 있었다.

양의는 크게 기뻤다.

경기輕騎로 나와 말을 진 앞에 세우고 손으로 위연을 가리켜 웃으면서 말했다.

"승상께서 재세 시에 네가 뒷날 반할 것을 미리 아시고 나보고 항상 방비하라 말씀하시더니 이제 과연 승상의 말씀이 맞았구나! 네가 마상馬上에서 세 번 큰소리로 '누가 감히 나를 죽이겠느냐.' 하고 연달아 외쳐 보아라. 이같이 한다면 내가 한중 땅을 너한테 바치리라."

위연은 소리 높여 껄껄 웃으며 대답했다.

"양의 필부匹夫야, 듣거라. 공명이 살아 있을 때는 내가 삼분쯤 두려웠다마는 이제 공명이 죽었는데 누가 감히 나를 대적해서 당해 낼 사람이 있느냐. 세 번은 그만두고 삼만 번이라도 두렵지 않다!"

위연은 말을 마치자, 칼 차고 고삐 잡아 마상에서 크게 외쳤다.

"누가 감히 나를 죽이겠느냐!"

한마디가 채 끝나기 전에 위연의 뇌후腦後에서 한 사람이 큰소리로 외쳤다.

"내가 너를 죽이겠다."

칼을 번쩍 들어 위연의 목을 베어 말 아래 떨어뜨렸다.

모든 군사들은 깜짝 놀랐다. 눈을 들어 보니 위연의 목을 벤 사람은 마대였다.

원래 공명이 임종할 때 마대에게 비밀한 계교를 주어 위연이 "누가 감히 나를 죽이겠느냐?" 하고 고함칠 때 출기불의出其不意로 위연의 목을 참하라 했던 것이었다.

공명을 안장시키다

당일, 양의는 금낭을 열어 보고 공명의 계책을 읽은 후에 비로소 마대가 위연의 편이 아니고 공명의 지시로 위연한테 있었던 것을 알았다. 양의는 그제야 계교대로 행해서 반적 위연을 죽인 것이었다.

뒷사람은 시를 지어 찬탄했다.

諸葛先機識魏延

己知日後反西川

錦囊遺計人難料

却見成功在馬前

제갈이 먼저

위연의 기미를 알아서

훗날, 서천에서 반할 줄 알았네.

금낭의 끼친 계교

사람들 모르다가,

되레 말 앞에, 성공하는 것을 보았네.

이때 동윤董允이 남정南鄭에 채 당도하기 전에 마대는 위연을 참하고,

강유와 한곳에 합세한 후에 양의가 표를 갖추 써서 밤을 도와 후주께 고했다.

후주는 표를 본 후에 교지敎旨를 내렸다.

"이미 그 죄상을 밝혔으나, 전공前功을 생각해서 관곽棺槨을 주어 장사 지내게 하라."

한편 양의와 강유는 공명의 영구를 호위하여 성도에 당도했다.

후주 이하 문무백관은 모두 다 상복 입고, 성 밖 30리까지 나가서 영구를 영접했다.

후주는 목을 놓아 크게 울고, 위로 공경대부公卿大夫로부터 아래로 산림백성山林百姓, 남녀노소男女老少에 이르기까지 통곡하지 않는 이가 없었다. 슬픈 울음소리는 천지를 진동하고 햇빛마저 광채가 없었다.

후주는 영구를 호위하여 성중으로 들어와 승상부 중에 정구停柩하니 공명의 아들 제갈첨諸葛瞻이 효복孝服 입고 영구를 모시어 거상居喪했다.

후주가 환궁하니, 양의는 스스로 결박 지은 후에 어전에 엎드려 죄를 청했다. 후주는 근시近侍를 시켜서 그의 결박을 끄르라 하고 분부를 내렸다.

"경卿이 아니었더라면 승상의 유교遺敎를 어찌 받들었으며, 영구가 어느 날에나 돌아왔으랴. 또 위연을 어찌 토멸할 수 있었겠는가. 대사大事가 보존된 것은 모두 다 경의 힘이다."

칭찬한 후에, 곧 양의의 벼슬을 더하여 중군사中軍師를 삼고, 마대는 역적을 토멸한 공이 있다 해서 위연의 벼슬을 마대에게 주었다.

양의가 공명의 유표遺表를 올리니 후주는 보기를 다하자 한바탕 크게 운 후에 말했다.

"승상의 안장安葬할 길지吉地를 선택하게 하라."

비위가 아뢰었다.

"승상께서 임종하실 때 정군산定軍山에 장사 지내되 장원牆垣과 박석薄石을 쓰지 말고, 일절 석물石物도 세우지 말라 하셨습니다."

후주는 유지에 좇아 10월 길일을 택하여 친히 영구를 전송하여 정군산에 안장하고, 조서를 내려 치세한 후에 시호諡號를 충무후忠武侯라 한 후에 묘廟를 면양沔陽 땅에 세우고, 춘하추동 사시四時에 제향을 올리라 했다.

시성詩聖 두보杜甫가 시를 지었다.

丞相祠堂何處尋

錦官城外柏森森

映階碧草自春色

隔葉黃鸝空好音

승상의 사당집

어느 곳에 찾나

금관성 밖에

잣나무만 푸르다.

섬돌에 비치는

푸른 풀

스스로 봄빛인데

잎을 격하여

꾀꼬리 소리만

아름답네.

두보는 또 공명을 생각하여 시를 지었다.

三顧頻煩天下計
兩朝開濟老臣心
出師未捷身先死
長使英雄淚滿襟

삼고초려
번거로운 천하사
두 대를 개제시킨
늙은 신하의 마음이여
군사를 내서 이기지 못하고
몸 먼저 죽었네.
길이 영웅들로 하여금
눈물 흘려 옷깃 적시네.

두보는 또다시 시를 지어 공명을 생각했다.

諸葛大名垂宇宙
宗臣遺像肅淸高
三分割據紆籌策
萬古雲霄一羽毛

제갈의 큰 이름

우주에 드리웠네.
종신의 유상이여
엄숙하고 청고하다.
삼분천하의
얼크러진 주책이여
만고 운소에
한낱 우모로구나.

　슬프다, 와룡선생 제갈공명이 남양南陽 초당草堂에서 유현덕의 삼고초
려三顧草廬 한 지극한 정성으로 한실漢室을 부흥시키려던 큰 꿈은 이로써
막을 내렸다.

위주 조예의 승로반

후주後主가 성도로 돌아가니 근신이 아뢰었다.

"변방에서 보고가 들어왔습니다. 동오에서 전종全綜에게 명해서 군사 수만 명을 이끌고 파구巴丘 계구界口에 둔병하고 있으니 무슨 뜻으로 그리하는지 모르겠습니다."

후주는 듣고 크게 놀랐다.

"승상이 세상을 떠나신 후에 동오가 맹약을 배반하는 모양이니 장차 어찌하면 좋을꼬."

장완이 아뢰었다.

"신이 왕평, 장의와 함께 수만 명 군사를 이끌고 영안에 둔병해서 불측한 화를 방비하겠습니다. 폐하께서는 다시 한 사람을 동오로 보내시어 승상의 부음을 전달하시고 그들의 동정을 탐지하시는 것이 좋겠습니다."

후주가 대답했다.

"그렇다면 한 사람 구변 좋은 사람을 구하여 사신으로 보내게 하라."

한 신하가 소리치며 나와 말했다.

"소신이 가 보겠습니다."

모두 보니 남양南陽 안중安衆 사람 종예宗預였다.

참군參軍 우중랑장右中郎將 벼슬에 있는 사람이었다.

후주는 크게 기뻤다.

곧 종예에게 동오에 가서 승상의 부음을 전하고, 일변 동오의 동정을 탐지하라 했다.

종예는 곧 명을 받들어 금릉金陵에 당도하여 오주吳主 손권孫權께 뵈었다.

종예는 예를 마친 후에 좌우의 시신들을 둘러보니 사람마다 모두 다 소복을 입고 있었다.

손권이 얼굴빛이 변하며 종예한테 물었다.

"오와 촉은 동맹하여 한집이 되었는데 그대의 주인은 어찌해서 백제성白帝城에 증병增兵을 하는가?"

종예가 지체하지 아니하고 대답했다.

"동오에서 파구에 증병을 하셨으니 서촉에서는 백제성에 증원을 할 수밖에 다른 도리가 있겠습니까? 사세가 그러하니 서로 물어볼 필요가 없습니다."

손권은 비로소 껄껄 웃으며 말했다.

"그대는 등지鄧芝보다 못하지 아니한 사람일세."

종예를 칭찬한 후에 다시 말했다.

"짐朕이 제갈공명께서 돌아가셨다는 말을 듣고 매일 눈물을 흘려 슬퍼하고, 백관들도 소복을 입었네. 파구에 만 명 군사를 동원시킨 것은 위병이 공명의 상중을 타서 촉을 공격할까 하여 구원하자는 것이고 다른 뜻이 없네."

손권의 말을 듣자, 종예는 두 번 절하여 사례했다.

"감사하오이다."

손권이 다시 말했다.

"짐이 이미 서촉과 동맹을 한 바에야 어찌 의리를 저버릴 까닭이 있는가."

종예가 대답했다.

종예가 대답했다.

"저희 황제께서는 승상이 세상을 버리신 것을 폐하께 아뢰라고 특별히 신을 동오에 보내셨습니다."

손권은 벽에 걸린 전통箭筒 금비전金鈚箭 한 개를 뽑아 딱 꺾으며 맹세했다.

"짐이 만약 맹세를 저버린다면 내 자손이 절멸되리라."

손권은 맹세한 후에 곧 시신에게 분부를 내렸다.

"서촉으로 사신을 보내서 향백香帛을 받들어 치제致祭케 하라."

종예는 오주께 절하여 하직을 고한 후에 오사吳使와 함께 성도로 돌아가 후주께 뵙고 전말을 고했다.

"오주는 우리 승상께서 하세하셨다는 말씀을 듣고 눈물을 흘려 슬퍼하시고, 군신들에게는 함빡 소복을 입게 하셨습니다. 군사를 파구에 증병한 것은 위국 사람들이 허한 틈을 타서 공격할까 미리 방비한 것이고, 다른 뜻이 없다 합니다. 그리고 오주는 화살을 꺾어 타의 없는 것을 맹세했습니다."

후주는 말을 듣고 크게 기뻐했다. 종예에게 중한 상을 주고 오국 사신을 후대해서 보낸 후에 공명의 유언에 의하여 장완으로 승상을 삼고, 다시 대장군大將軍에 녹상서사錄尙書事를 더하게 하고, 비위로 상서尙書를 삼은 후에 승상사丞相事를 동리同理케 하고, 오의에게 거기車騎 장군將軍을 삼아 절節을 주어 한중을 도독하라 하고, 강유를 보한輔漢 장군將軍 평양후平襄侯를 봉하여 모든 곳의 병마兵馬를 총독하라 한 후에 오의와 함께 한중에 주둔하여 위병을 막으라 하고, 나머지 장교들은 각각 옛 직위에 있게 했다.

이때 양의는 벼슬 연조가 장완보다 선배인데 불구하고 지위가 장완의 입으로 원망하는 말을 내면서 비위한테 말했다.

"지난번 승상이 하세하신 직후에, 내가 전군을 휘동해서 위국으로 투신投身을 했더라면 좋았을 것을 과연 쓸쓸하고 적막하기 그지없구나."

길게 탄식했다.

비위는 양의의 원망하는 말을 듣자, 후주한테 표를 올려 밀고했다.

후주는 크게 노했다. 양의를 옥에 내려 심문한 후에 참형에 처하려 했다.

장완이 아뢰었다.

"의儀가 비록 죄가 있다 하나 전일에 승상을 따라다니며 적지 아니한 공을 세웠습니다. 참형에 처하기 난처합니다. 목숨을 보전시키시어 서인庶人으로 폐하는 것이 온당하다 생각합니다."

후주는 그의 말을 듣고 양의를 한중漢中 가군嘉郡으로 보내서 평민平民으로 내리 깎아 살게 했다.

양의는 부끄러움을 금할 수 없었다. 스스로 목을 찔러 죽었다.

때는 촉한蜀漢에 건흥 13년이요, 위주 조예의 청룡靑龍 3년이요, 오주 손권의 가화嘉禾 4년이었다. 세 나라는 다 각각 군사를 일으키지 아니하여 오래간만에 평화로운 세월을 이룩했다.

위주 조예는 사마의로 태위太尉를 삼아 군마를 총독하여 모든 변방을 진압하라 하니 사마의는 사은숙배하여 낙양으로 가고, 위주 조예는 허창許昌에 있어서 크게 토목 공사를 일으켜 궁궐을 짓고, 또 낙양에 조양전朝陽殿과 태극전太極殿을 건축하니 화려 찬란한 장관을 이루어 궁궐의 높이가 모두 다 10장이나 되었다.

또 숭화전崇華殿, 청소각淸霄閣, 봉황루鳳凰樓, 구룡지九龍池를 조성하여 박사博士 마균馬鈞을 시켜 감조監造케 하니 극히 화려하여 아름답게 조각한 보와, 돌이며 화사한 기둥과 부연은 푸른 기와 금빛 박석과 함께 일광에 조요하여 사람의 눈을 현란케 했다.

천하의 일등 가는 명공名工 교장巧匠들을 뽑은 인원이 3만여 명이요, 부역 나온 역군의 수가 30만여 명이나 되었다.

밤과 낮을 도와 조성하니 백성들은 피곤하고 원망하는 소리가 끊이지 아니했다.

조예는 또다시 칙지를 내려 방림원芳林園에 토목을 일으켜서 공경대부까지 흙을 지고 나무를 나르게 했다.

사도司徒 동심董尋이 상소를 올려 간곡하게 간하였다. 지성스런 상소문에는 불만한 대목이 많았다.

엎드려 아뢰옵니다. 야전野戰에 죽은 백성, 가문家門이 멸절滅絶된 백성들 허다한 중에 생존해 있는 백성이라 하나, 모두 다 유고遺孤가 아니면 노약老弱들 뿐입니다. 만약 궁실宮室이 협소해서 크게 넓히려 하신다면 농사가 쉬는 한가한 때를 타서 일을 시켜도 무방하리라 생각됩니다. 황차 지금 한창 농사지어야 할 시기오리까. 그리하옵고 폐하께서 군신을 대우하시어 특히 관면冠冕을 쓰게 하시고, 문채 놓은 수繡 옷을 입으라 하시고 화려한 수레를 타게 하시는 것은 평민보다 사대부를 다르게 대우하시는 것입니다. 그러나 이제 그들로 하여금 흙을 나르고 나무를 짊어져서 목도꾼이 되어 옷과 발에 진흙투성이가 되게 하시니 체모를 훼손할 뿐, 아무러한 유익한 일이 없습니다. 공자가 말씀하시기를, '임금은 신하를 예로써 대접하고 신하는 임금을 충성으로 섬기라. 충성이 없고 예가 없다면 나라가 어찌 서 있을 수 있겠는가.' 하고 말씀하셨습니다. 신은 알고 있습니다. 신의 상소가 들어가면 반드시 죽을 것을 각오하고 간하는 바이올시다. 그러나 신의 목숨은 구우九牛의 일모一毛올시다. 살아서 세상에 유익함이 없다면 죽어서 또한 무슨 손이 있겠습니까. 눈물을 흘려 붓을 잡아 마음으로 세상을 하직하려 합니다. 신이 여덟 아들을 두었습니다. 신의 사후에 폐하께 누를 끼쳐 드릴 생각을 하니 마음이 떨립니다. 명을 기다리고 있습니다.

조예는 상소를 읽자 크게 노했다.

"동심은 죽음도 두려워하지 않느냐!"

좌우의 간신들이 아뢰었다.

"무엄한 놈이올시다. 죽여 마땅합니다."

조예는 본시 동심의 충의지심이 있는 것을 알았다.

"폐해서 서인庶人을 만들라. 그리고 다시 망령된 말을 하는 자가 있다면 참하리라."

이때 태자太子 사인舍人 장무張茂란 사람이 있었다.

역시 상소를 올려서 토목을 중지하라 간했다.

조예는 장무에게 참형을 내리고 곧 마균馬鈞을 불러 물었다.

"짐이 고대준각高臺峻閣을 지어서 신선과 왕래하면서 불로장생不老長生하는 방법을 구하려 하니 경의 생각에는 어떠한가?"

마균은 선뜻 대답했다.

"좋으신 생각이십니다."

조예는 기뻤다.

"어떠한 방법으로 불로장생하는 방법을 구하겠는가?"

마균이 조예한테 아뢰었다.

"한조漢朝 이십사二十四 제왕帝王 중에 다만 무제武帝만이 향국享國하신 일이 가장 오래고 수壽도 또한 극히 높았습니다. 그것은 항상 천상天上의 일정日精과 월화月華의 기운을 자신 까닭이올시다. 무제께서는 장안궁長安

宮 중에 백양대梢梁臺를 이룩하시고, 그 위에 한 큰 구리 사람(銅人)을 세워서 큰 소반을 손으로 받들게 했습니다. 그것이 곧 승로반承露盤이라 이름한 것이올시다. 삼경三更 때 북두칠성의 정령精靈이 서린 이슬을 받게 하니 그 이름을 천장天醬이라고도 하고 감로甘露라고도 합니다. 이날을 받아서 아름다운 미옥美玉을 부수어 가루를 만들어 조복調服해 마시면 반로反老 환동還童이 된다 합니다."

마균의 말을 듣자 조예는 크게 기뻐했다. 곧 영을 내렸다.

"너는 지금 인부를 거느리고 성야星夜 배도하여 장안으로 가서 동인을 취해다가 방림원 안에 옮겨 세우라."

마균은 1만 명 인부를 인솔하고 장안에 당도하여 백양대 주위에 높게 목가木架를 가설한 후에 5천 명 인부를 밧줄로 당겨 백양대에 오르게 했다.

원래 한 무제 때 세운 백양대는 높이가 20장이요, 구리 기둥의 둘레가 열 아름(十圍)이나 되었다.

마균은 먼저 구리로 만든 동인을 쓰러뜨리라 했다.

많은 사람들이 일제히 힘을 합하여 동인 앞으로 달려들었다.

이상한 일이었다. 구리 사람의 눈에서 눈물이 주르르 흘렀다.

모든 사람들은 깜짝 놀라지 아니할 수 없었다.

홀연 일진광풍이 크게 일어나면서 비사주석飛砂走石이 소나기 쏟아지듯 하면서 천붕지열天崩地裂이 되는 듯 벼락 치는 소리가 나면서 대가 기울어지고, 구리 기둥이 쓰러졌다. 천여 명 사람이 일시에 압사되었다.

마균은 동인과 금반을 운반하여 낙양으로 돌아와 위주 조예한테 바쳤다.

위주 조예가 물었다.

"구리 기둥은 어디 있는가?"

마균이 아뢰었다.

"구리 기둥의 무게는 백만 근이나 되어 운반해 오지 못했습니다."

조예는 명령을 내렸다.

"구리 기둥을 부숴서 운반해 오라."

마균은 명령에 좇아 구리 기둥을 부숴서 낙양으로 운반해 왔다.

조예는 장안에서 부숴 온 구리 기둥으로 두 개 동인銅人을 만들어서, 옹중翁仲이라 이름하여 사마문司馬門 밖에 세우고, 또 구리로 용과 봉 두 개를 주성鑄成하니 용의 높이는 4장이요, 봉의 높이는 3장이 넘었다. 궁전 앞에 세우고, 또 상림원上林苑 안에는 기화요초奇花瑤草를 심고, 진금珍禽과 괴수怪獸를 기르게 했다.

소부少傅 양부楊阜가 상소를 올려 간하였다.

신은 들으니 요堯 임금은 궁전宮殿 지붕을 띠 풀 모자茅茨로 했건만 만국이 평안하게 살았고, 우禹 임금은 궁실宮室을 낮게 했건만 천하 사람들이 즐겁게 업業을 성취했다 합니다. 은殷, 주周의 대에도 당堂의 높이는 삼 척인데 자리 아홉을 깔 만했다 합니다. 옛적의 성제聖帝와 명왕明王들은 궁을 높게 해서 백성들의 재물과 힘을 조폐凋弊시킨 일이 없습니다. 걸桀은 구슬로 집을 꾸미고 상아로 마루를 놓았으며, 주紂는 경궁瓊宮 녹대鹿臺를 만들어 사직을 결딴냈고, 초영왕楚靈王은 장화章華를 축조하여 몸으로 화를 당했고, 진시황秦始皇은 아방궁阿房宮을 지어서, 아들의 대에 천하가 배반하여 겨우 이 세世에 망했습니다. 대저 만백성의 힘을 생각하지 아니하고, 이목耳目의 욕심만 다한 임금으로 망하지 아니한 이가 없습니다. 폐하에서는 요순우탕堯舜禹湯과 문왕文王, 무왕武王의 법도를 본받으시고 걸桀, 주紂와 초楚, 진秦으로 경계하는 거울을 삼으십시오. 안일만 취하시고 궁실을 사치하게 꾸미신다면 반드시 위태롭고, 망하는 화가 올 것입니다. 임금은 국가의 원수요, 신하는 임금의 팔과 다리입니다. 존망이 일체요, 득실이 동일합니다. 신이 비록 용렬한 자이오나, 어찌 간하는 신하의 의리를 잊을 수 있겠습니까. 말씀이 간곡하지 못하와 감히 폐하의 마음을 감동시키지 못함을 굽어 살피소서. 삼가 관棺을 앞에 놓고 목욕 재배하여 주誅하시기를 기다립니다.

상소가 올라가니 조예는 불문에 부치고, 마균을 독촉하여 고대를 건축하고, 구리 사람과 승로반을 안치했다. 뿐만 아니었다. 조예는 다시 영을 내려, 천하의 아름다운 절색을 뽑아 방림원 안에 두고 즐거움을 취했다.

모든 신하들이 간하기를 마지아니했으나, 조예는 이내 듣지 아니했다.

조예의 왕후 모毛 씨氏는 하내河內 태생이었다. 조예가 왕위에 오르기 전 평원왕平原王으로 있을 때 가장 사랑해서 은애恩愛가 깊었다.

제위帝位에 오른 후에 왕후를 삼았다.

그러나 그 후에 조예는 후궁 곽郭 부인夫人을 총애하게 되니, 모 황후는 실총失寵이 되었다.

곽 부인은 예쁘고 민첩하고 슬기로웠다.

조예는 사랑해서 곁을 떠나지 아니했다. 날마다 즐거움을 취하여 달이 넘어도 곽 부인의 처소에서 나오지 아니했다.

어느덧 봄철이 되었다.

모춘暮春 3월三月의 방림원은 백 가지 꽃이 아름답게 피었다.

조예는 곽 부인과 함께 동산에 당도하여 꽃을 구경하며 술을 마시고 있었다.

곽 부인이 조예한테 아뢰었다.

"황후 폐하를 오시라 해서 함께 즐겼으면 좋겠습니다."

"그 사람이 옆에 있으면 내 목에 술이 잘 넘어가지 아니하네. 보기 싫은 것을 어찌 함께 앉아 있으라고 하나."

조예는 뱉듯이 대답하고, 궁녀를 불러 신칙했다.

"오늘 내가 이곳에서 곽 부인과 함께 노는 일을 황후한테 알려서는 아니 된다."

궁녀들은 황제 조예의 분부를 받들어 일절 모 황후한테 알리지 아니했다.

이때 모 황후는 황제 조예가 달포나 정궁正宮에 얼굴을 나타내지 아니하니 우울하기 짝이 없었다. 궁녀 10여 명을 거느리고 취화루翠花樓 위에 올라 소견消遣하고 있었다.

홀연 바람결에 음악 소리가 요량하게 들려왔다.

좌우에 모시고 있는 궁녀들을 불러 물었다.

"어디서 이같이 아름다운 음악 소리가 들려오느냐?"

한 내관이 아뢰었다.

"폐하께서 곽 부인과 함께 화원 속에서 꽃을 구경하시며 약주를 잡수시고 즐겁게 노십니다."

모 황후는 내관의 아뢰는 말을 듣자 심중에 번민했다. 곧 내전으로 돌아가 누워 버렸다.

다음 날 일이었다. 모 황후는 작은 수레를 타고 궁중에서 소풍을 하다가 곡랑曲廊 문 앞에서 조예와 마주쳤다.

모 황후는 웃음을 웃으며 비꼬아 말했다.

"어제 곽 부인하고 북원에서 노시던 재미가 어떠하십니까. 아마 깨가 쏟아지셨겠습니다."

조예는 크게 노했다. 어제 동산에서 시봉했던 모든 궁인들을 모조리 잡아들였다. 불호령을 추상같이 내렸다.

"내가 어제 곽 부인하고 방림원에서 놀던 일을 일절 황후한테 말하지 말라 했는데 어떤 연놈들이 고해바쳤느냐?"

궁관을 시켜서 시봉했던 남녀 궁인들을 모조리 목 베어 죽였다.

모 황후는 깜짝 놀라 급히 궁으로 돌아갔다.

조예는 조서를 내려 모 황후에게 죽음을 내리고 곽 부인을 세워서 황후를 봉했다.

요동의 형세

조정 신하들은 누구 한 사람 감히 간하는 이가 없었다.

하루는 유주 자사 관구검貫丘儉이 상소를 올렸다.

요동遼東 공손연公孫淵이 반해서 연왕燕王이라 자칭하고 연호를 소한紹漢이라 한 후에 궁전을 새로 짓고 관직을 배열한 후에 군사를 일으켜 북방을 요동 시킵니다.

조예는 상소문을 받아 보자 크게 놀랐다.

곧 문무 관료들을 모아 놓고 퇴병할 일을 의논했다.

원래 공손연은 요동 공손도公孫度의 손자요, 공손강公孫康의 아들이었다. 건안建安 12년에 조조가 원상袁尚을 치러 요동으로 향했을 때, 조조가 당도하기 전에 공손강은 원상을 참하여 수급首級을 조조한테 바치니 조조는 공손강의 공을 생각해서 양평후襄平侯를 봉했다.

그 후에 공손강은 아들 형제를 두고 죽었다.

큰아들은 황晃이요, 다음 아들이 연淵이었다. 모두 다 어렸다.

강이 죽은 후에 강의 아우 공손공公孫恭이 벼슬을 계승하여 거기 장군 양평후襄平侯가 되었다.

세월이 흘러 태화太和 2년이 되니 연은 장성했다.

문무文武 겸비兼備하고, 성정은 강강하여 싸우기를 좋아했다.

그의 숙부 되는 공손공의 직위를 빼앗았다. 조예는 공손연에게 양렬楊烈 장군將軍 요동遼東 태수太守의 직위를 주었던 것이다.

뒤에 동오東吳 손권孫權이 장미張彌와 허연許宴을 사신으로 보내서 연왕燕王을 봉하고, 금은 보옥을 보내서 친선할 것을 표시했으나 공손연은 중원의 조예가 두려웠다. 장, 허 두 사람의 머리를 베어서 조예한테 바쳤다.

조예는 기뻤다. 그에게 대사마大司馬 낙랑공樂浪公을 봉했다.

공손연은 마음에 부족하게 생각했다.

여러 부하와 의논하고 스스로 연왕이 된 후에, 연호를 소한紹漢 원년元年이라 했다.

부장副將 가범賈範이 간하였다.

"중원에서 주공主公을 상공上公의 벼슬로 대접했으니 대접이 비천卑賤하지 아니합니다. 이제 배반한다면 불순할 뿐 아니라, 지금 중원의 사마의는 용병을 잘하는 사람입니다. 서촉의 제갈양 같은 사람도 사마의를 눌러서 이기지 못했습니다. 황차 주공이시겠습니까."

공손연은 크게 노했다.

좌우에 호령하여 가범을 결박 지어 참형에 처하라 했다.

참군參軍 윤직倫直이 또 간하였다.

"가범의 말이 옳습니다. 성인의 말씀에 국가가 망하려면 반드시 요사스런 현상이 나타난다 합니다. 지금 궁중에 여러 번 이상한 일이 생겼습니다. 요사이 개가 머리에 건을 쓰고 몸에 붉은 옷을 입고, 집에 올라서 사람 같은 행위를 했다 하며, 또 성남城南의 향인鄕人이 밥을 짓는데 밥 시루 속에 어린애의 죽은 시체가 나타났다 하고, 양평襄平 북편 장터에서는 지함地陷이 되면서 구덩이 속에서 큰 고깃덩이가 나왔는데 두위가 수 척이요, 이목구비耳目口鼻가 완연히 다 있는데 다만 손과 발이 없고, 칼로 찍어도 상하지 아니하고, 활로 쏘아도 살대가 들어가지 않는다 합니다. 무슨 물건인지 알 수가 없다 합니다. 점 잘 치는 사람이 풀었는데 유형불성有形不成, 유구불성有口不聲, 국가가 멸망하려 하므로 이런 물건이 나타났다고 해석했다 합니다. 이 세 가지 일은 모두 상서롭지 못한 징조올시다. 주공께서는 흉한 것을 피하시고 길한 데로 나가십시오. 경거망동輕擧妄動을 하셔서는 아니 됩니다."

공손연은 발연히 노했다.

무사에게 명하여 윤직을 결박 지어서 가범과 함께 저자에 내다가 목을 베라 한 후에 대장군 비연卑衍으로 원수元帥를 삼고, 양조楊祚로 선봉을 삼아 요동 군사 15만 명을 동원하여 중원으로 바람같이 달려갔다.

변방에서 역마를 달려 급히 조예한테 알렸다. 조예는 크게 놀랐다. 급히 사마의에게 사람을 보내서 입조入朝하여 계책을 세우라 했다.

사마의가 입궐하여 아뢰었다.

"신의 밑에 마군馬軍과 보병步兵 사만 명이 있습니다. 이만하면 족히 적을 격파할 것입니다."

조예가 말했다.

"경의 군사가 적은데다가 길은 머니 반군이 점령한 땅을 수복하기 극히 어려울 줄 생각하네."

사마의가 아뢰었다.

"군사가 많다고 전쟁에 이기는 것이 아니올시다. 기이한 꾀로 용병을 하면 승리를 거둘 수 있는 것입니다. 신은 폐하의 홍복을 받들어 꼭 공손연을 사로잡아서 폐하께 바치겠습니다."

"경은 공손연이 어떠한 거동을 취하겠다고 생각하는가?"

"공손연이 만약 싸우다가 성을 버리고 달아나면 이것은 상으로 가는 계교입니다. 다음에 만약 요동을 지켜서 큰 군사로 우리를 막는다면 이것은 중계입니다. 그리고 앉아서 양평襄平을 지킨다면 하계입니다. 신의 사로잡는 바 되겠습니다."

조예가 다시 사마의한테 물었다.

"여기서 왕복에 며칠이나 걸리겠소?"

"사천 리 거리나 됩니다. 가는데 백일이 걸리고 돌아오는데 백일이 걸립니다. 쉬는 날을 육십 일로 잡는다면 대략 일 년간이면 됩니다."

조예가 또 물었다.

"만약 오와 촉에서 입구入寇하면 어찌하겠소?"

"신이 벌써 수어할 계책을 세웠으니 폐하께서는 근심하지 마시옵소서."

조예는 크게 기뻐했다. 곧 사마의에게 명하여 군사를 일으켜 공손연을 치라 했다.

사마의는 사조출성辭朝出城하여 호준胡遵으로 선봉을 삼아 전부병前部兵을 거느리고 먼저 요동으로 나가 진을 치라 했다.

초마병이 나는 듯이 달려와 보했다.

"공손연이 비연, 양조 두 장수로 대장을 삼아서 팔만 대병으로 분병하여 요양遼陽에 둔병하고 있는데 참호의 둘레가 이십여 리요, 녹각鹿角을 둘러 씌워서 진용陣容이 매우 엄밀합니다."

호준은 사람을 시켜 사마의한테 보했다.

사마의는 웃고 말했다.

"적이 우리하고 싸우지 아니하고 질질 끌 작정이로구나. 내 요량에는 적병의 태반이 이곳에 있고, 그 소굴은 텅 비었을 것이다. 이곳을 버리고 지름길로 양평을 친다면 적은 반드시 이곳을 버리고 양평襄平으로 갈 것이다. 이때 중도에서 적을 친다면 반드시 큰 승리를 얻을 것이다."

곧 군사를 휘동하여 작은 길로 양평으로 향하고 나갔다.

한편 공손연의 선봉 비연과 양조는 서로 의논하였다.

"만약 위병이 온다면, 교전을 하지 않는 것이 좋겠소. 그들은 천 리 길에 피곤하게 왔을 뿐 아니라 양식을 계속하기 어려울 것이오. 양식만 떨어지면 반드시 물러갈 테니, 그때 가서 기병奇兵을 내서 친다면 사마의를 산 채로 잡을 것이오. 전에 사마의가 촉군과 상치할 때 굳게 위남渭南을 지키고 보니 공명은 마침내 군중에서 죽었소이다. 오늘날 형편이 꼭 그때 형편과 방불하오."

두 사람이 서로 의논하고 있을 때, 홀연 위병이 남편으로 향하여 갔다 했다.

비연은 대경실색하며 말했다.

"저것들이 벌써 양평에 우리 군사가 적은 것을 알고 습격하러 갔구나! 만약 양평을 잃어버린다면 이곳을 지켜도 유익함이 없다."

곧 영채를 두어 위병의 뒤를 쫓았다.

정탐하는 군사가 나는 듯 사마의한테 고했다.

사마의는 웃으며,

"내 계책이 꼭 들어맞았다."

말한 후에 하후패, 하후위에게 영을 내렸다.

"너희 두 사람은 각각 군사를 거느리고 제수빈濟水濱에 매복해 있다가 요동 군사가 오거든 일제히 나가 치라."

두 장수는 지시를 받고 나갔다.

이때 비연과 양조는 군사를 거느리고 급히 양평을 향하고 치달렸다.

별안간 일성 포향이 일어나면서 제수 물가에서 복병이 납함하고 기를 흔들며 쏟아져 나왔다.

좌편에는 하후패요, 우편에는 하후위였다.

비, 양 두 장수는 싸울 마음이 없어졌다. 길을 앗아 수산首山까지 달아났다가 공손연의 주력 부대와 만났다.

군사를 합세하여 말을 돌려 위군한테로 향했다.

비연이 먼저 말을 달려 나오며 꾸짖었다.

"적장은 속임수를 쓰지 말고, 정정당당하게 나와 싸우라."

하후패가 말을 놓아 뛰어나오며 칼을 둘러 맞이했다. 싸운 지 수합이 채 못되어 하후패의 칼이 번뜩하면서 비연의 목을 베어 마하에 떨어뜨렸다. 요동 군사는 주장의 죽는 모양을 보자 크게 어지러웠다.

하후패는 기회를 놓치지 아니했다. 군사를 몰아 엄습하니 공손연은 급했다. 패한 군사를 거느리고 양평성 안으로 들어가 성문을 굳게 닫고 싸우지 아니했다.

위병은 사면으로 양평성을 에워싸고 있었다.

때는 마침 가을철인데 가을장마가 졌다. 한 달을 두고 가을비는 구질구질 내렸다. 평지에 수심이 3척三尺이었다. 곡식을 운반하는 배는 요하구遼河口에서 양평성까지 운반을 해야만 했다.

위병들은 물속에서 행동이 불편했다.

좌도독左都督 배경裵景이 장중에 들어가 사마의한테 고했다.

"가을비가 그치지 아니해서 영문 안이 진흙 바다올시다. 군사들을 머물러 둘 수 없습니다. 청하옵니다. 군사를 전면에 있는 산 위로 옮기는 것이 좋겠습니다."

사마의는 노했다.

"공손연을 잡을 때가 아침이 아니면 저녁인데 어찌 영문을 옮긴단 말이냐. 만약에 다시 군대를 옮기겠다고 말하는 자가 있다면 참斬하리라."

배경은 비슬비슬 물러갔다.

우도독右都督 구연仇連이 또 와서 간하였다.

"군사들이 물에 괴로워합니다. 태위께서는 영채를 높은 곳으로 옮겨 주옵소서."

사마의는 대로했다.

"내가 이미 군령을 내렸는데 네 어찌 감히 어기느냐."

곧 무사에게 명하여 구연의 목을 베어 머리를 원문轅門 밖에 달았다.

이를 보자 군심軍心은 떨었다.

사마의는 남채南寨의 군마를 잠깐 20리 밖으로 물리라 한 후에 성안에 있는 적군과 백성을 성 밖으로 내보내서 자유롭게 나무하고 방목放牧하는 것을 허락했다.

사마司馬 진군陣群이 사마의한테 물었다.

"전에 태위께서 상용上庸을 공격하실 때, 군사를 팔로八路에 나누어 성 아래까지 쫓아가서 맹달孟達을 생금生擒하시어 크게 공을 이루셨습니다. 이제, 갑옷 입어 무장한 군사 사만 명이 수천 리 길을 왔사온데 성지를 공격하지 아니하시고, 오랫동안 흙탕물 속에 지내게 하실 뿐 아니라, 또 적을 놓아 나무하고 우마를 기르게 하시니 저 같은 사람은 무엇 때문에 그리하시는지 모르겠습니다. 무슨 주견이십니까?"

사마의가 웃으며 대답했다.

"공은 병법을 모르시오. 옛적에 맹달은 양식은 많고 군사는 적었고, 나는 양식은 적고 군사는 많았소이다. 그런 까닭에 불가불 속히 싸워서 출기불의로 돌연히 공격한 까닭에 승리를 얻었던 것이고, 지금 요병遼兵의 군사는 많고 우리 군사는 적으니, 적은 주리고 우리는 배가 부릅니다. 하필 힘을 써서 공격하지 아니해도, 배가 고프면 적병은 자연히 달아날 것입니다. 연후에 치려 합니다. 내가 지금 일조로一條路를 개방시켜서 그들로 초목을 하도록 한 것은 그들의 자주自走할 길을 터놓은 것입니다."

진군은 사마의의 설명을 듣자 감복하여 절했다.

사마의는 곧 사람을 낙양으로 보내서 양식을 재촉했다. 위주 조예는 조회를 열어 군신한테 알렸다.

신하들은 아뢰었다.

"근일에 가을비가 지리한 장마를 이루어 한 달이 넘도록 개지 아니하여 인마가 다 함께 피곤할 것입니다. 사마의를 소환하시고 잠시 파병罷兵하시는 것이 좋은 줄로 아뢰오."

조예가 대답했다.

"사마 태위는 용병을 잘해서 임위제변臨危制變하여 좋은 계책이 많은 사람이다. 며칠 아니 되면 공손연을 잡아 올 것이다. 경들은 과히 근심하지 말라."

조예는 군신의 말을 듣지 아니하고 곧 군량을 사마의의 군전軍前에 운반하라 했다.

사마의는 군량미를 받은 후에 두어 날을 지냈다. 비는 어느덧 개고 하늘은 맑았다.

이날 밤에 사마의는 장막 밖에 나가 천문을 보고 있었다.

홀연 한 별이 크기가 말만 한데 두어 길 찬란한 빛을 뿜으며 산마루 동편에 머리를 두고 양평襄平 동남간으로 꼬리가 떨어졌다.

사마의를 모시고 있던 모든 장성들은 크게 놀랐다.

사마의는 보고 기뻐하며 여러 장수를 향하여 말했다.

"닷새 후에는 별 떨어진 자리에서 공손연의 목이 달아날 것이다. 날이 밝거든 힘을 다하여 성을 공격하라."

여러 장수들은 묵묵히 영을 받았다.

다음 날이 되었다. 장수들은 제각기 군사를 영솔하고 사면으로 성을 에워싸면서 토산을 쌓고 지하도를 파고 포가砲架를 세우며 운제雲梯를 설치하여 낮과 밤으로 쉬지 않고 공격했다. 화살은 비 오듯 성안으로 쏟아져 떨어졌다.

이때 공손연은 성안에 있었다.

양식이 떨어졌다. 군사들은 소와 말을 잡아 요기를 했다.

군사마다 공손연을 원망하여 싸울 마음이 없었다.

어떤 군사들은 공손연의 머리를 베어 사마의한테 바치고 항복하겠다고 떠들어 댔다.

공손연은 듣고 크게 놀랐다.

황망히 상국相國 왕건王建과 어사대부御史大夫 유보柳甫를 위진魏陣으로 보내서 항복하기로 했다.

왕건, 유보 두 사람은 성 위에서 동아줄로 몸을 매어 성 밖으로 내렸다. 사마의를 향하여 조건을 붙여서 항복하기를 청했다.

"태위께서 이십 리 밖으로 군사를 물리신다면 저희 군신은 와서 항복하겠습니다."

사마의는 대로했다.

"공손연이 제가 친히 와서 항복하지 아니하고 사람을 보내서 말하면서 더구나 조건을 붙여서 항복하겠다 하느냐. 괘씸하다. 저 자들의 목을 베어라!"

무사들은 두 사신의 등을 몰아 진문 밖에 나가 목을 벤 후에 따라온 사람에게 주어 돌려보냈다.

공손연은 크게 놀랐다. 다시 시중 위연衛演을 위영魏營으로 보내서 항복하겠다 빌었다.

사마의는 장대에 올라 좌우 양편에 부하 장수들을 시립시킨 후에 사신을 불러들였다.

위연은 무릎으로 기다시피 하여 장하에 고했다.

"태위께서는 우레 같은 노여움을 그치시옵소서. 저희는 세자 공손수公孫修로 인질人質을 삼아 보낸 후에 군신이 다 함께 항복하겠습니다."

사마의는 요동 사신 위연을 향하여 말했다.

"군사軍事에 다섯 가지 요령이 있으니 능히 싸울 만한 힘이 있는데 싸우지 못하고, 능히 지킬 만한 힘이 있는데 지키지 못하고 달아나는 것이며, 달아날 힘도 없건만 항복하지 아니하는 자는 모두 다 죽어 마땅한 일이다. 하필 자식을 보내서 전당을 잡히려 하느냐."

천둥같이 위연을 꾸짖었다. 위연은 등에 땀이 흘렀다. 머리를 싸매고 달아나 공손연한테 보했다.

공손연은 대경실색했다. 항복해도 목숨을 보존키 어려울 줄 짐작했다.

아들 공손수와 가만히 의논한 후에 1천 병마를 뽑아서 밤 이경 때 남문을 열고 동남편을 향하여 달아났다.

한동안 달렸으나 길에서 사마의 쫓는 군사가 보이지 아니했다.

그는 마음속으로 가만히 기뻐했다. 그러나 10리를 채 못 가서 홀연 산상에 일성 포향이 북소리, 호적 소리, 징 소리와 함께 일어나면서 일지 병마가 달아나는 길을 가로막았다.

공손연은 정신을 수습하여 보니 중앙에는 위군 도독 사마의가 있고, 좌편에는 그의 아들 사마사요, 우편에는 다음 아들 사마소가 달려 나왔다.

두 사람은 소리 높여 공손연을 꾸짖었다.

"반적은 닫지 말라."

공손연은 크게 놀랐다.

말을 채쳐 길을 앗아 달아났다.

이때 위장 호준胡遵의 군사가 당도했다. 좌편에는 하후패, 하후성이 나오고 우편에는 장호, 악림이 뛰어나왔다.

사면팔방으로 모여들어서 철통같이 에워쌌다.

공손연 부자는 어찌하는 도리가 없었다. 말에 내려 펄쩍 엎드렸다.

"살려 주십시오."

항복했다.

사마의가 마상에 높이 앉아 모든 장수들을 돌아보고 말했다.

"내가 며칠 전 병인일丙寅日 밤에 동편에서 큰 별이 이곳 서편으로 떨어지는 것을 보았다. 오늘 밤은 임신일壬申日이다. 병인은 동편이요, 임신은 서편이다. 과연 천기天機가 엄숙하구나!"

모든 장수들은 하례해 말했다.

"태위께서는 참으로 신기를 짐작하십니다."

사마의는 전령을 내렸다.

"공손연 부자의 목을 내 눈앞에서 참하라."

무사는 당장 공손연 부자를 장대 앞에서 참했다.

사마의는 곧 군사를 휘동하여 양평으로 향했다. 성 아래 당도해 보니 호준이 벌써 군사를 거느려 성중으로 들어가 있었다.

인민들은 분향하고 절하여 위병을 맞이해서 함빡 입성했다.

사마의는 아문衙門에 앉아 군령을 내렸다.

"공손연의 일가붙이와 반역을 공모한 관료들을 모조리 잡아 참형에 처하라."

무사들이 청령해서 처단하니 수급이 모두 합해서 70여 덩이였다. 방을 붙여 백성을 효유하여 안돈시켰다.

한 사람이 군문에 들어와 사마의한테 고했다.

"가범과 윤직은 반하는 것이 불가하다고 극진하게 간하다가 공손연의 손에 죽었습니다."

사마의는 말을 듣자, 그들의 무덤을 예봉禮封하고, 그들의 자손을 영화스럽게 했다. 고庫 안에 있는 재물은 풀어서 삼군을 상 준 후에 반사班師하여 낙양으로 돌아갔다.

이때 위주 조예가 궁중에 있으려니 밤은 삼경이나 되었는데 홀연 일진음풍一陣陰風이 싸늘하게 일어나며 등잔불이 탁 꺼지고, 모毛 황후皇后가 수십 명 궁녀를 거느리고 나타났다. 울면서 떠들었다.

"내 목숨을 내놓아라. 내 목숨을 내놓아라!"

귀곡성이 처량했다.

조예는 깜짝 놀랐다. 이후로부터 조예는 병이 들어 점점 침중하게 되었다. 나라 정사를 다스릴 수 없게 되었다.

시중侍中 광록대부光祿大夫 유방劉放, 손자孫資로 추밀원의 일체 사무를 장악케 하고, 문제文帝의 아들 연왕燕王 조우曹宇로 대장군을 삼아서 태자太子 조방曹芳의 섭정攝政하는 일을 도우라 했다.

조우의 사람됨이 공손하고 검소하면서 온화했다. 이러한 중임을 맡기 어렵다고 굳이 사양하고 받지 아니했다.

조예는 유방과 손자를 불러 물었다.

"연왕이 대임을 받지 아니하니 종족 중에 누구에게 대임을 맡길 만한가?"

유방과 손자는 오랫동안 조진의 은혜를 많이 받은 사람이었다.

보를 두어 아뢰었다.

"조진의 아들 조상曹爽이 대임을 맡을 만합니다."

조예는 두 사람의 말을 좇았다.

두 사람은 다시 아뢰었다.

"조상을 쓰신다면 연왕은 돌려보내셔야 합니다."

조예는 그렇게 생각했다.

두 사람은 조예한테 청하여 손수 쓴 조서를 내려 연왕을 효유했다.

연왕은 다시 본국으로 돌아가라. 오늘 안으로 떠나게 하라. 부르는 조서가 없으면 입조入朝하는 일을 허락하지 아니한다.

연왕은 울면서 떠나갔다.

조예는 조상으로 대장군을 삼아서 조정 일을 총섭하게 했다.

조예의 죽음

조예의 병세는 점점 침중했다.

칙사에게 절을 주어 조서를 내려서 사마의를 불렀다.

사마의는 창황한 마음으로 급하게 말을 달려 허창에 당도하여 위주께 뵈었다.

조예는 침중한 병석에서 기운 없이 말했다.

"짐은 경을 보지 못하고 죽을까 생각했더니 이제 다행히 경을 대하게 되니 죽어도 여한이 없소."

사마의는 눈물을 머금고 머리를 조아 아뢰었다.

"신이 도중에 성체聖體 미령하시다는 말씀을 듣자옵고 날개 없는 것을 한탄했삽더니, 이제 다행히 용안을 대해 뵈오니 신의 다행이옵니다."

조예는 태자 조방과 대장군 조상과 시중 유방과 손자를 불러 탑전榻前에 오게 한 후에 사마의의 손을 잡고 말했다.

"옛적에 유현덕이 백제성에서 병이 위중했을 때 어린 아들 유선을 제갈공명한테 부탁한 일이 있었소. 공명은 이로 인하여 힘에 겹도록 충성을 다하여 죽는 데까지 이르도록 나랏일을 하다가 말았구려. 조그마한 변지의 나라도 이러한데, 황차 대국大國이겠소. 짐의 어린 아들 조방이 나이 겨우 팔 세로구려. 사직을 장리掌理하기 난감하오. 태위와 종형宗兄, 원훈, 구신들은 힘을 다하여 서로 도와서 짐의 뜻을 저버리지 말도록 하오."

조예는 다시 태자 조방을 향하여 말했다.

"사마중달司馬仲達은 짐과 일체一體다. 마땅히 공경하여 예로 받들라."

곧 사마의에게 태자를 안고 가까이 오라고 하고, 태자로 사마의의 목을 껴안고 놓지 말라 한 후에 다시 사마의에게 당부했다.

"태위는 오늘 유자幼子가 상련相戀하는 정을 잊지 마오."

말을 마치자 눈물이 산연히 흘렀다.

사마의는 눈물을 흘려 느끼면서 머리를 두드렸다.

조예는 이미 풍이 통했다. 말을 이루지 못하고 다만 손으로 태자를 가리키다가 죽었다.

그의 재위在位가 13년이요, 수는 겨우 36이었다.

때는 위국 경초 3년 춘 정월 하순의 일이었다.

사마의와 조상은 일자를 천연하지 아니하고, 태자 조방을 부축하여 황제 위에 오르게 했다.

조방의 자는 난경蘭卿인데 조예가 걸양乞養하여 아들을 삼아 궁중에 두니 비밀한 일이라 사람들은 그 유래를 아는 이가 없었다.

위국 황제가 된 조방曹芳은 예叡의 시호諡號를 명제明帝라 한 후에 고평高平 땅에 장사하여 능을 봉하고 곽 황후를 황태후로 추존追尊하고, 연호를 정시正始 원년元年이라 고쳤다. 사마의는 조상과 함께 정사를 보좌하니, 조상은 의懿를 섬기는데 매우 삼갔다. 모든 큰일을 반드시 먼저 사마의한테 알렸다.

조상의 자는 소백昭伯이라 불렀다. 어려서부터 궁중에 출입했다. 명제는 상의 근심하는 태도를 보고 매우 애경했다.

조상의 문하에는 빈객이 5백 명이나 있었다.

이 중에 다섯 사람이 부화浮華한 것을 숭상하니, 한 사람은 하안何晏이란 사람이요, 한 사람은 등양鄧颺인데 등우鄧禹의 후손이요, 한 사람은 이승李勝이요, 한 사람은 정밀丁謐이요, 한 사람은 대사농大司農 환범桓範인데, 꾀가 많아서 사람들은 그를 지랑智囊이라 불렀다.

이 다섯 사람은 다 함께 조상의 신의를 받았다.

하안이 조상한테 충고했다.

"주공께서 맡으신 대권을 다른 사람한테 위탁하시는 것은 불가합니다. 뒤에 후환이 생기면 탈이올시다."

조상이 선뜻 대답했다.

"사마 공은 나와 함께 선제의 탁고하신 명을 받은 사람인데 그가 어찌 차마 배은망덕을 할 리가 있겠소?"

하안이 말했다.

"전에 선공先公께서 사마중달과 함께 촉병을 격파하실 때 여러 차례 이 사람으로 인하여 기氣가 꺾이셨고, 이로 인하여 돌아가시기까지 하셨습니다. 주공께서는 어찌 이 일을 살피지 못하십니까?"

조상은 맹연히 깨달았다.

곧 여러 대신과 의논한 후에 위주 조방한테 아뢰었다.

"사마의는 공이 많고 덕이 중한 사람이니 태부太傅를 삼는 것이 가할 줄로 아뢰오."

조방은 곧 들었다.

이로부터 병권兵權은 함빡 조상한테 돌아갔다.

조상은 그의 아우 조희曹羲로 중령군中領軍을 삼고 조훈으로 무위武衛 장군將軍을 삼고, 조언曹彦으로 산기散騎 상시尙侍를 삼아, 각각 3천 명의 어림군御林軍을 거느려서 대궐 안으로 무상 출입하는 것을 허락했다.

또다시 하안, 등양, 정밀을 등용하여 상서尙書를 삼고, 필법은 사예司隷

교위校尉에 임명하고 이승으로 하남윤河南尹을 삼았다.

이 다섯 사람은 주야로 조상과 함께 일을 의논하니, 문하의 빈객은 나날이 번성하여 저자를 이루었다.

상 잘 보는 관로

이때 사마의는 병을 칭탁하고 나가지 아니했다. 그의 두 아들 사마사, 사마소도 벼슬에서 물러나 한가하게 있었다.

조상은 매일 하안의 무리와 함께 술 마시며 음률을 즐겼다. 모든 의복과 기명이 궁중과 조금도 다름이 없었다.

뿐만 아니었다. 각처에 진공해 들어오는 진기한 완호물玩好物은 먼저 상빨로 조상이 취한 후에 대궐에 바치고, 가인과 미녀는 부원府院에 가득 찼다.

내시 장당張當이란 자는 조상한테 아첨하여 제 맘대로 선제先帝의 시첩侍妾 7~8명을 뽑아서 조상의 부중으로 보냈다.

조상은 또 노래 잘 부르고 춤 잘 추는 양가의 자녀 30~40명을 뽑아서 가악家樂을 설치하고 크게 역사를 일으켜서 중루重樓와 화각畵閣을 건축하는 한편, 금은 기명을 만드는 교장巧匠 수백 인을 부중에 두어서 밤과 낮으로 사치스런 그릇을 만들었다.

한편 하안은 평원平原 땅의 관로가 술수에 밝다는 소문을 듣고 청해서 주역周易을 의논했다.

등양鄧颺이 마침 자리에 있다가 관로한테 물었다.

"그대는 주역을 잘 안다고 하면서 사의詞義를 말하지 않는 것은 어찌한 일인가?"

관로가 빙긋 웃고 대답했다.

"주역을 잘 아는 사람은 주역을 말하지 않는 법이오."

안이 웃으며 칭찬했다.

"가위, 요언要言이라 하겠소."

하안은 다시 청했다.

"그대는 나를 위하여 한번 점을 쳐 주시겠소? 내 지위가 삼공三公까지 가겠나 못 가겠나? 그리고 내 꿈에 청승靑蠅 수십 마리가 내 코에 모여드는 꿈을 꾸었으니 이것이 무슨 조짐이겠소?"

관로가 대답했다.

"지금 군후君侯께서는 지위가 높으시고 세도가 중하십니다. 그러므로 덕을 품어 생각하는 사람은 적고 위엄을 두려워하는 사람만 많습니다. 이 것은 조심해서 복을 구하는 도리가 아니올시다. 그리고 사람의 코는 산山과 같습니다. 산이 높아서 위태롭지 아니하니, 오래 귀한 자리에 처해 있을 상이올시다. 그러나 파리 떼가 추악한 냄새를 맡고 모여들었으니 위位가 높은 사람이 엎드려질 꿈입니다. 어찌 두렵지 않겠습니까? 군후께서는 쇠다익과衰多益寡한 패가 나오니 예가 아니면 밟지 마십시오. 연후에 지위가 삼공에 오르고 파리 떼도 몰아낼 것입니다."

관로의 말을 듣자 등양은 노했다.

"어디 그것이 점인가, 늙은이의 상담常談밖에 아니 되네."

관로가 선뜻 대답했다.

"늙은이는 죽을 사람을 볼 줄 알고, 상담을 하는 사람은 보고도 말을 하지 않는 법이지."

관로는 의미 깊은 괴상한 말을 한마디 던지고, 소매를 떨쳐 일어났다.

하안과 등양 두 사람은,

"미친놈이로군."

하고 크게 웃었다.

관로가 집에 돌아가니, 마침 외삼촌이 와 있었다. 등양, 하안을 만나 주고받던 말을 이야기했다. 외삼촌이 깜짝 놀라며 말했다.

"하안과 등양은 권위가 혁혁한 사람이다. 네 어찌 그들의 비위를 건드렸느냐. 큰일 났구나!"

관로가 웃으며 대답했다.

"죽을 사람인데 무엇이 두렵습니까?"

"죽을 사람인 것을 네가 어찌 아느냐?"

"등양은 걸음을 걷는데 힘줄이 뼈를 단속하지 못하고 맥이 살을 어거하지 못해서 일어서서 다녀도 바로 서지 못하고, 몸을 비뚜로 가져서 마치 귀신이 뛰어가는 상이고, 하안은 눈에 얼이 빠지고 얼굴엔 핏기가 없어서 모양이 고목枯木 같으니, 이 사람 역시 귀신의 상입니다. 두 사람은 조만간 반드시 살신지화殺身之禍를 당할 사람이니 족히 두려울 것이 없습니다."

"쓸데없는 허황된 소리를 함부로 하지 마라."

외삼촌은 조카를 꾸짖고 돌아갔다.

이때 조상은 늘 하안과 등양과 함께 사냥하기를 좋아했다.

그의 아우 조희曹羲가 간했다.

"형님께서는 권위가 높으신 터에 밖으로 나가 사냥하기를 좋아하시니 사람의 비평을 듣기 쉽습니다. 조심하시기 바랍니다. 뒤에 후회를 하셔도 불급될 것입니다."

조상은 아우를 꾸짖었다.

"병권이 나의 수중에 있는데, 무엇이 두려울 것이 있느냐."

사농司農 환범桓範이 또한 간했다.

그러나 조상은 듣지 아니했다.

이때 위주魏主 조방曹芳은 정시正始 10년의 연호를 가평嘉平 원년元年이라 고쳤다.

조상은 일향 국가의 전권을 잡고 있었다. 그러나 사마중달의 허실을 전혀 알지 못하고 있었다.

사마의의 꾀병

이때 위주 조방은 이승으로 청주靑州 자사刺史를 제수하고 사마중달司馬
仲達의 소식을 탐지하라 했다.

이승이 태부부太傅府 중에 당도하니 문 지키는 아전이 사마의한테 고
했다.

사마의는 두 아들에게 일렀다.

"이번에 이승이 오는 것은 조상이 내가 진정으로 병이 있나 없나, 허실
을 탐지하러 온 것이다. 너희들도 그리 알아라."

사마의는 곧 관을 벗고 머리를 다스리지 아니한 후에 이불을 두르고 두
사람의 시녀에게 부축되어 이승을 청했다.

이승이 상 앞에 가까이 가서 절하고 말했다.

"일향 태부를 뵙지 못했더니 뜻밖에 병환이 이렇게 중하신 줄 몰랐습
니다. 천자께서 저에게 청주 자사를 제수하시와 지금 부임하는 것입니다.
특히 와서 뵈옵고 인사를 드립니다."

사마의가 거짓 대답했다.

"병주幷州는 삭방朔方에 가까운 곳이니 방비를 잘해야 하네."

이승이 대답했다.

"병주가 아니오라 청주 자사를 배명했습니다."

사마의가 웃고 말했다.

"자네가 병주에서 오지 아니했나?"

"산동 청주올시다."

사마의는 껄껄 웃으며 딴소리했다.

"자네가 청주에서 왔더란 말인가?"

이승이 탄식하며 좌우 시자한테 물었다.

"태부께서 어찌해서 이다지 병환이 중하시오?"

좌우의 시자들이 대답했다.

"태부께서는 이롱증耳聾症이 계십니다."

이승은 시자에게 붓과 종이를 청했다.

시자가 지필묵을 바치니 이승은 글을 써서 사마의한테 올렸다.

사마의는 보고 웃으며 말했다.

"내가 먹추가 되었어. 이번에 가거들랑 부디 보중保重하시게."

말을 마치자 손으로 입을 가리켰다.

시비들이 급히 더운 탕수를 올렸다.

사마의는 마시다가 질질 흘려서 옷섶을 함빡 적시었다. 계속해서 기침을 쿨룩거리고 딸꾹질을 했다.

숨이 턱에 차서 말했다.

"내가 이제는 늙고 쇠약해서 병이 중했으니 죽을 날이 멀지 아니했네. 자식 둘이 있는데 불초不肖하기 짝이 없네. 많은 지도를 바라네. 그리고 대장군께 뵙거든 두 자식을 좀 보아 주십사고, 천만 당부하더라고 말씀하게."

말을 마치자 사마의는 평상 위에 쓰러져서 상기가 되어 헐떡거렸다.

이승은 사마의를 작별한 후에 돌아가 조상을 보고 사마의의 병들어 쇠약해진 것을 자세히 말했다.

조상은 크게 기뻐했다.

"이 늙은이가 죽는다면 나는 근심이 없을 것이다."

한편, 사마의는 이승이 물러간 후에 몸을 일으켜 두 아들에게 일렀다.

"이승이 돌아가서 내가 병들었다는 말을 전하면 조상은 나에게 대하여 관심이 없을 것이다. 저들이 성 밖으로 나와서 사냥할 때 도모하면 일이 성사될 것이다."

사마의가 말한 지 몇 날이 아니 되어서 조상은 위주 조방한테 아뢰었다.

"고원평高原平에 납시어 선제의 능에 뵙고, 제사를 지낸 후에 사냥하는 것이 좋겠습니다."

위주가 허락하니 대소 관료들은 함빡 어가御駕를 배행해서 따랐다.

조상은 세 아우와 심복 대신 하안, 등양과 함께 어림군을 거느리고 호가해 나가니, 사농 환범이 조상의 말을 잡고 간하였다.

"주공께서 금병禁兵을 총전總典하고 계신 터에 형제분이 다 함께 나가시는 것은 마땅한 일이 아닙니다. 만약 성중城中에 변이 생긴다면 어찌하실 텝니까?"

조상은 역정이 벌컥 났다. 채찍을 번쩍 들어 환범을 꾸짖었다.

"누가 감히 변을 일으킨단 말이냐. 두 번 다시 어지러운 말을 말라."

환범은 하는 수 없이 물러났다.

사마의는 소식을 듣자 마음속으로 크게 기뻐했다.

곧 옛날의 적을 격멸시키던 날랜 장수와 두 아들과 수십 명 가장家將들을 거느리고 말에 올라, 조상을 죽일 것을 모의했다.

곧 성중省中으로 나가 사도司徒 고유高柔에게 절월節鉞을 주어 대장군을 봉하고, 먼저 조상의 영문을 점령하고, 또 태복太僕 왕관王觀으로 중령中領 군사軍事를 삼아 조상의 아우 조희曹羲의 영문을 점령한 후에 사마의는 구관들을 거느리고 궁중으로 들어가 곽 태후께 아뢰었다.

"조상이 선제 폐하의 탁고하신 은총을 배반하고 간사하여 국정을 어지럽게 했으니 그 죄상이 크옵니다. 폐인을 만들겠습니다."

곽 태후가 크게 놀라 말했다.

"천자가 밖에 계시니, 어찌하면 좋겠소?"

"신이 천자께 표를 올려 간신을 처치하겠으니 태후께서는 염려 마시옵소서."

태후는 두려웠다. 사마의가 하자는 대로 따를 수밖에 도리가 없었다.

(10권에서 계속)